# 姊兒的心計 3

文創風 264

郁雨竹 著

# 目錄

# 第六十章　刺殺

皇帝那裡是刺客最多的地方，所以要過去那裡很快，魏清莛放開三個孩子的手，道：「跟在我身後，不許多走一步。」拿下背上的弓，從箭筒中抽出一枝箭射中擋在前面的黑衣人，幸虧她下馬後一直沒放下背上的箭筒。

魏清莛很快就到龍椅邊，幾個侍衛驚奇地看著她，正在想要不要對她下手時，就聽任武昀驚喜地道：「魏清莛，妳過來了！」

幾人手中的刀劍一頓，魏清莛便將三個孩子推到龍椅後，再將三個孩子塞到龍椅底下，道：「待在下面，不要出來！」無視坐在龍椅上半瞪著眼的皇帝，站在任武昀身邊，抽箭，搭弓，殺人！

魏清莛的箭帶著殺氣的時候一向凌厲，當初殺那幾個追上四皇子的刺客時是第一次，只是想把人救出來，雖然凌厲，殺氣卻不太重，只是現在她受了刺激，再不留手，一枝箭下去就射穿了兩個黑衣人的脖子。

魏清莛抿嘴，眼睛凌厲地盯著下面的人，一箭一人，箭不虛發，圍在龍椅前的侍衛精神一振，喊道：「殺呀！保護皇上！」

魏清莛眼角撇到四皇子那邊的危機，箭一轉，就向那邊而去，四皇子本來已經做好了被砍一刀的準備，見眼前的黑衣人突然倒下身亡，倒是一驚，抬頭就看到魏清莛清冷的目光。

魏清莛看著滿目狼藉的圍場，大聲喊道：「有武器的人全都給我拿起來，保護自身，向周邊去，婦孺全都給我趴下！」

見一個黑衣人的刀砍向一個衣著華貴的貴婦，那貴婦的懷裡還抱著一個七、八歲的男孩，魏清莛氣得搭弓射過去，黑衣人的刀還沒落下，就瞪大了眼睛倒下，貴婦受了一驚，抬頭看去，就聽那個站在龍椅旁的女孩喊道：「所有的婦孺都趴下，凡是敢對這些人下手的，」魏清莛一箭又射穿了一個企圖殺掉一個孩子的黑衣人，滿身殺氣地道：「就如同這些人！」

之後魏清莛用實力和事實向他們闡述了她所宣示的，除了偶爾給企圖殺向皇帝的黑衣人幾箭外，魏清莛的箭幾乎全都是對準那些企圖對場中婦孺及少年、少女下手的黑衣人，而在那些婦孺身邊的大臣，魏清莛連看也不看一眼。

很快，背後箭筒的箭就用光了，魏清莛抿了抿嘴，看向丟在腳下的刀，她從未使用過，只靠蠻力的話，不過一招她可能就死了。

任武昀早就跑到侍衛中間去殺敵了，皇帝身邊有魏清莛在，他很放心，魏清莛的殺傷力他可是深切體會過的。

皇帝看著滿身殺氣的魏清莛，揮手叫來一個侍衛。「去，拿幾個箭筒來。」

「是！」箭筒離龍椅也不遠，本來皇帝就想親自下場試試的，那些都是給幾位王爺和皇帝準備的，侍衛一路殺過去，加上有人掩護，他很快就帶回來五個箭筒。

魏清莛向他道了一聲「謝」，將箭筒丟在龍椅上，手快速地抽箭，搭弓，射箭！

那些黑衣人是死士，他們雖然很想不在意魏清莛的威脅，只是他們也發現了，殺那些老弱婦孺死的，的確比殺那幾個皇子甚至皇帝死得快多了，就算他們真的不怕死，他們也想死得有價值些。

他們下意識地避過這些亂闖的老弱婦孺，開始竭力朝那幾個重點人物殺去，不僅是皇子這邊，就是四王和大臣們也受到了嚴重的衝擊。

魏清莛看著眼裡閃過嘲諷，這些所謂的四王八公，在混亂的那一刻起卻是先自己躲在護衛的後面，任由那些婦孺在場中亂闖，若是一開始就有人出來主持大局，也不會死這麼多人。

魏清莛開始專心殺起朝這邊圍過來的人，偶爾支應一下四皇子那邊，眼角餘光則監視著全場，只要發現有人企圖對那些不是朝廷的人下手，魏清莛的箭就毫不猶豫地轉向，很快，那些亂跑的貴婦、孩子都發現了異常，想到剛才魏清莛說的話，不敢亂跑，抱著自己的孩子趴在地上，丟了孩子的四處心急地張望，卻也不敢再像先前那樣亂闖亂撞了。

在她身後的皇帝苦笑，這孩子怎麼一點也不像王公的外孫女，這樣喊出來是救了場中那些無辜被牽累的家屬，只是那樣一來卻得罪了不少大臣。

皇帝不知道，其實對魏清莛惱恨的也只有那些宗室和幾個大臣，大多數的臣子在混亂起來的那一刻除了逃命外就是想找到妻子、兒女，只因為男女有別，先前大臣和家屬的區域就是分隔在兩邊的，他們根本就擠不過去，眼睜睜地看著那些手無縛雞之力的婦孺在自己不遠處倒下，他們更是心焦，等聽到魏清莛的喊聲都不由得有些激動，等到後面那些人停止對家屬的屠殺之後，更是感激涕零。

四皇子身後護著岷山書院的幾個學生，看到不遠處赤那王子已經快要被攻破的防禦，忍不住咬牙，他身後的人以後可能是國家的棟樑，而如果赤那王子在圍場出事，兩國有可能戰事再起，他不知道自己該怎麼選擇。

四皇子再度擋下一劍，側頭間就看到一個紅衣姑娘緊緊地拉著一個黃衣姑娘，神色要哭不哭的樣子，四皇子眼睛一亮，她是魏清莛的好友，他不止一次的在魏清莛身邊看到過她。

四皇子深吸一口氣，邊護著身後的人往後退，邊衝魏清莛喊道：「魏清莛，快，赤那王子那邊，幫忙一下，耿少紅在那裡。」

魏清莛聽到熟悉的名字，一把抽出三枝箭搭上……

三箭齊發，赤那王子看到倒在他面前的三個黑衣人，抿了抿嘴，魏清莛的箭術比他想的還要好，三箭齊發，百發百中，他並不是不能做到，但對方的箭很快，快到他們剛聽到破空聲，那箭就已經扎進肉裡了。

武功高強，反應速度快的人並不怕弓箭，因為他們可以根據破空聲來躲避箭，只要破空聲一響，微微一側身，就能躲過箭，或躲開要害，可不知道魏清莛的箭是怎麼射的，他們聽到破空聲的時候，箭已經來到了面前，等他們下意識地一側身，卻是把自己的要害呈現在箭之下……赤那王子自認做不到這點，而他所知道的勇士中也沒人能做到這一點。

看向前面奮勇殺敵的任武昀，這人應該也不能做到。

皇帝遇刺，禁衛軍很快就馳援來到，人數上的壓倒性勝利很快就清理掉了圍場的刺客，魏清莛卻一點也高興不起來，轉頭，看著安穩坐在龍椅上的皇帝，還是忍不住惱怒，她很想問，難道你來打獵只帶這一點人手嗎？她克制住自己的脾氣，將龍椅下的三個孩子拉出來，抿了抿嘴，道：「走，姊姊帶你們去找人。」竟是理也不理坐在龍椅上的人。

皇帝看著她像小孩子一樣鬧脾氣，倒是難得的鬆下心神。

兩個女孩看著明明剛才還是歡聲笑語，現在卻變成了人間地獄的圍場，一時說不出話來。

魏清莛最關心的卻是桐哥兒，將他抱進自己的懷裡，桐哥兒卻不覺得多害怕，只是伸了手讓魏清莛吹吹。「姊姊，手疼！」

「除了手疼，還有哪裡疼？」

「背也疼。」

魏清莛點頭。「回去姊姊給你搽藥，我們現在先去找表姊她們。」

皇帝難得地開口道：「不如將孩子先放在我這兒吧，妳現在帶著也不方便。現在場中亂得很，並不是找人的好時候。」

魏清莛猶豫了一下，就搖頭道：「現在她們的父母最急切的就是知道她們是否還活著，我還是帶著吧。」說著點頭道：「那皇上，我走了。」

這平常的語氣就好像她是跟十里街的某個商販打招呼一樣，魏公公瞪大了眼睛，皇帝也有些驚奇，卻不是追究的時候。

兩個小女孩是雙胞胎，是陸家的女兒，魏清莛這時候可不管她們是誰的女兒，很快就找到了她們的母親紀氏，將孩子交給她，就急匆地帶著桐哥兒去找耿少紅等人。

耿少紅正抱著陳燕哭著，見魏清莛過來，就鬆開陳燕抱著魏清莛哭。「他們好殘忍，好幾個同窗都被他們殺了！」

魏清莛抿了抿嘴，問道：「妳們沒事吧？」

陳燕搖頭。「沒事，傅師兄和幾位師兄護著我們，後來又有護衛過來，四皇子也幫我們。」

魏清莛在她們身邊的人裡找了找，問道：「那妳們看見魏清芍了嗎？」

陳燕搖頭。「妳姊姊剛開始還和我們在一起，後來有幾個人過來找她去玩，她就去了，到最後亂起來的時候也沒看到她。」

魏清莛焦急地四處看。耿少紅還在哭，魏清莛就忍不住發脾氣道：「別哭了，人都死了，哭還有什麼用？與其在這裡哭，不如去做些事，看到那些受傷的人沒有？現在場中清理的多是侍衛，他們不方便，妳們去幫忙，將那些受傷的夫人、小姐都抬進帳篷裡，替她們包紮傷口，多叫上幾個沒受傷的女子，我現在先去找魏清芍。」

魏清莛不再理會耿少紅，魏清芍現在還不見人影，就算她不待見小吳氏母女幾人，也絕不願意她就此喪命。

而此時的魏清芍正捂著肩膀，低聲問地上躺著的人。「陸公子，你怎麼樣了？」

陸志遠嘴唇發白，低聲道：「沒事了，妳快出去叫人，妳肩膀上的傷要快些處理。」

魏清芍點頭。「你等著，我去叫人來救你。」

陸志遠覺得眼皮越來越重，低聲回了一句：「好。」就沈沈地睡過去了。

魏清芍不由焦急，掙扎著起身，只是腳踝處傳來的刺痛讓她又一次跌了回去。

魏清芍生氣地捶了捶地，正要再度站起來，就看見不遠處的魏清莛牽著魏青桐的手正急急地在找什麼人。

魏清芍眼睛一亮，低聲地喊道：「魏清莛，魏清莛？」她也知道自己喊得太小聲了，魏清莛不可能聽到，只是她和陸志遠孤男寡女的實在不好讓人發現，只能焦急地喊了一句又一句，期盼魏清莛看過來或是走過來一些。

魏清莛的確看過來──因為她聽到了。

魏清莛牽著魏青桐快步過來。「妳沒事吧？」看到躺在地上的陸志遠，驚道：「他是誰？」

魏清芍來不及解釋。「他受傷了，妳快叫人來救他，對了，先把我移到外面去，不能讓人發現我們在一起。」

魏清莛點頭，一手就將她扶起來，放在外面，這才轉身去叫一個護衛過來，見有人將陸志遠抬走後才回到魏清芍的身邊，看了看她的肩膀，道：「我送妳去帳篷。」

魏清芍看著被抬走的陸志遠焦急道：「他傷得很重，能得到很好的治療嗎？」

「那要看他的身分，他是誰？」

魏清芍靜默了一下，才道：「他是陸家的人。」

魏清莛詫異。「昭華公主的兒子？」

「不是，是陸家二爺陸元節的嫡次子。」

魏清芍傷到了肩膀，傷口看上去很嚴重，但魏清莛知道並沒有傷到筋骨。幾個侍衛將陸志遠放在其中一個帳篷裡，他們並不知道陸志遠的身分，但對方身上穿的不是岷山書院的學院服，以其他的身分能進入圍場的總不會太低，但今天身分不低的人實在是太多了，沒有人講究這麼多。

魏清莛將魏清芍安排在一邊，對其中一個侍衛道：「麻煩您去幫我把陸尚書右丞的夫人請來，就說她兒子在這兒。」

魏清莛拿來一瓶藥，小心地給桐哥兒上藥，魏清芍覺得肩膀火辣辣的疼，卻強忍著沒有說。

紀氏拉著兩個雙胞胎女兒趕忙過來，就看到先前的恩人也在帳中，紀氏眼睛一亮。「恩人，聽說您救了我兒子，他在哪兒？」

魏清莛揚揚頭，指著魏清芍道：「不是我救的，是她救的。」

紀氏這才看到魏清芍，還沒等她道謝，就聽魏清莛道：「夫人，她是我姊姊，她也受了傷，我現在還要去前面幫忙，不方便照顧他們，能不能請夫人照顧一下她，還有我弟弟。」

紀氏連忙點頭。「恩人放心，我會照顧好他們的。」

魏清莛點頭，對桐哥兒道：「桐哥兒，你和這兩個小姊姊一塊兒玩好不好？要是累了就睡一覺，不要離開她們身邊，姊姊忙完了就回來找你。」

桐哥兒抿了抿嘴，點頭道：「姊姊去吧，桐哥兒會乖乖的。」

「乖。」魏清莛摸摸桐哥兒的頭，對紀氏道：「令公子在裡面，有人在給他包紮傷口，」看了一眼魏清芍蒼白的臉，猶豫了一下，道：「不知夫人可否幫忙給我姊姊上個藥。」

現在營地裡最缺少的就是女醫，紀氏自然點頭同意。

魏清莛這才放下心來，看到還是亂糟糟的圍場，魏清莛快步去找四皇子。她知道對方肯定也受傷了，但營地這樣亂，要是不處理好，不知會因為延誤而死多少人。

魏清莛找到四皇子，讓他出頭將岷山書院和倖存下來的青年男女們組織起來。「……大家一起努力，總能多救一些人。」

魏清莛一說，四皇子就同意了，他眼睛發亮，魏清莛想的是救人，他卻已經可以預知這件事給他帶來的影響了。

他馬上吩咐人下去籌備，自己也不顧傷勢上前去組織並幫忙，這時，所有的官員還在等著朝中來處理的人，卻沒有想到自己也可以救人，魏清莛抿緊嘴唇，這個國家的行動力太弱了，經過先皇的盛世，大家心中的激情好像被磨平了，一旦發生災禍，就只會像無頭蒼蠅一樣亂轉。

魏清莛找到耿少紅和陳燕的時候，兩人正費力地將一位受傷的夫人抬進帳篷，想幫她止住不斷從胸前湧出來的血，耿少紅的手不停地抖，怎麼也按不住傷口。

魏清莛轉身在旁邊架子上的盆裡洗手，擦乾淨後接過耿少紅手中的藥，微微用力地按下去，輕聲對那位夫人道：「沒事的，御醫很快就到了，現在止了血，很快就好了。」扭頭對耿少紅道：「妳去找更多的人來，只要受傷不太重的，就要她們過來幫忙，所有人都要洗手，順便去找內侍，讓他們多找一些醋來消毒，不懂的就去問醫女。」

耿少紅點頭，飛快地跑出去找人。

魏清莛對陳燕點頭，讓她去給旁邊的一個孩子包紮受傷的腿。

魏志揚站在陰影裡，紅著一雙眼睛看魏清莛將那些女眷抬進帳篷，腦海中不住的閃現她搭弓射箭的樣子，心裡只覺得怒火滔天，他被騙了。

魏志揚幾乎想衝出去攔住魏清莛問她，那七年裡妳到底做了什麼？只是他不敢，魏清莛剛救了皇帝，魏志揚拿不定主意皇帝對她是什麼態度。

魏志揚轉身離開，沒關係，就算是她不聽話又有什麼關係？就算她本事大又有什麼關係？她不是男子，可以離家，她是他的女兒，他對她有生殺大權，他可以決定她的婚事，就連身為男子的魏青桐也一樣會受制於他，誰讓他是個傻子呢？

一時的失誤並不是失敗。

# 第六十一章 救人

眾人安排傷患一直到天明，皇帝在聽了四皇子的回稟後，就強撐著身子起來主持救援工作，有了皇帝發號施令，救援工作要快得多，魏清莛和耿少紅、陳燕一夜沒睡的幫忙包紮，抬人，餵藥，甚至是擦拭身子。

這一天大部分女眷都知道了這幾個女孩子，給耿少紅、陳燕積累了好名聲，之後更是出現一家有女百家求的現象。

也許是從小養著桐哥兒的緣故，魏清莛對孩子最是心軟，在她看來，孩子是這世界上最純淨的生命，任何東西，在孩子的安危面前都要退一射之地。所以她的救援首先是孩子優先，見耿少紅、陳燕那邊大多是幫著成年的女眷，魏清莛就專門找了孩子抱回去，再在從醫女那裡拿藥，只是，不是所有的傷都可以治好的。

魏清莛抱緊懷裡的孩子，紅著眼哄道：「睡一覺就好了，睡一覺就好了。」懷裡的孩子疼得直哼哼，他的右手齊肩被砍掉，幸虧魏清莛找了能快速止血的好藥過來才撿回一條命，只是這樣，對方還是發起高燒，要是不能熬過今晚……

身邊的夫人看了就哭起來。「我的孩子，我的孩子也沒了，那些刺客到底是誰？到底是為什麼呀！」

魏清莛抿嘴不語。

天一亮，魏清莛拖著疲憊的身軀回去找桐哥兒，桐哥兒正躺在陸志遠的身邊，魏清芍和雙胞胎睡在另一角。幸好因為大家都想著會留宿一晚，所以帳篷帶得很足。

看見魏清莛回來，紀氏眼睛一亮，迎上去問道：「魏姑娘，外面如何了？」

「用過早飯就走，京裡來接應的人已經到了，因為傷的人不少，行程可能會慢些，紀夫人要是想跟著傷隊，也要看緊兩位妹妹。」

紀氏沈默下來，她不願離開兒子，可讓她照顧兒子還要兼顧兩個女兒就有些困難了。

魏清莛熬了一夜，眼睛都快睜不開了，偏偏等一下還要趕路，也就不願睡過去。

魏清芍看著為難的紀氏，低聲道：「紀夫人，不如我帶著兩位妹妹吧，反正我也受傷了，是一定要跟著傷隊一起走的。」

紀夫人鬆了一口氣。「那就多謝魏姑娘了。」見魏清莛臉上並沒有什麼特別的神色，更是放下心來，魏清芍是庶出，魏清莛是嫡出，而且魏清芍的母親還是平妻，她以為兩姊妹的關係會很不好，可現在看來卻完全不像是那麼一回事。她悄悄地打量兩人。

發現魏清芍自然的將一個饅頭遞過去給魏清莛，低聲問起外面的情況。

魏清莛也低聲說了個大概，完了還囑咐道：「他們可能會擔心回程還有人埋伏，行程要是加快，妳們也別慌，只要牢牢地跟著受傷的人群，朝廷不敢不管妳們。」

魏清芍低低地問道：「那妳呢？」

魏清莛想到剛才任武昀來找她說的話，道：「我要待在皇帝的身邊，保護他。桐哥兒我會一塊兒帶過去，妳自己保重。」

魏清莛三兩下將東西吃完，又拿了兩個放在懷裡，道：「妳們也拿一些吧，要是出什麼意外也有個防備。」

魏清莛輕輕地叫醒桐哥兒，就牽著他的手往中間最大的那頂帳篷走去，她已經和耿少紅等人說過了，還拜託了四皇子多加照看她們，希望接下來的回程一切順利。

新來的金吾衛（注）攔住魏清莛。「回去，回去，這兒是妳來的地方嗎？」

魏清莛站住腳步，道：「我找任武昀。」

金吾衛挑眉。「找皇子都沒用，快回去，這兒戒嚴了，不是你們這些小孩能走的地方。」

路過的禁衛軍看到魏清莛冷著張臉頓時嚇了一跳，一把拉過那個金吾衛低聲說了幾句，那個金吾衛就驚奇加不可置信地看著魏清莛，有些支吾道：「妳，妳是那位魏姑娘？」

魏清莛遲疑地點頭，她姓魏，應該是魏姑娘。

金吾衛不好意思地一笑。「魏姑娘別見怪，屬下沒見過您。這樣，您在這兒等著，我去叫任將軍出來。」

金吾衛急匆匆而去，他們一到圍場，就是和倖存下來的禁衛軍拱衛圍場安全，重點是皇上的安全。他們站在自己的位置上，對圍場的慘狀自然直視的，憤怒的同時不免詢問當時的情況，於是，大家都聽到了一個人的稱呼——「魏姑娘」。

一個人也就罷了，幾乎每個說話的人都推崇她，就由不得他們不相信了，他還以為那位

注：金吾衛，即掌管皇帝禁衛、扈從等事的親軍。

魏姑娘是五大三粗的姑娘呢，誰知道是一個十四、五歲的少女，除了氣勢凌厲些，和普通的少女也沒什麼不一樣嘛，不過她旁邊的小孩倒是長得挺漂亮的。

任武昀很快出來，他的胸前還纏著白布，看到魏清莛咧嘴一笑，摸摸桐哥兒的頭髮，見他手裡握著個饅頭慢慢啃，就拿過來道：「你別吃這個，等一下哥哥請你喝粥。」

桐哥兒看向姊姊。

魏清莛衝他點頭，對任武昀道：「我們走吧。」

任武昀直接帶著她去自己的大帳，解釋道：「為了安全，我們縮小了拱衛圈，所以很多帳篷都收起來了，我是和喜……四皇子一個帳篷的。」

任武昀的帳篷被收拾得很乾淨，桌上擺著一碟小菜、一籠饅頭和三碗……燕窩粥。

魏清莛挑眉，任武昀沒有察覺，直接將一碗塞給桐哥兒。「快吃，吃完了休息一下，等一下我帶你們去見皇上。」

桐哥兒從昨晚開始就沒吃東西，路上忍不住喊餓，魏清莛這才給他一個饅頭慢慢啃的，現在見到燕窩粥，自然就盤坐在地上慢慢的喝起來。

魏清莛搖頭拒絕他的好意，閉著眼睛在一旁養神，她實在是想睡覺。

任武昀見她的手指都被磨得出血了，微微皺眉，找出傷藥和紗布就給魏清莛上藥。

魏清莛也不矯情，反正她連對方都揹過，還怕什麼，舉了手讓他上藥。

「刺客是什麼人？」

任武昀眼裡閃過寒光，恨恨地道：「現在就查出了先二皇子餘孽和回鶻那邊的人，至於還有沒有其他的勢力就不知道了。」這事還是參與調查的四皇子告訴他的。

任武昀想到平白死了這麼多人，胸中就好像壓了塊石頭般，他自十二歲起就上戰場，從別人認為的紈袴一步一步爬到將軍這個位置，見到的死人不知凡幾，可那是在戰場上，從沒有像現在一樣單方面的被屠殺，更何況，死的最多的是那些無辜、手無寸鐵、毫無反抗之力的女眷和孩子。和魏清莛一樣，他寧願死的是那些大臣，也不願是他們的妻兒。

「先二皇子？」那不是當今皇上的二弟？魏清莛皺眉，突然想起了什麼，臉色難看之極。「就是被先帝廢為庶人，卻不甘而造反，最終被殺的先二皇子？」

任武昀點頭。「對啊，就是他，妳說皇上都登基這麼多年了，他們怎麼還冒出來？當年平叛的可是先皇，殺無赦的命令也是先皇下的，現在出來名不正言不順的。」

魏清莛卻覺得心焦起來，當年那場平叛是王公領兵，他們既然敢來找皇上，會不會去找王家？

魏清莛幾乎想直接飛奔回京城，王家現在只有舅母和表姊在家，可千萬不能出事。因為要進圍場，皇室暗中肯定有暗衛跟隨，王廷日不敢讓暗衛進入圍場，所以暗中保護桐哥兒的暗衛在當天就離開了，要通風報信，只能透過任武昀了。

「我有一封信要送給我表哥，你派人幫我送去好不好？」魏清莛雙眼期盼地看著他。

任武昀心中不悅，但還是問道：「妳給他送什麼信？」

魏清莛不安道：「當年是我外祖父領兵平叛的，我怕他們對我舅母和表姊不利，我得通知我表哥，讓他回去保護她們。」

任武昀鬆了一口氣，雖然他也不知道自己為什麼會鬆了一口氣，還是點頭道：「那妳寫來，我讓人送回去。」

其實現在圍場是和外面斷絕聯繫的，就怕消息傳出去路上會遭人埋伏，任武昀想著等一下去找四皇子，再不行就去找皇上，總會有辦法的。

「對了，我昨天一直沒時間問，妳知道我們書院的幾位先生哪兒去了嗎？」昨天魏清莛好像聽傅師兄提了一嗓子，說是秦山長和孔言措及李先生一直沒找到，後來還是一個負責把守的禁衛軍說三人中途的時候走了。

任武昀撇撇嘴。「他們聽說大岷湖來了個什麼名士，三人跑回去拜訪了。」任武昀一直不怎麼喜歡文人，現在見一個山長竟拋下整個書院去會友，印象更差，道：「那孔先生也不是什麼好人，桐哥兒說不願意陪他下山，要留在山上，他就丟下桐哥兒一個人走了，我看妳還是別讓桐哥兒跟他學，讓他跟我學武還好呢，至少可以強身健體，妳看他現在瘦弱的。」

桐哥兒已經能分辨出好歹了，聽任武昀講他師傅的壞話，就站起來狠狠地瞪著他，叫道：「不許你說先生的壞話！」

任武昀知道桐哥兒的情況，也不惱，只是板著臉道：「桐哥兒，大哥哥是為你好，你要是學了武藝，以後就可以保護你姊姊了。」

這倒是個很大的誘惑，桐哥兒側頭。「那你也不能說我先生的壞話。」

「好，我不說，那你要不要跟我學武？」

桐哥兒這次沒徵詢魏清莛的意見，直接點頭道：「要。」他想保護好姊姊。

魏清莛沒有想過讓桐哥兒保護她，可要是他學了武藝能保護得了自己更好，也就沒開口說什麼。

孔言措一向是個靠譜的人，他怎麼會扔下桐哥兒一個人跑下山？魏清莛仔細地問桐哥兒，才知道原來當時孔言措是拜託了一個學生幫忙照顧桐哥兒的，只是中途那人鬧肚子跑了，就那麼一會兒的工夫，刺客就來了。

魏清莛一嘆，事情就是這麼湊巧，不知道那個學生是否還活著。

金吾衛有人來請任武昀和魏清莛過去，對於魏清莛牽著魏青桐的手要一塊兒去，金吾衛微微皺眉，只是見任武昀沒說什麼，也就閉嘴站在一邊。

皇上黑著眼圈坐在大帳裡，裡面站著四王和一位老王爺及幾位重要的大臣，看見任武昀進來，大家的視線直接定在他……身後的魏清莛身上。

在場的人除了皇上身後的書吏，全都見過王公，或者說全都在王公的手底下當過差，近距離的看見魏清莛都不由地倒吸一口涼氣，這祖孫倆也太像了。

魏清莛要是知道他們在想什麼，一定會氣得吐血，她真的長得這麼像男人？還是她的外祖長得像女人？

刺客衝進來的時候，離皇上最近的四王和老王爺就抽了身邊侍衛的刀自動保護起皇上來，五人都是武將出身，只是那時候他們不僅要保護皇上，還要保護身邊的文臣，也就沒近皇上的身，而且皇上也不放心讓他們近身，五人都很乖覺地在一邊保護那些文臣，倒讓任武昀和魏清莛討了好。

魏清莛也就算了，任武昀可是平南王家的人，平西王不由得狠狠地瞪了平南王一眼，這兩兄弟慣會做戲，平南王府明明和皇上鬧得不可開交，皇上卻對任武昀寵愛有加，平時可以自由出入宮廷也就罷了，出事的時候連一個皇子也不敢放在身邊，偏偏就信了這個傻了吧唧的小子。

魏清莛在心裡權衡了一下，還是拉著桐哥兒跪下衝皇上磕了三個頭，照著前世電視裡看到的喊了聲：「叩見皇上，皇上萬歲萬歲萬萬歲。」

魏清莛低著頭，沒看見任武昀半張著嘴巴目瞪口呆看著她，也沒看見眾大臣一臉不忍直視的樣子，更沒看見上位的皇上在一愣之後眼裡閃過的笑意。

皇上收斂嘴角邊的笑意，抬手道：「平身吧，」看了看站在她身邊的魏青桐，心中詫異，難怪老六會纏上他，原來竟長得這樣漂亮。「這就是桐哥兒吧？來，過來站在朕的身邊，到時你們就隨朕一起走。」

魏清莛拉著桐哥兒就站到任武昀的身邊，也就是皇上的身邊。

眾大臣的心又顫了一顫，話說這真的是王公的外孫女？除了長了像點，膽子和王公一樣大，武藝和王公一樣好，心眼什麼的一點也不像啊！

皇上和平南王看了卻都是微微一皺眉，看著並排站的魏清莛和任武昀，心裡開始發愁，昀哥兒已經夠一根筋了，要是他未來的媳婦也這樣，以後兩人的日子可怎麼過呀？

皇上想著，要是任武昀向他請旨賜婚，他是答應好呢，還是不答應好？要是不答應，這小子要是鬧起來怎麼辦？

平南王想的卻是，他們的婚約肯定是不可能取消了，看來只能著重培養昀哥兒了，回頭得跟二弟說一聲，怎麼也要讓這小子長個心眼，不然這夫妻倆被人賣了還幫人數錢呢！

魏清莛到來，帳篷裡就沒再討論什麼事，皇上直接一連串的命令下去，拔營回京。眾人都下去準備，大帳裡就只剩下魏清莛姊弟和任武昀及幾個內侍。

皇上支走任武昀。「你去看老四那邊安排得怎麼樣了，可一定要保護好傷患，不能讓他們受到顛簸。」

任武昀沒有懷疑，直接應了一聲是，衝魏清莛點頭，轉身離去。

任武昀一走，帳篷裡的內侍這才陸續地退出去，皇上身邊只留下一個魏公公。魏清莛愣了一下，這才反應過來對方是特意調走任武昀的，看向皇上，等著他說話。

皇上就輕笑出聲，道：「妳這個脾氣倒是和妳外公挺像，他也是這樣，堅持的事，要是你不能拿出可以說服他的理由，他就會一直堅持下去，哪怕失去生命。」

魏清莛很想告訴他──其實你看錯了，為了生命，我是可以選擇放棄一些事情的，只要不觸犯原則。

很久以後，魏清莛才知道，她的外公王公也是這樣的人。

皇上靜默了片刻，決定還是直截了當地問：「妳一定很討厭我吧？」

魏清莛吃驚地抬頭看他，眨眨眼，皇帝是這個樣子的嗎？

皇上笑道：「妳和昀哥兒很像，我要是有什麼疑問就會直接問他。」

魏清莛點頭，彎彎繞繞的話她的確總是會聽不懂而誤解。魏清莛想了想，道：「現在我還是不喜歡你。」

皇上挑眉。「不知是什麼原因讓妳對我的印象好了一些？」

魏清莛想了想，道：「你和我想像的不一樣，你沒有為了生命而放棄其他人。」昨天真的很危險，要是任武昀頂不住，皇帝可能就會死掉，可如果他起身離開，那麼他身邊以及更遠一些的侍衛禁衛軍和武將一定會拚命護送他離開，那樣比他待在圍場更安全，歷史上這樣的帝王並不少。

而那些刺客在感覺自己刺殺不了目標，回去會死的情況下，就會加快對身邊人的屠殺，到時就算是魏清莛再有威懾力也沒用，可以說，昨天魏清莛那個威脅之所以有用，是因為皇帝就站在她的身後，他沒有離開，而之後，他也沒有怪罪她。

要知道，小氣一點的帝王可以以此為理由殺了魏清莛，甚至她的家族的。

皇帝垂下眼眸，道：「當年的事很複雜，我也沒料到會那樣，妳和昀哥兒一樣是好孩子，就算說了，你們也未必懂，懂了未必就會開心，既然如此，你們不如什麼都不知道。」

魏清莛不置可否，不過是為了利益，她不覺得這有什麼難理解的，但是當年的事魏清莛都是道聽塗說，現在看來皇帝對她的身分並沒有多少敵意，當年的事更加雲裡霧裡了。

皇帝想到昨晚上魏清莛支援四皇子的事，好奇地問道：「妳認識昀哥兒是因為上次救了任金的事，那妳是什麼時候認識四皇子的？」

魏清莛自然不會告訴他，四皇子一回京她就見到他了，只是答道：「在書院裡見到的。」

皇帝自動理解為任武昀帶四皇子去見她的。「眾多皇子中，妳只救了四皇子，是因為他和昀哥兒的關係，還是有什麼其他的原因？」

表哥說過，當你的心思注定瞞不過一個人時，不如半真半假的說出來，還落得一個光明磊落的名聲。「我討厭六皇子，聽說四皇子和六皇子不和，所以我幫四皇子，以後他也要幫我。」

皇帝被她逗笑了。「是誰說妳幫了四皇子，四皇子就要幫妳的？」

魏清莛眼露迷茫——他欠了我的人情，自然要還回來，這不是眾所周知的事嗎？

魏清莛的表情太明顯，皇帝一看就懂了，嘆了口氣，更加為她和任武昀的將來擔心。

昀哥兒從小就是那副性子，小的時候在宮裡，皇子們欺負他，反而跑到他這裡來告狀，那小子也不懂得策略，直接反駁，當著他的面都敢揍皇子，自己卻哭得一把眼淚鼻涕的，非說皇子們欺負他。

他就是有心幫昀哥兒，但昀哥兒的確是當著他的面揍了皇子的，雖然不止一次的教昀哥兒，結果下次還是這樣，要不是有太子在後面給昀哥兒擦屁股……皇上想到那人，面上的笑容微淡。

這魏清莛從小在山林中穿梭求生存，沒跟誰鬥過心眼，只怕比昀哥兒還不如。

魏清莛看他面色變了幾遍，不知他在想什麼，也就不再管了，桐哥兒有些想睡，魏清莛拍拍他的肩膀安慰他，外面已經拔營，應該快可以啟程了。

# 第六十二章 心思

魏清莛和任武昀都圍在皇上的車架邊，任武昀拿劍，魏清莛帶弓，騎著馬同在一邊，四皇子在後面安排傷患的事，不能和他們一起，桐哥兒被魏清莛放在身後共乘一騎。

皇上見了就笑道：「這孩子睏了吧？讓他在車架上靠一下吧，在馬上萬一摔下去怎麼辦？」皇帝知道魏青桐的情況，心裡還把他當成一個孩子來看。

魏清莛想了一下就同意了，桐哥兒就和魏公公一起坐在車架邊上，魏公公見皇上對這兩姊弟和藹，對當年事心知肚明的他對桐哥兒也很照顧。

於是進了京城，大家都看到了這姊弟倆，之後魏清莛的名字更是家喻戶曉，不少人羨慕魏青桐有這樣一個好姊姊，靠她可以近距離的接觸皇上，甚至還被恩賜坐在聖駕的車架上。

一場圍獵比賽，讓京中不少人家都辦起了喪事，白布、燈籠等物的價格都上漲了，就是十里街福運來的掌櫃都跟魏清莛抱怨最近肉和菜蔬都漲價，害得他的飯館少賺了不少錢。

魏清莛面色凝重，那一場災難讓很多人失去了最親近的人，成了所有人的一場噩夢，幸虧魏清莛最在意的人沒事。

可魏老太爺卻沒有這麼幸運，他雖然沒被刺客砍刀，卻被人擠到地上，有幾個人從他身上踏過，要不是後面有人拉了一把，他說不定就永遠的留在圍場了。

魏清莛竟然寧願救別人，也不救他，這讓魏老太爺惱怒不已，偏偏現在魏清莛救駕立功，人又住在書院，他連發脾氣都找不到人。
魏老太爺找不了魏清莛的麻煩，但關注魏清莛的人卻找上了魏老太爺的麻煩。
大家將目光對準這裡的時候才發現此人竟然一直霸佔著戶部尚書的位置，卻庸庸碌碌無所作為，這樣的人留著就是浪費國家錢糧啊。
魏清莛立功讓他們猶豫了一下，卻見他們姊弟一直游離在魏家之外，頓時再無所顧忌。理由也是現成的。
魏家承認小吳氏是平妻，小吳氏也一直以平妻的身分在外走動，但律法上是不承認平妻的，就算民間有納平妻的，也得有嫡妻娘家的同意書，魏家很顯然拿不出這樣的東西來。御史以治家不嚴彈劾魏老太爺和魏志揚。
皇帝也有意思，賞賜了魏老太爺一些珍貴的藥材，讓他在家養傷，由戶部侍郎暫代戶部尚書之責，並著令他管好家事。
魏志揚被申飭。
回鶻使臣在那一場刺殺中死了四人，除了娜布其公主被保護得很好外，其他人都重傷，包括赤那王子。
經過一段時間的修養，赤那王子已經可以下床行走了，他叫來娜布其公主，吩咐道：「妳明天去請魏姑娘過來，我要親自向她表示感謝，這次要不是她施與援手，我們的損失只怕更大。」
娜布其公主皺眉。「王兄，四公主和五公主來了好幾次您都沒有見她們，這次卻去請魏清莛，會不會惹惱對方？」

赤那王子冷哼。「娜布其，妳膽子太小了，我要見誰不見誰遵從的是我的意念，實在不用過多的在意別人的看法，魏清莛的作用比那兩位公主的作用大得多。」回鶻要跟中原和親，只要對方是中原女子，皇帝給魏清莛一個公主的名號就是了，公主有的，魏清莛也可以有，但魏清莛有的，公主卻沒有。

娜布其心中微寒，她是一定要留在中原和親的，要是王兄娶的是一位公主也就罷了，偏偏他在公主看上他的情況下還娶了別的女子，要是以後這些人針對她怎麼辦？

雖然心中不願，娜布其也不敢違抗赤那王子的話。

魏清莛對娜布其公主的邀請微微詫異，這幾天邀請她的人不少，多是在圍場中逃過一命的夫人們，只是魏清莛不擅交際，一律回絕了，倒是自己在大岷湖租了一個場地，給那些邀請過自己的人家發了一張請柬，這樣一併解決後就不用隔三差五地去別人家做客了。

這件事還是秦氏幫她策劃的，那些夫人也是秦氏出面幫忙招待，大家或多或少都聽說過魏家的事，也沒人挑理，反而對魏清莛姊弟很是憐惜。

魏清莛只是含笑跟在秦氏的身後就可以了，秦氏不好意思地對眾人解釋道：「這孩子接觸的人少，有些怕羞，妳們不要介意。」

昭華公主拉過魏清莛，左右看看，見魏清莛身上穿著緞織掐花錦裳，下身是散花百褶裙，看上去青春靚麗卻不失溫柔，被她這樣看著也不害臊，只是睜著一雙圓溜溜的眼睛看她，一時心中印象大好，不免對眾人笑道：「這就是當初搭弓射敵的女英雄？我怎麼看著是一個嬌滴滴的美人？」

「長公主不知道，那天我們可嚇壞了，四周都是那些揮刀的刺客，我帶著我們家的二哥，連東西南北也不分了，要不是魏姑娘一枝箭下來，大家今天怕是就看不到我了。」禮部尚書陳茗的兒媳婦周氏苦笑。

場中氣氛一凝，大家都想到了在那場刺殺中死去的人，雖然她們不見得和那些無辜被牽連的夫人有多深的感情，但大家平日往來總是知道的，明明前一刻還一起言笑晏晏，下一刻卻天人永隔了。

秦氏笑道：「行了，今天是為我這外甥女答謝妳們的，妳們回去再哭，今兒可不能做掃興的人。」

昭華公主笑道：「魏姑娘救了這許多人，我們陸家那一對姊妹還是魏姑娘親自出手護著的，該是我們謝她才是，怎麼讓她謝起我們了？」

「這孩子不善言辭，先前妳們發帖子給她，她課業又忙，還要照顧桐哥兒，也就一一推了，只是心中難免忐忑，就和我說了，大家聚在一起，算是她謝妳們的厚愛，也算是賠罪。」

魏清莛就被秦氏推出去，落落大方地對著眾人說了些感謝的話，這些都是王廷日事先叫她背的，她說得很順。

昭華公主更感興趣的是她的箭法是如何練成的。

魏清莛當然不能說她是到岷山裡打獵練的，只說是母親從小教導她要學好知識，以後好教導弟弟。

魏清莛不好意思地道：「母親說我們王家子弟都要從小學習六藝，弟弟的基礎差些，但該學還是要學的，只是我到底不比男子，一看書頭就暈，也就手上的功夫上手快些，就想著騎射也是六藝之一，所以就專門學了好以後教弟弟。」

這些話自然是假的，但也有人從中聽到了什麼，大家目光微閃。

主要的事情做完，夫人們就讓魏清莛和女孩子們去外面玩，她們則坐在一起閒話家常。

魏清莛鬆了一口氣，屈膝行禮離開。

耿少紅雖然剛到京城一年，但認識的人比魏清莛多多了，她和陳燕一人一邊護著魏清莛出去，跟她介紹那些女孩子。

大家都對魏清莛很感興趣，沒想到能打老虎，還能殺刺客的女英雄這樣小。自然，有喜歡魏清莛的，也有討厭她的。

只是魏清莛沒想到，討厭她的竟是竇容的妹妹竇柔，魏清莛眨眨眼，話說她和竇容總共也就見過幾次面，兩人相處得還不錯，竇容給她的印象就是溫文儒雅，和竇柔更是只見過一面，她是怎麼得罪對方的？

竇柔對魏清莛眼睛不是眼睛，鼻子不是鼻子的，耿少紅也很生氣，要不是顧及對方是姊姊的好朋友，耿少紅早就針鋒相對了，即使如此，現在的耿少紅也冷下臉來，拉著魏清莛道：「表姊，我們到湖邊走走吧，我還是第一次來大岷湖呢，聽說到了冬天，大岷湖的梅園很漂亮，到時我們再來看。」

魏清莛也沒有將就別人，息事寧人的習慣，看也不看冷臉的竇柔，點頭道：「好啊，叫上小雨吧，聽說她這幾天情緒都不大好，大家一起去逛逛。」

耿少丹見妹妹與魏清莛都不喜歡她的朋友，臉上的笑容微僵，對魏清莛笑道：「表妹不如多坐一會兒，我去問問看還有誰想去湖邊的，到時大家一起豈不熱鬧？」

魏清莛笑道：「人多了反而不好，不如分批去，我和表妹先去，等一下表姊再帶著一批人過去，如何？」

耿少丹笑著點頭。「好，」笑容卻有些寡淡。

魏清莛也知道得罪對方了，卻並不在意，耿少丹曾和自己的祖母聯合起來欺負自己的母親，就算這不是她的本意，但她的確是做了這樣的事，這讓魏清莛很不喜。

見大家簇擁著魏清莛說說笑笑的離開，竇柔咬牙。「這就是王公的外孫女？不是說王三娘是京城第一才女嗎？她連最基本的待客之道都不知道？哼，我看不過是徒有虛名！」

耿少丹微微皺眉，今天雖說是魏清莛請客，但其實是耿家的人在操辦。「行了，我們去找郡主，妳不是也想去遊湖嗎？大家一起。」

「我不去了，看見她我就不舒服。」竇柔心想，都說王三娘曾才絕京華，可如今再看她的女兒魏清莛，也不過爾爾。她起身道：「我要去找我母親。」

耿少丹晦澀不明地看竇柔離開，這才揚起笑臉去找郡主。

此時陸二夫人紀氏正和秦氏打聽魏清芍的事，因為有魏清莛的拜託，秦氏即使心裡非常不願，還是不偏不倚的說了一些魏清芍的情況。

紀氏見秦氏態度冷淡，卻並不說魏清芍的壞話，心裡鬆了一口氣，看來外界傳說秦氏是個光風霽月的人是真的，也說明了魏清芍此人不錯。

這場宴會就因為這樣那樣的原因，在眾人心思各異的情況下落幕了，反正之後魏清莛對宴會一類的場合都是敬謝不敏，她寧願鑽到玉石街裡大汗淋漓的看那些玉石，甚至上次上玉閣辦的宴會也不錯，總之，都比這些閨閣女子聚在一起要好得多，實在是矛盾太多了，要是對方是男的，魏清莛還能揍對方一頓，或者讓王廷日打對方一頓，可對方是女的，吵架她實在不太在行。

現在一聽娜布其公主邀請，魏清莛就趕緊搖頭，歉意道：「我最近的事情比較多，實在是抽不出空來了，赤那王子有什麼話直接讓公主轉達就是了，要是不急，也可以等赤那王子傷好後回書院再說。」

娜布其沒想到對方會拒絕，看了魏清莛幾下，才點頭道：「我會將您的意思轉達給王兄的。」

赤那王子想見魏清莛，王廷日和四皇子幾乎是第一時間就知道了這件事，只是兩人的建議完全是相反的。

王廷日認為赤那王子作為回鶻的代表，心思一定不簡單，所以讓魏清莛能離他多遠就離他多遠，完全沒必要參和進這些事來，要知道本來他給魏清莛制定的是低調策略，低調地長大，低調地賺錢壯大，低調地嫁人，低調地過自己的小日子。

可現在，一切都毀了，他自然是不想魏清莛再出現在那些可能有爭端的事件裡。

四皇子和王廷日一樣，覺得赤那王子有奸計，不過想著要是魏清莛能和赤那王子見面，說不定能知道他想幹什麼。

四皇子一點也不懷疑魏清莛對自己的忠心，魏清莛可是在父皇面前直言承認了要支持自己的人，就是小舅舅也不敢跑去和父皇說要支援他，反對六皇子什麼的。

但很顯然，在魏清莛的心裡，四皇子和王廷日相比，重要性實在是差太多了，聽了兩個人的建議，魏清莛想也不想就回絕了四皇子，聽王廷日的話安心地回書院念書。

四皇子咬牙，要是他手下的其他人，他早就拿出身分來壓制對方了，但王廷日實力雄厚，他雖然有一些追隨者，但都是軍隊裡面的，太子哥哥給他留下的人脈裡也多是讀書人，他要辦事，就要錢，可錢，他一分都沒有。

這幾年打仗賺的錢，他全都投進去了，根本是杯水車薪，可自從和王廷日合作後，他第二天就給他拉了兩車的銀子，當時王廷日笑著對他道：「銀子，我有的是，只看四皇子有沒有這個能力一直從我這裡拿走。」

合作之始，王廷日就提了他的要求，他是個廢人，是不可能在朝為官的，他也不稀罕——這點四皇子一點也不信，他只要四皇子為王家平反，然後他們這一支風風光光的回歸琅琊王家，再就是，徐家，得交給他處置！

其實四皇子覺得這才是王廷日的目的，看著王廷日眼裡刻骨的恨意，四皇子微嘆，但他不想答應，他的太子哥哥也沒了，他也想親自處置徐家。

王廷日很有錢，四皇子現在不願得罪他，只好去找任武昀，只是才等他說完，還沒來得及提出讓他去勸說一下魏清莛，任武昀就跳起來大罵。「癩蛤蟆想吃天鵝肉，他一個蠻族也敢打魏清莛的主意，當我是死人啊！」

四皇子的臉直接黑了。「不要把所有人的品味都拉低，四公主和五公主現在都在書院呢，我想他要見魏清莛說不定是有什麼陰謀。」在他看來，四公主和五公主比魏清莛可強了不是一個檔次。當然，他也佩服魏清莛，但很難將她當成一名女子來看待。

「一定是有陰謀，不就是想把魏清莛拐去回鶻嗎？到時他讓皇上給魏清莛賜一個公主的名頭，達成了兩國邦交的初衷，再娶了魏清莛！喜哥兒，你一定要阻止他，要知道魏清莛的箭術可是很好的，要是他逼著魏清莛教會了回鶻的軍隊，那以後我們和他們打仗可就麻煩了！」又道：「一定是這樣的，在回鶻，不僅是男子以實力的強弱論尊卑，女子也是一樣的，要是他逼著魏清莛嫁給了他，他要收服回鶻的那些大臣也要容易得多……」

四皇子目瞪口呆，阿昀什麼時候這麼聰明了？

竇容「噗哧」一聲笑出來，踢踢任武昀的腳，懶洋洋地道：「快回去通知太妃，該給阿昀找媳婦了。」

四皇子恍然大悟，任武昀脹紅了臉，硬著脖子道：「你胡說什麼呢，我說的是真的，這些回鶻人花花腸子太多了。」想了想，道：「不行，我得去告訴魏清莛，要是她不知深淺著了赤那王子的道怎麼辦？」

四皇子扶額，得，他本來是想讓任武昀勸魏清莛去赴約的，結果現在倒弄巧成拙了。

# 第六十三章 親事

在任武昀風風火火地離開後，竇容笑容微淡，道：「你覺得剛才阿昀說的怎樣？」

四皇子瞪大眼睛。「你不會說他猜中了吧？」

竇容點頭。「起碼有七成的可能，赤那王子來京城，就是為了爭得我朝的支持，所以和親是一定的了，先前赤那王子對四公主和五公主都曖昧不清，可他養傷的這段時間一直閉門不出，也不願見兩位公主，雖然還是讓娜布其公主代為招待，但態度冷淡了不少。要是能在和親的同時還能為自己爭取更多的利益，我想他一定會非常樂意的。」

四皇子皺眉。

竇容就提醒道：「要知道回鶻可沒有我們中原的律法與道德，要是他娶的是真的公主，回去後自然是公主為大，現任的妻子為小，可要是魏姑娘……」竇容晃了晃扇子道。「說不定他還會再娶一個部落的公主，形成三頭大，只論姊妹也不一定，這在回鶻可是常見的。」

四皇子的臉頓時冷若寒霜。

就算是他覺得魏清莛配不上任武昀，但她畢竟是自家小舅舅從小定下的小舅母，又得到了任武昀認同，赤那王子這種挖牆腳的行為讓他很生氣。

「我的婚事已經提上了日程，開春可能就要定下來了，你的呢？」

竇容咳了咳，不自在地道：「我的婚事已經定下來了。」

四皇子嘴巴微張，控訴道：「你竟然不告訴我們！」

竇容申辯。「本來今天來就是要告訴你們的，是我父親拍板定下的，我都不知道呢。」

四皇子皺眉。「是哪家的女兒？」

「國子監祭酒盧榮尚的嫡長女。」

四皇子點頭，身分上倒還過得去。「既然你我的婚事都有了頭緒，沒道理，我們都要成親了，身為長輩的小舅舅卻還單身，你說得對，老王妃也該給小舅舅張羅婚事了。」四皇子與安北王府的大姑娘的事也已經挑明，只等人從北地回來見過皇后就可以下定了。

竇容好笑，想到他一回來，家裡就急巴巴地給他相看媳婦，母親更是為此覺都睡不好，好容易定下來了，現在又急著選日子，準備聘禮之類的東西。

而四皇子一回到皇宮，皇后也開始著手四皇子的婚事，這段時間，那些閨秀更是時不時地被叫進宮裡說話，要不是四皇子說自己有了心上人，只怕下雪後，皇后還要在宮裡辦酒宴呢。

三人中，唯一沒有動靜的就是任武昀，老王妃好像忘了這件事，任家也沒人過問。

竇容雖然還含著笑，眼裡卻沒了多少溫度。「那這件事要誰去老王妃跟前提呢。」

四皇子心中早有人選。「二舅舅最關心小舅舅的婚事了，回頭我和他說一聲，他一定會促成此事的。」

這個人選果然夠好。

竇容沒有問題了。

四皇子想了想，轉身去了皇后宮中，提了提任武昀的婚事，皇后嘆道：「母親還在怪父親，你外祖母之後又想通了王公的緣由，難免遷怒。」

當年的事很多人都不願意回憶，皇后更不願，但午夜夢迴時，她總是會忍不住去想，不斷地去想。

她是平南王的嫡長女，也是唯一的女孩，父親與母親因為納妾的事本就有嫌隙，後來父親避著母親答應了先皇將她許配給還是太子的當今做太子妃。可母親不願意她進宮受苦，她也不願意進宮。

但這門親事是父親與先皇定下的，他們想反悔也反悔不了，於是母親更恨父親，之後母親更是逼著父親將平南王的王位讓出，兩人勢如水火。

而王公，他是先帝的老師，是當今的老師，也是她最驕傲的兒子——太子的老師，先帝想要削藩，這個她知道，太子還小，興奮之下與她說漏了嘴，她就知道了先帝安排好了一切，竟是要當今穩住局勢，積累勢力，只等她的兒子太子即位就可以削藩。

這是千古的功業，皇后很是糾結，不知道是應該站在平南王這邊，還是丈夫和兒子這邊，可笑的是，她還在猶豫的時候，丈夫就做了愚蠢的一件事。

皇帝不願意把這功勞讓給太子，所以提前動手，想要藉由太子造反的藉口先拔除平南王府，可惜，他行事不密，竟叫四王察覺，東順王聯合其他三王先放下往日成見，局勢一下子就緊張起來。

而太子，被收押在行宮中。

國家才休養生息不久，王公見不得戰禍再起，只能一力承擔此事，主動上了罪己詔，只說是自己教唆太子身邊的長史想要逼迫太子即位，好掌握朝政。

王公的為人，上自皇室，下至平民百姓，無不信服，誰也不相信這封罪己詔，皇帝拿了也心虛不已，但此事好歹有人出來承擔了。

之後發生的事，內中情由皇后知道的並不是十分清楚，但皇帝沒想殺王公，她是知道的，既然王公都不死，那太子更不可能會死。

可太子卻偏偏在行宮「畏罪自盡」了，王公心灰意冷之下也自盡謝罪，王夫人也追隨王公而去，王公的二兒一女也在不到一年的時間裡相繼去世。

王公在上罪己詔之前曾誤導老太妃，他是為太子與任家才一力承擔此事，當時老太妃心中有愧，主動提出任武昀與王素雅的婚事，想要一次庇護王家，而王公卻提出女方人選換成魏清莛，只說是擔心女兒及外孫。

當時任家也是想也沒想就與王公交換了信物。

可王公自然不可能只是為了太子與任家，更是為了天下百姓，為了讓他們免於戰禍，回過神來的老太妃難免惱怒王公誤導她，卻因為信義不得不遵守當年的約定。

四皇子皺眉。「不管怎麼說，王公的確是為了保全任家才這樣，母親，就算知道了當初王公不完全是為了太子哥哥，但知道他是為那樣的緣由，兒臣只有更欽佩他，不只任家欠他，我們皇室欠他，就是天下百姓也要感謝他，要不是他，八年前的那場戰禍就躲不過了，回鶻狼子野心，誰知道會怎樣？」

皇后摸著四皇子的頭道：「這件事我知道，你父皇知道，你外祖母又何嘗不知？但她到底是因為王公算計著定下那門親事，她不喜也算情理之中，你也不用擔心，你外祖母不是言而無信之人，她一定會為昀哥兒迎娶魏姑娘的。」

四皇子心微冷，外祖母的確不會拒絕這門婚事，但如果是女方無法完成這門婚事呢？要是魏清莛在魏家熬不過死去，要是魏清莛在不知道這門親事的情況下被魏志揚定下婚事嫁出去，外祖母的確不反對，卻會冷眼看著這些事發生。

要是赤那王子真的提出要讓魏清莛和親，只怕外祖母也不介意在後面推一把吧？

這樣一想，四皇子更是著急，直接出宮去找任武晛。

要知道任武昀可不會忍，赤那王子要是真敢提，小舅舅一定會提著劍去找對方的……

任武晛聽完四皇子的話，沈默片刻，對四皇子點頭道：「你先回去，這件事交給我來辦。」

四皇子鬆了一口氣，要說在任家四皇子最信任誰，那一定是任武昀了，可要說，他最願意和誰商量事情，那就一定是任武晛了，因為對方只要一答應，就會拚盡全力的幫忙。

任武晛沒有回平南王府，而是去了王家，謝氏不方便見外男，但任武晛的身分讓她來不及顧慮這麼多就直接將人請進客廳。

任武晛直接表明來意。「不知當年我們平南王府的信物可還在？」

謝氏既期盼，又失落，她想不明白是希望對方否認這門親事好，還是承認這門親事好，只能呆呆的搖頭。

任武晛眉頭微皺。

謝氏回籠心神，道：「當年公公沒有把信物交給我，而是交給了三娘，這幾年我問過莛姊兒，當年三娘留下的東西大多被魏家貪去了。」

任武晛面色一冷，眼裡閃過寒光，片刻就收攏了情緒，溫聲道：「昀哥兒的年紀也不小了，剛好莛姊兒明年就及笄，雖然早了點，但家裡還是希望他們可以儘早完婚，當然，今天只是來問一下您的意見，要是合適，我們找一個時間，到時任家上門提親。」

王廷日一回家就被謝氏拉進了書房，將今天任武晛來的事情跟他說了，末了道：「……他說的也不錯，莛姊兒和桐哥兒這樣和魏家僵著到底不好，誰知道魏志揚會做出什麼事來？要是沒有更合適的，任家倒是不錯，只是不知任武昀本人怎麼樣，你要是有時間，不如抽個空去見見他，要是不好，也好推掉。」

見王廷日低頭不語，謝氏繼續道：「女子嫁人，最要緊的就是男方的脾性，我們王家雖然勢微，但如果不合適，還是能推掉的，當年你秦姑姑不就是吃了這個虧？莛姊兒性子直，更應該謹慎一些。」

王廷日笑道：「母親放心，我這兩天就去看看她。」

謝氏嘆了一口氣，起身離開。

王廷日的手下意識地摸摸自己的腿，不由地握緊拳頭。他只是個廢人，再多的心思也枉然，何況他身上還有血海深仇，根本給不了魏清莛幸福。

兩天後，王廷日還是找來了魏清莛，聽說是為了和任家的婚事，魏清莛張大了嘴巴。

「表哥，我現在才十五歲吧？」還沒滿呢！前世她都二十七了也沒嫁出去。

王廷日點頭。「但任武昀已經十九了，莛姊兒，他這個年紀做父親的很多了。」

魏清莛張張嘴，王廷日舉手打斷她。「不要跟我說什麼妳不嫁之類的話，妳我都知道，這不現實，就算是我同意，我母親也不會答應的，更何況，還有一個能決定妳婚姻的魏志揚。平南王府這門親事是祖父親自定下的，又得了姑姑的認同，就算是魏志揚不願承認，有信物在，又有平南王府威懾，他也不敢反駁，可要是換了其他人，妳認為魏志揚還會有這些顧慮？」

魏清莛沈默下來，不甘道：「表哥不也沒成親嗎？」

王廷日垂下眼眸，道：「我的情況不同。好了，妳想想吧，要是同意就讓任家來提親，要是不同意，」王廷日眼神微暗，聲音有些嘶啞道：「我也會為妳退親。」

魏清莛從沒想過自己會這麼快就成親，她以為她還小，她還可以慢慢的等桐哥兒長大。

魏清莛在北湖邊上走來走去，覺得自己並不是可以多愁善感的人，於是，她轉身離開，跑到平南王府，她本來是想找任武昀商量商量的，到了門口才覺得不對，先不說任武昀在不在平南王府，就是在，她要是這樣把人叫出來了，老王妃一定會對她印象不好，到時她要真嫁過去，只怕日子就不好過了。

魏清莛搖頭失笑，轉身回書院，她是當局者迷了，不管怎樣，還是得問問任武昀的意思，以後是要湊合著各過各的日子呢，還是他已心有所屬，便將婚事取消掉。

此時的任武昀正滿臉脹紅的站在任武晛面前，任武晛見他這樣子，笑著揮手道：「行了，二哥知道了，你去吧，這門婚事就這麼定下來了。」本來只是想試試昀哥兒對這門婚事是否反感，卻沒想到會有意外之喜。

任武昀卻站在任武晛面前沒有動，任武晛好奇地看他，任武昀憋了良久，才吐出話來。「那二哥你可要快些，赤那那小子心懷不軌，可不能讓他給搶先了。」

任武晛好笑地點頭道：「這是在京城，他還沒那個本事。」

任武昀這才心滿意足地離開。

任武晛轉身去了老王妃的院子。

他有很多種方法使母親記起這門婚事，並且不得不提起，但這些年老王妃的作為讓任武晛有些不放心。

他是母親最寵愛的兒子，她不會怪罪他，卻會遷怒昀哥兒和莛姊兒。

母親就算再不喜歡昀哥兒，昀哥兒也是母親的兒子，會為他的將來打算，可莛姊兒以後是要生活在內宅的，她更加直面母親的惱怒。

任武晛不願冒這個險。

老王妃閉目想了一下，問道：「這是你的意思，還是昀哥兒的意思？」

「我的。」任武晛身體前傾，恭敬地道：「母親，自從圍場一事後赤那王子對魏姑娘就很殷勤，雖然魏姑娘一直拒絕赤那王子的邀請，可要是赤那王子直接和皇上請旨呢？母親，魏姑娘好像並不知道兩家的婚事，到時要是出了紕漏，難免辜負了王公對我們的信任。」

老王妃的手瞬間握緊，嘲笑道：「你以為王公當年那樣做真的是為了我們任家？」

任武晛肯定地點頭。「母親，當年要不是王公站出來，四王和朝廷的戰事一定會起，首當其衝的就是皇后娘娘和倖存的四皇子，還有我們平南王府。母親，王公一直是以天下為己任，他的根本目的向來都是天下的百姓，我們沒什麼好抱怨的，可我們卻是實實在在的受了他的恩惠。」

雖然如此說，老王妃還是心中不忿，當年她以為王公是真的為了任家，不僅讓二兒子去魏家給兩個孩子撐腰，還強勢的插手王魏兩家的事，因此當時她有多感激王公，現在就有多惱他。

任武晛不能理解母親的這些想法，只是覺得母親有點小肚雞腸了，而且莛姊兒和桐哥兒都是孩子，他們和當年的事一點關係都沒有，反而還是受害人，難道他們這些實在的受益人照顧一下受害人都要這麼矯情嗎？

老王妃沒讓他多想，揮手道：「府裡的事我早就不管了，你去和你大哥、大嫂商量著來吧，昀哥兒的年紀的確也到了，也該收收心了。」

任武晛鬆了一口氣，雖然他還是不滿意，但也不敢再強逼老王妃，躬身退出去。

平南王聽說幼弟要成親，自然是一喜，笑道：「他的聘禮早幾年我就備好了，這幾年陸陸續續的又收集了一些，媒人選好了嗎？什麼時候上門提？要不要我出面？」

任武晛搖頭道：「我去請曾淼，他是王公的學生，當這個媒人也使得。」

平南王點頭。「回頭我讓你大嫂收拾東邊的院子出來，就用那做新房吧，離主院近，和母親的院子也不遠。」

任武晛搖頭。「還是用西邊的梧桐院做新房吧，那兒夠大，西邊的園子又多，昀哥兒的練武堂也在那邊。」

平南王皺眉，西邊的風景雖好，但都是給家中的女眷遊玩的，住房多聚集在東邊，而且，梧桐院離老王妃的院子太遠了，走路過來光時間都要小半個時辰。

「可是母親說了什麼？」

任武晛苦笑。「母親好像不願主持昀哥兒的婚事。」

平南王冷下臉，道：「要不要，要不要請父親過來？」

任武晛趕緊搖頭。「那樣一來只怕要鬧起來了，」任武晛想了想道：「帖子還是送過去，但其他的就算了，長兄如父，到時讓大哥主持也是一樣的。」

平南王只好點頭，心裡卻不由得更加心疼幼弟。

當年昀哥兒的到來是意外，加上母親難產，不管是父親還是母親，對他都很不喜，更是在他出生不久就將他送進宮裡。

平南王和皇后在任武昀出生的時候都已經有了孩子，年齡相差太大，都把任武昀當做自己的孩子般疼，而任武晛當時雖然被情所傷，卻也心疼幼弟，所以從小任武昀除了沒有父母的疼愛，幾乎就是被寵得無法無天。

就是在皇宮裡，太子也要讓他的，忘了說了，太子可是比他都大了四歲的。

任武晛講究速戰速決，當晚就提著禮物去曾家。

曾淼沒想到他的先生在生前竟然做了這樣的安排，雖然不願和四皇子走得太近，但事關先生，他不敢也不願拒絕。

任武昀就正是看中這一點，在第二天下衙之後和曾淼拿著東西去了魏家。

魏老太爺吃了一驚，和魏志揚在客廳接待了兩人。

任武昀也不拖拉，直接將那幅聖賢老子圖拿出來，笑道：「當年王夫人曾託王公作媒，和我四弟交換了莛姊兒的庚帖，這幅聖賢老子圖就是定禮，我們家原是想著等莛姊兒再長大一些才舉行婚禮，只是我四弟的年紀也實在是等不得了，這才厚顏拿著定禮找上門來，想著將這雙小兒女的婚事定下來。」

魏老太爺聽說，瞪大了眼睛，王氏竟然給魏清莛定了婚事？

可他們這邊也正好要應下六皇子的親事，魏老太爺面色沈鬱，任家知道這件事嗎？

魏志揚卻只覺得手腳冰涼，任家，任家，一定是王三娘一開始就算計好的，想到那人陰霾的眼睛，魏志揚只覺得喉嚨有些腥甜。

察覺到魏志揚的異樣，任武昀和曾淼對視一眼，任武昀心微沈，喝著茶聽魏家父子的答覆。

魏老太爺強笑兩聲，道：「這件事王氏並沒有和我們說起，所以我們也不知道，這……」

任武昀面色微冷，道：「老魏大人，當年我們平南王府為了表示對這場婚事的看重，母親還將家傳的一塊玉珮送來做定禮，結果現在您一句不知道……要知道我小弟至今未娶，可都是為了等莛姊兒長大成人的。」

魏老太爺和魏志揚對視一眼，兩人想到那人陰狠的語氣，覺得寧願得罪平南王府，也不能得罪他，而且，現在也是他占了優勢不是？

只是也不能就這樣回絕平南王府，免得將對方得罪太過。

任武晛是鐵青著臉離開魏家的，出了魏家的門，任武晛就向曾淼道謝，看對方上馬車離開了，自己才走。

# 第六十四章　賜婚

任武晛沒發現，任武昀正滿心忐忑的在拐角處等著他，見他面色不好的出來，一愣。他又不是傻子，自然看得懂二哥的臉色。

任武昀拉下臉來，在半路上截了任武晛。「二哥，魏家怎麼說？」

任武晛臉上已經看不出剛才的惱怒，現在正笑著看任武昀。「看來昀哥兒是真的急了，放心，你的媳婦跑不掉的。」

任武昀卻一點也不好糊弄。「二哥騙我，是不是魏清莛不願意？」

任武晛嚇了一跳，仔細地看他，嘆道：「莛姊兒沒有不願意……」

任武昀點頭。「那就是魏家老頭為難了？」

任武晛本來是想說他還沒來得及問魏清莛，現在聽他這麼一問，也只好點頭，打算解釋，只是任武昀再一次打斷他，輕鬆地笑道：「我還以為是什麼大事，不過是兩個老頭罷了。行了，二哥你回去吧。」說完就要騎馬走人。

任武晛連忙攔住他。「你要去幹什麼？」

「自然是進宮找喜哥兒了。行了，二哥你快回去吧，昨天我還聽見二嫂說你總是在外頭忙，都沒時間陪她呢。」

任武晛面色微紅，還來不及說什麼就讓對方溜走了。

任武昫沒在意，以為他是進宮找四皇子玩去了。

任武昀進宮後直接去了乾清宮，魏公公出來看見任武昀，連忙恭敬地上前輕聲問道：「四公子找皇上是有什麼事嗎？」

任武昀急匆匆地道：「有急事。」往前走了兩步，又退回來問道：「皇上心情好嗎？」

魏公公吃了一驚，他看著任武昀長大的，任武昀只問過一次皇上心情好不好，那次是因為皇上要處置太子，四公子來求情，這次又是什麼了不得的大事？

魏公公謹慎地點頭。「應該算好吧。」

任武昀鬆了一口氣，跑進去找皇上。

皇上將剩下的三道奏摺收起來，看了眼底下站著的人，心裡疑惑不已，到底是什麼事讓這小子這麼乖乖地站在這裡等？

魏公公也驚奇不已，和皇帝對視一眼，忙咳了一聲。

沈浸在自己心思裡的任武昀回過神來，見皇上忙完了，連忙上前道：「姊夫，我有件事要求您。」

皇帝被嗆了一下，果然，不能期盼太多，放下茶杯，問道：「什麼事呀？」

「姊夫，您給我和魏清莛賜婚吧，現在就賜。」

皇帝嘴巴微張，片刻就沈下臉來問道：「怎麼這麼急？你不是說還不想成親嗎？」

任武昀委屈道：「我是不想啊，我還想著先把回鶻打下來才成親呢，結果赤那那小子癩蛤蟆想吃天鵝肉，魏家那兩個人也不是好人，我二哥想給我們先定下親事都不行，哼，他們不要我和她成親，我非要和她成親。」

皇上片刻就抓住了重點。「你說赤那王子看上了魏清莛？」

任武昀把沒影的事肯定了下來。「就是，他都讓人去叫她好幾回了，不過魏清莛看不上他，都給回絕了。」

皇帝嘴角抽抽，回鶻人的品味和昀哥兒一樣獨特。「那魏家又是怎麼回事？」

「魏家也不知道怎麼搞的，一直對她不好，先前把人關在院子裡也就算了，現在不知又打什麼壞主意，我和魏清莛多配啊，他們不僅不同意，還把我二哥給氣到了。姊夫，您趕緊給我賜婚吧，免得明天出什麼意外。」

皇帝本來就有意讓這兩人一對，答應的也不勉強，最要緊的是，他也不希望赤那王子娶魏清莛，要是魏清莛只是一般的大臣之女，他自然樂得留下自己的女兒，可她背後還有一個王家，現在皇帝已經知道王廷日手下有不少錢了。

這幾年他為了平衡國內的勢力費了不少心思，不想因為一個魏清莛再起什麼波瀾。

任武昀的這道旨意要得很順利。

為了達到耀武揚威的效果，任武昀還磨著皇帝拿到了頒旨的差事，對於無傷大雅的事，皇帝一向樂得寵他，所以沒多久，皇帝就應下了，只是末了還罵道：「可不許再胡鬧了，你見過有誰給自己頒旨的？」

任武昀樂顛顛地拿著兩道聖旨去找四皇子，將屬於平南王府的那道塞進懷裡，手裡拿著給魏家的聖旨。

四皇子剛收到安徽河南等地乾旱，被當地官員瞞下的消息，任武昀就帶著聖旨闖進來了。

看著任武昀得意洋洋的炫耀手中的聖旨，四皇子靜默了下，就彈彈衣角，起身，笑道：「本殿下與你同去。」

任武昀理所當然地點頭道：「我本來就是來叫你去的。對了，要不要再叫上竇容？」

「不用，我們兩個就已經夠了。」四皇子只怕竇容去了，他的毒舌會讓魏家出人命，從而推遲兩人的婚事。

魏老太爺在任武晛走後就在書房裡轉了兩圈，問魏志揚。「王氏訂親的事你一無所知？」

「是。」

魏老太爺指著魏志揚說不出話來。「蠢貨，真是蠢貨，這麼大的一件事你竟然都不知道，你是如何為人夫、為人父的？」

「父親，兒子知錯，可此時最要緊的是如何回拒六皇子，之前六皇子提出納莛姊兒做側妃時我們就沒有一下子回絕，這隔了兩天突然回絕，再傳出與任家的婚事，只怕會得罪六皇子。」最要緊的是，六皇子心胸狹隘，得罪了他，魏家一定不好受。

魏老太爺回頭，道：「誰說只能回絕六皇子的？」

魏志揚愕然。「父親，一女不能許兩家……」

魏老太爺哼了一聲，打斷他的話，道：「誰說許兩家了？王氏給莛姊兒定下的親事我們可不知道，而我們之前已經應下與六皇子的親事，平南王府再大，難道還能大過六皇子去？你馬上拿著莛姊兒的庚帖去六皇子那裡交換，明日就下定，等下次任家再來的時候我們也有話說。」

魏志揚猶豫了半晌，也只好應下。他不記得魏清莛的生辰八字，所以還得回去翻族譜。可他剛寫好庚帖出來，任武昀就和四皇子帶著一眾內侍進了魏家，手裡赫然拿著聖旨。

任武昀扯開大大的笑容，對魏老太爺拱手道：「魏老大人，」看到魏志揚，猶豫了一下，就拱手叫道：「小婿見過岳父。」

魏老太爺皺眉。「任四公子，你可不要亂叫，我兒什麼時候成了你岳父？」

任武昀正色道：「老大人，我母親與岳母早在好幾年前就給我與魏家的三姑娘訂親了，所以岳父早就是我的岳父了，至於現在嘛，」任武昀到底還是沒忍住得意地揚了揚手中的聖旨。「現在有聖旨在，岳父就更是我的岳父了。」

任武昀展開聖旨，清了清喉嚨，喊道：「魏老大人，魏大人，快跪下接旨吧。」

魏老太爺和魏志揚都覺得不妙，愣愣地跪下接旨。

聖旨很簡單，無非是說任武昀文武雙全，品德出眾，而魏清莛品貌俱佳，兩人堪為相配，所以皇帝給他們賜婚。

魏老太爺想到神色有些陰鬱的六皇子，再想到有些桀驁不馴的魏清莛，頓時喉中腥甜，一口血就吐了出來。

任武昀成功把魏老太爺氣吐血後就愣住了，到最後還是四皇子拉著他告辭，任武昀咽了一口口水，道：「我只是想氣一下他們，沒想把他們氣吐血的。」

四皇子點頭，安撫他道：「我知道，是老魏大人承受力太低了。」將任武昀忽悠回家後，四皇子才眯起眼睛，要說魏老太爺只這樣就被氣吐血，打死他都不相信，裡面一定還有什麼他不知道的事。

四皇子回頭就讓人去查了。

同時得知魏老太爺反應的還有皇帝，跟在四皇子和任武昀身後的內侍趕回皇宮，第一時間就求見了皇上。

皇上得知魏老太爺在任武昀宣讀聖旨後不久，對方就「感激」得吐血了，一張臉都黑了，繼而，他就派人下去查。

魏老太爺就算對這門婚事極其不滿意，那也不至於吐血，其中必定有什麼緣由。這點皇帝能想到，其他人也能想到。

任武晛被幼弟帶回來的聖旨嚇一跳，好笑的摸著他的腦袋道：「倒是傻人有傻福。」

任武昀向二哥抱怨魏家，絲毫沒發現，他又給趕往魏家打探的人中增添了一路人。

反應最快速的卻是王廷日，他在魏家有人，魏老太爺一吐血，他的人就派去魏家了，但他的人是最後一個拿到消息的。

王廷日臉色鐵青地看著紙條上的字，將紙條揉碎，森冷地低語。「六皇子……」

至於魏清莛收到消息，是因為魏家的管家親自來請他們姊弟倆回去，因為魏老太爺在收到聖旨後就感激得吐血了，是真的吐血了，因為他是當著四皇子的面暈過去的。

魏清莛吃驚不已，話說魏老太爺即使再不待見她，也不至於被一道聖旨氣得吐血吧？因為孝道，魏清莛只好從孔言措那裡將桐哥兒挖出來，一起回了魏家。

第二天，魏清莛被留下侍疾，而桐哥兒則被她送到書院繼續讀書，只是也不再住到書院，而是住回了秋冷院。

王廷日將原先的那些丫頭、嬤嬤都送回來，賣身契還是在魏清莛的手裡，魏家人已經沒有心思再管了，因為魏老太爺的情況不太好，而魏老太爺的太姨娘也鬧起了肚子疼，說是有人要謀害她肚子裡的孩子，鬧著要分家……

總之，現在魏家很亂，亂到沒人顧得上魏清莛。

皇帝給魏清莛和任武昀賜婚，這個消息第二天就傳遍了京城，其中有幾家人對視一眼，露出一個心照不宣的笑容。

話說當今聖上一共就賜過兩次婚，兩次都有魏家，只是那次的婚事可以說是失敗的婚姻，只是不知這一次會如何。

皇帝聽到隱隱約約的流言，冷哼一聲，心裡暗道——這次可是當事人之一求的，他們要是還過不好，關朕什麼事？

而平南王府老王妃的院子更靜了，平南王來請示老太妃四弟的婚事籌辦事項，在得不到回應後就和王妃離開，路上囑咐道：「昀哥兒的婚事要辦得熱鬧些，他要是跑來找母親，妳就說母親正在念佛，總之不要讓他發覺到母親的淡漠，免得他傷心。」他與二弟成親，母親臉上不但有喜色和激動，更是親自操辦，而四弟的婚事，母親一開始就不願意打理，四弟知道了要傷心的。

王妃口上應著，心中卻苦笑，男子就是粗心大意，小孩子最是敏感，小叔應該很早以前就發覺了吧？要不然也不會成天的往皇宮裡跑，有時候寧願睡在宮裡也不回家，這次出征回來更是沒在家裡待過一整天，天一亮就往外跑，天不黑就不回來……

婚期趕得急，別人的嫁衣都是從小準備的，魏清莛卻要現在開始繡，她繼續認命地拿出嫁衣，問坐在身邊的蘇嬤嬤。「嬤嬤，妳確定這東西要我親自繡嗎？」

蘇嬤嬤嘆了一口氣，拿過嫁衣道：「這東西讓阿杏她們幾個操心，只是最後姑娘怎麼也要繡上幾針。」

魏清莛連連點頭。「繡幾針沒問題，那妳們先把嫁衣繡好，只是這樣一來我好像就沒什麼事了。」

蘇嬤嬤臉色不好看。「姑娘，魏家也該準備了，明年五月的婚期，現在開始已經有些趕了，更何況魏家還沒給您準備好嫁妝。」

魏清莛不在意地揮手道：「我的嫁妝不在魏家身上，在王家身上，妳放心好了，我的嫁妝一定會足夠豐盛的，只是婚禮還要魏家主持。蘇嬤嬤，接下來就看妳的了。妳想做什麼只管去做，過不了幾天我表哥應該就會來拜訪魏家，妳身後有靠山不怕他們。」

魏清莛從沒想過要將這些年自己賺的錢拿出來做嫁妝，那是她和桐哥兒的私庫，大部分都堆在空間裡，有黃金，有白銀，更多的卻是換成了糧食，不過裡面空間有限，桐哥兒又死活不願意拔掉那些花花草草，所以也就一個小倉庫左右，剩下的就是她這些年收集的玉了。

王廷日不止一次的好奇她的玉到底藏到哪裡去了，魏清莛都沒有告訴他，難道她能說，現在她買到的玉在後世都會成為無價之寶，而真正的藍田玉更是絕跡，連傳承都只能透過一些詩句和零星的記載嗎？

更何況她是真心喜歡那些玉，比起翡翠什麼的，她更喜歡中國的這些更古老、更傳統的玉石。

王家當年保管王氏的嫁妝，那份嫁妝可不少，甚至比整個魏家還要多。

吳氏和陌氏，包括魏老太爺和魏志揚、魏志茗都心動不已，只是當年任武昹插手，王家反應太快，王氏才出殯不久，王家就出面保管了那些嫁妝。她娘親的嫁妝，兒女們可以平分，即使只是一半，在京城也算不錯了，更何況，秦氏那裡還有不少的東西，就算瞞下一些，也能湊出一副上等的嫁妝。

王氏底蘊深厚，就是再腐朽，他們也不會昧下嫁妝的，就端看他們拿回嫁妝之後，桐哥兒的那一份要如何處理了，以王廷日錙銖必較的性子是一定不會交給魏家的，而現在魏老太爺被擼了官職，魏志揚和魏志茗都不起眼，他們不可能再像原來一樣表現的不在意錢財，只怕會抓著不放……魏老太爺的病也該好了……

魏清莛猜得不錯，王廷日讓人給王家大本營送去信件，要求要回王氏當年的嫁妝。

魏志揚也想起了當年那十里紅妝的嫁妝，心思微動，連夜走進了老太爺的房間。

而此時，六皇子臉色鐵青地腳踢跪著的幾個人，怒罵道：「真是蠢貨，辦不成事也就罷了，還讓人發現了，我要你們有什麼用？有什麼用！」說著又踢了幾下。

不過是想要魏清莛當側妃，魏家竟然敢不答應，轉而卻把人許給了任武昀。若是魏清莛成了他的人，那魏青桐落到他手裡不是早晚的事？

六皇子想到此時不僅事敗，還被人查到頭上，頓時氣得要冒煙。

六皇子不知道，今晚乾清宮又碎了一套茶具，傳出一聲「孽障」，而四皇子卻陰陰地笑了兩聲，平南王府的任武晛則沈著臉。

而理藩院的赤那王子讓受傷的屬下下去休息後就對追隨他的人道：「六皇子睚眥必報，心胸狹窄，不是合作的好人選，也許我們也該試試打探打探其他的公主，看看哪位和皇后娘娘比較親近。」

而留宿在盛通銀樓裡的王廷日卻對六皇子第一次起了殺心。

王廷日找上魏志揚，不知兩人說了什麼，總之魏志揚是笑盈盈的送他出門的，而後就將魏清莛的親事交給陌氏來主持，怕陌氏忙不過來，區氏在一旁輔助。

在區氏去議事廳前，三老爺和區氏懇切地談了一場。

區氏目光短淺，但這人的一個大優點就是聽得進勸誡，尤其聽得進自己丈夫的勸誡。知道三老爺會科舉是因為魏清莛，區氏心裡縱使不舒服也不會搞破壞，而聽丈夫說他考上後能不能尋到好位置也要仰仗魏清莛時，區氏就決定為對方做點什麼，總不能光享受不幹活吧？要是魏清莛撂挑子怎麼辦？

琅琊王家收到王廷日的信，王族長想了半晌，最後決定派一個侄子親自押送那些東西去京城。

這幾年王家一直龜縮在琅琊，但他們在京城也有自己的情報網，他們知道王廷日除了最初幾年過得苦些，後來過得還不錯，他不是沒心動過，趁著這場婚事派一些優秀的弟子去往京城，重新開始。

但京城現在正是開始相鬥的時候，之後還會更惡劣，王家有王公留下的名聲，那既是他們的保命符也是他們的催命符，到最後還是安穩占了上層，現在王家已經禁不起折騰了，他們最要緊的是求穩。

魏清莛的婚期是皇上定的，於明年的五月，而與此同時，皇上還宣佈了一件事，到時他將會為這一對小夫妻證婚，算是作為魏清莛和任武昀在圍場上救駕的獎勵。

這個消息一出，京城譁然。

話說皇上不是和王家是仇家嗎？一個要造反一個要平叛什麼的，可現在是怎麼回事？王家的外孫女救了皇上，這情有可原，畢竟坐在上面的是皇上。可為什麼皇上不是賞賜些黃金白銀就算了，還跑去給人家證婚？

要知道雖然只是到喜堂上坐坐而已，但除了太子成親，就算是皇子，也沒有皇帝在場的道理，何況還是皇帝跑到別人家去，話說這也太尊貴了吧？

魏清莛只覺得頭疼，這幾天謝氏和秦氏輪番給她講解結親的過程，唯一給她的感覺就是要磕好多頭啊，得了，現在又跑來一個皇帝，她想輕省一點也不可能了。

她不知道，得知這個消息後，最高興的莫過於任武昀和王廷日，兩人心裡同時閃過一個想法——魏家，我看你還敢出手不？

魏家的確不敢出手了，相比於錢，他們更愛權，先前魏老太爺已經厭棄於皇帝，要是再傳出什麼對魏家不好的話來，那魏志揚等人的官職也做到頭了。

只是眾人不知道，對皇帝的做法不滿的不只是魏家，還有老王妃。

因為是聖旨賜婚，所以直接略過了納彩、問名和納吉，平南王府的人正熱火朝天地準備聘禮，平南王拿著名帖和任武昀商量。「要不要把孩子們叫回來？好歹是他們小叔叔成親。」平南王的兩個兒子都在南邊封地裡處理政務，已經有一年多沒回來了。

任武昀揉了揉額頭，道：「最近南邊也有些亂，還是讓他們留在封地吧，等以後他們回來後再和昀哥兒聚就是了，只是讓他們準備好禮物就是。」

平南王點頭，手指點著一個地方，為難道：「興榮街那邊？」

老王爺自從將爵位讓與兒子後就與老太妃徹底撕破了臉皮，帶著他的妾侍和兒子搬到了興榮街，很少再回平南王府。

任武昀臉上諷刺，因為只有大哥在場，他也不掩飾，厭惡地道：「帖子給他們發過去，來不來是他們的事，我們只要禮數做到就行了，不能讓外人挑我們的理。」

平南王點頭。「那我讓你去謄抄了，有的人家比較遠的還是先發出去吧。」

任武晛點頭，外頭就進來一個小丫頭說是老王妃派來叫二公子過去的。

任武晛連忙起身去老王妃的院子，老王妃見到他只道：「當年和王公換禮，他拿的是王家三房的傳家寶聖賢老子圖，我也不好拿太差的東西，那枚玉珮是我祖母從她的嫁妝裡選來送給我的，雖然比不上我傳給你嫂子那一對羊脂玉鐲，但也是難得的好東西，你去問魏家，那玉珮還在不在？家傳的東西沒有流落在外面的道理。」

任武晛只覺得心中劇跳，他有些不理解地看著母親，老王妃稍稍狼狽地避開目光。

任武晛失望地應了一聲。

當年王家清理嫁妝的時候他也想法子弄到了一份單子，裡面並沒有那枚玉珮，可三娘留在魏家的東西早就被魏家搜刮一空，多年過去也不知還在不在。

這門親事說是以前定下的，但除了任家王家、魏家和曾家，其他人全都當是皇上賜婚。母親自然不會為此玉珮而抗婚，但她卻可以因此而怠慢魏清莛，奴才都是看著主子的眼色行事的，魏清莛一進門就被婆婆挑理，偏偏對方還有正當理由，只怕以後她的日子不好過。

任武晛加快腳步趕往魏家，只希望還能在魏家找到那枚玉珮。

# 第六十五章　待嫁

魏志揚完全不知道什麼玉珮，看到任武晛陰沈的臉色，魏志揚也不由地拉下臉來，這幾日他到處看人臉色，為了嫁這個女兒，更是時時受氣，難道現在都快要下聘了，他還要受對方的氣？

魏志揚揚聲叫來貼身的小廝，道：「找個人到後面把三姑娘叫來，就說我有事要問她。」

魏清莛很快就來，看到任武晛，好奇地看了他一眼。

任武晛友好的衝她笑笑，道：「魏姑娘，我是任武昀的二哥。」

魏清莛就叫了一聲「二公子」。

任武晛不覺得魏清莛會知道，就將來意委婉地說了一遍，話語間親切不少。「……有嬰兒巴掌大小，通體白潔，其上雕刻了瑞獸麒麟，不知魏姑娘可見過這樣的玉珮？」

魏清莛臉色怪異，這玉珮不就正掛在她的脖子上，時時刻刻滋養著她的身體嗎？這個不是他們王家傳下來的嗎？難道她用的一直是別人的東西？難道現在要收回去嗎？不會這麼坑爹吧？

魏清莛不自在地咳了咳，掏出那枚玉珮。「二公子說的是這個？」

任武晛眼睛一亮，心中鬆了一口氣。「對，就是這個，原來是在妳這兒。」

魏清莛很是不捨地摸了又摸，忍著痛不情願地遞給任武晛。「既是任家的東西，那二公子就收回去吧。」

任武晛看到她的表情，樂得一笑。「這是定禮，也算是妳的聘禮之一，既是聘禮就沒有收回來的道理，自然是屬於妳的。」

「真的？」魏清莛眼睛一亮。

得到任武晛肯定的點頭，魏清莛這才心滿意足地將玉珮重新拽在手裡，話說她真的很捨不得這個寶貝啊，不過她還以為這個是和手鐲空間配套的，難道那手鐲也是任家的東西？

只是這話現在不能問，她可以把玉珮還給對方，一來因為玉珮是她用，二來，她雖然靠著玉珮調理身體，但最重要的還是自己鍛鍊，而賭石，她雖然也依靠，但即使沒有玉珮幫忙，她賭石的技藝也不比別人差了。

可手鐲不一樣，那是桐哥兒的東西，他早已將手鐲看成他身體的一部分，裡面的東西都是他們兩個最寶貝和最喜歡的東西，不管是桐哥兒還是她都不願讓出來。

既然對方沒有提，那她也沒有特意去說的道理，等成親了她再問任武昀好了，他不會多想。

任武晛知道玉珮還在就沒有再留下來的心思，立馬告辭。

等任武晛一走，魏志揚就陰沈的盯著魏清莛。「看來，我還是小看了妳，妳竟然一直算計著我。」

魏清莛搖頭。「你錯了，我從不知道這個玉珮是任家的，我以為是王家的，當然，最不可能是魏家的。」

魏志揚臉上更加陰沈。

魏清莛回秋冷院的時候正好碰到從佛堂出來的小吳氏，小吳氏感激地衝魏清莛行禮。「陸家已經請媒人過來說了，大老爺已經同意交換庚帖，婚期大概會定在四月，芍姊兒的婚事真的要謝謝妳。」

「那是她自己努力的結果，」魏清莛眼睛微轉。「不過吳姨娘若真要謝我，不如幫我一件事。」

小吳氏打起精神。「什麼事？」

魏清莛緊緊地盯著她的眼睛問：「當年我娘是怎麼死的？」

小吳氏臉色煞白，強笑道：「三姑娘說的是什麼話，夫人她……不是病死的嗎？」

魏清莛眼睛生寒。「我娘性子堅強，別說當時我外祖只是被查辦，就是真的下獄，她也不會丟下我們姊弟的，更何況，她前一天還好好的，怎麼突然就病了？」

小吳氏臉色蒼白，只是一個勁兒地搖頭。「三姑娘，我真的不知道，這些事大老爺更不會告訴我。」

「我自然知道他不會告訴妳，只是吳姨娘當時就在母親身邊伺候著，難道就什麼都不知道？」

小吳氏搖頭，狼狽地離開，她心中有如驚濤駭浪，是這樣嗎？是像三姑娘說的那樣嗎？腦海中不由自主地回想起當年的情景，本來不覺得有異的事全都變得模糊了。

是魏志揚嗎？

她記得，當年王氏一開始只是邪風入體，她的身體一向好，只吃了兩劑藥就好了，她每日要去王氏那裡晨昏定省，知道的非常清楚，可是隔了好幾天後，王氏突然病倒，魏志揚說是之前的病沒好徹底，硬是體貼地讓王氏臥床休息，又親自請了假回來守著她，親自熬藥，親自餵藥……

當時她要幫忙，也是為了在魏志揚面前表現一下，可魏志揚卻難得地對她生氣，不許她再到王氏那裡去，當時她還傷心了許久，覺得魏志揚在疑她。

王氏死後沒多久，吳氏就將王氏身邊的丫頭婆子全都發賣了，魏志揚沒有說一句話，現在回頭去看，焉知不是魏志揚的意思？

他怎麼能？怎麼能這樣？

「娘，您怎麼了？」魏清芍看著小吳氏蒼白的臉，見她是從秋冷院過來的，就蹙眉問道：「魏清莛又說難聽的話啦？女兒不是告訴過您嗎？以後有事我去和她說……」

小吳氏搖頭，只是憐惜地摸摸女兒的臉，她是個懦弱的人，當年魏志揚救王氏的事鬧開後，她不敢鬧，卻又離不開他，這才走錯了路……「她只是問娘一些事情。」

「什麼事？」魏清芍皺眉。「是魏志揚的事？」

「芍姊兒，他是妳父親……」小吳氏到嘴的話嚥下去，以前她總是怪芍姊兒私底下對魏志揚不敬，這次她和魏清莛找到陸家的婚事，雖然她對陸家很滿意，覺得比魏志揚選的人家還要好，卻對女兒有些不滿。

她要是想嫁進陸家可以好好地和魏志揚說啊，為什麼要私自定下來呢？

可剛才聽到魏清莛的問話，她只覺得心寒無比。

對王氏，她的感覺很複雜，她恨王氏，覺得是王氏搶走了自己的婚事，但心裡又知道不是這樣的。她嫉妒王氏，京城，就沒有一個人不嫉妒的，王氏的身分、才華、相貌。但她也敬重王氏，甚至是可憐王氏……

王氏的心胸是她所見女子中最寬懷的，王氏沒有看不起她這個妾室，甚至是帶點憐惜的感情對待自己，也許是因為王氏不愛魏志揚吧。

魏志揚怎麼比得上她的心上人？以前她覺得魏志揚很好，可現在看來，卻是一個天上，一個地下了。看著魏志揚在魏清莛面前暴跳如雷的樣子，小吳氏有些悲哀地想，當年王氏之所以這麼淡定，是覺得魏志揚只是一個小丑吧。

可就是這樣一個小丑斷了王氏的幸福，聽說當年王任兩家已經在議親了。

不管怎樣，王氏的確做到了魏家當家主母的本分，魏志揚能有今天，還是王氏一步步扶持他的結果，可王氏竟然是魏志揚害死的嗎？

小吳氏想起了當年芍姊兒出生時，王氏坐在籐椅邊含笑看著芍姊兒的模樣，王氏對於魏志揚私底下的那些事情應該都知道吧，她是不屑吧？

小吳氏一把抓住魏清芍。「芍姊兒，以後妳想做什麼就去做吧，娘不攔著妳了。」

「娘？」魏清芍驚疑。

在魏家亂哄哄的時候，恩科也正式開始了，三老爺一直管理家族的庶務，這段時間卻將手裡的事全都交給了管事，自己閉門讀書，也是魏家現在忙亂，魏志揚忙著應付各種事，而魏老太爺還沒從兩個孫女的打擊中緩過神來，吳氏忙著照顧魏老太爺，還要和太姨娘鬥法，陌氏則是忙著她女兒的婚事，明年魏家還有兩個女孩要出嫁，也沒空去關注三房。

三老爺就這樣悄無聲息地參加了恩科，等三老爺消失了好幾天，滿臉鬍渣消瘦的回來也沒人發現什麼，只有區氏心疼地給他燉了好幾天的湯。

接下來就是等消息了，只是這時，京城又出了一件轟動的事。

安徽河南兩地已經乾旱了將近三個月，兩地的官員卻一直隱瞞不報，現在災民被攔在兩省之內，但也有人走小路逃出了兩地，一路向北，聽說是京城的幾個公子哥出城打獵，碰到這些逃難的災民，這才知道兩地發生了旱災。

回家和大人們一說，大人們自然要據實上報，皇帝大怒，派人下去徹查。

現在朝上鬧哄哄的就是議定要誰去救災。

北地打了幾年仗，皇上這幾年憐惜百姓，減免了不少賦稅，國庫根本就沒多少錢。

最要緊的是，安徽河南兩地是世家石家和牛家的地盤，他們在這兩省幾乎是土皇帝般的存在，沒有誰願意去這兩地賑災，去了也多是受這兩家的氣。

皇帝看著一個個畏縮的人暗暗咬牙，最後還是六皇子站出來提議讓四皇子帶兵去平反。

皇上一個茶杯衝著六皇子的臉摔下去，咬牙道：「平反？沒有反怎麼平？那都是朕的臣民，朕的臣民餓了三個月朕才知道，到底是誰反了？」

這句話讓朝上的大臣打了一個寒顫，不約而同想到了當年的王公，齊齊跪下。

皇帝稍稍平息怒氣，眼光在幾個兒子身上一滑而過，最後放在四皇子身上，道：「老四，你帶著人去安徽河南，記住，朕是讓你去賑災的。」

四皇子上前接旨，任武昀習慣性的跟在四皇子身後，出來了才發現不對，摸摸鼻子，喊道：「皇上，不如讓臣和四皇子一起去吧。」

皇帝看著憨頭憨腦的任武昀，點頭。「也好，你保護好四皇子的安全。」

任武昀應下，一下朝，就拉住四皇子。「你怎麼不推辭啊，我可聽說了這次賑災不是什麼好差事。」

四皇子含笑道：「就是因此才接下啊。算了，我們快走吧，幸好竇容已經考完了，讓他和我們一塊兒去。」

「只怕他母親不願放人。」任武昀這才覺得自己的好。「還是我好，想走就走，想去哪就去哪，從沒人管。」

四皇子看著笑得燦爛的任武昀，心中微酸，笑著點頭道：「是啊，你最自由了。」

竇容聽說皇上點名讓四皇子去賑災，眼睛一亮。「聖上這是打算栽培你了？」

四皇子點頭。「說來還要多謝魏姑娘呢，要不是她讓父皇知道了老六的德行，對老六灰心了，我要得到這個機會怕是難得很。」

竇容點頭。「她是我們的福星，好像每次碰到她，我們的行事就要順利些。」

任武昀眼睛一亮。「那不如我們帶她一起去吧。」

四皇子和竇容齊齊冷下臉來，齊聲開口。「你又胡鬧！」

竇容道：「你當那是什麼地方？是隨便去的嗎？一不小心就沒命了，再說了，她現在正準備著嫁給你呢，連書院都不能上了，還怎麼出門？」

任武昀撇撇嘴。「訂親之後還去上學的又不少，要不是她的祖父在後面搗亂，她要和我們去賑災還不是神不知鬼不覺的。」

四皇子直接不理他，和竇容商量。「朝廷能拿出來的賑災糧食很少，只怕安撫不了災民，而且，這都過去三個月了，只怕災民對朝廷也不信任，糧食進入兩省，還不知道能不能保住。」

孔言措也在和魏清莛說兩省旱災的事。「只怕四皇子這次的差事不好辦。」

魏清莛只是借著出來買首飾的機會到書院裡來看看孔言措，沒想到就得知四皇子他們要去賑災的事。

「當地沒有糧庫嗎？按說災情一起，當地就應該控制著放糧賑災的。」

孔言措苦笑。「這就是為什麼皇上和王公會千方百計的想削弱四王和世家勢力的原因了。」

「安徽是石家的勢力範圍，而河南是牛家的勢力範圍，那裡的官員雖然拿的是朝廷的俸祿，卻要看這兩家的眼色行事，先帝在時還好，那時妳外祖帶人去平叛，全國雖然有世家把持，他們卻不敢違背朝廷的旨意，當地的官員還算硬氣，先帝因為沒有十足的把握剷除世家勢力，也就睜一隻眼閉一隻眼，等到先帝去世，他們的勢力就開始抬頭，不過他們顧忌在朝中的王公，一直不敢太過，但八年前王公一出事，加上四王和皇上相鬥，他們就趁此把持了地方的政務。」

「他們也算聰明，不敢一下子做得太過，只是一點點的蠶食，到現在……這次兩省的旱災過了三個月才被發現就是最好的證據。」

「所以莛姊兒，這就是為什麼我會支持皇上收回四王權勢的原因，只有全力大一統，百姓的日子才會好過些。」

是集權好，還是分權好，其實真的辯不清楚，即使是到了現代社會，大家不也在為這兩個爭論不休？

魏清莛不是多聰明的人，可她卻知道，如果真的帝王集權成功，百姓依然過不了多好，不管是集權，分權都是差不多的，除非從中一點一點的分化，讓百姓得到更多的權力，但這在封建社會是不可能的。

魏清莛也不願和孔言措再討論這個問題。「也就是說災區並不是沒有糧食，只是有人不願將糧食拿出來。」

孔言措點頭。

魏清莛是經歷過七年前那場大雪災的人，即使已經過了七年，她還是能回憶起當年被活活凍死在街邊的那些孩子，那些和桐哥兒一樣大小，只會睜著一雙圓溜溜眼睛的孩子。

一時間，她怒火上升，點頭笑道：「真是好啊，既然有糧食，他們還怕什麼？三個月，足夠這些災民起來造反，難道那些石家和牛家還敢豢養私兵？災民闖進去要糧食應該不困難吧？」

孔言措直覺得魏清莛現在有些怪異，正想阻止她繼續說下去，誰知魏清莛已經飛快地道：「孔先生，要是現在那些災民闖進當地屯糧的鄉紳家裡，將裡面的糧食洗劫一空，您說朝廷會說他們謀反然後派兵平叛嗎？」

孔言措心中雖然怪異，但還是搖頭道：「不會，當今聖上雖然糊塗一些，但對百姓還是不錯的，這幾年一連串的減免稅收就是為了讓百姓好過些，尤其這次兩省牽扯太大，當地官員又隱瞞不報，所以只會安撫，不會平叛。」

「那不就行了，糧食，兩省還是有的。」

孔言措臉色難看，突然回過頭去，背後卻什麼也沒有，他也的確沒有聽到什麼動靜。他仔細地看著魏清莛，嚴肅的問道：「莛姊兒，妳老實告訴我，剛才是不是有人來過？」

魏清莛不願瞞他，點頭道：「剛才好像是有人來過。」

孔言措臉色鐵著，魏清莛的本事他最清楚不過，他之所以敢在院子裡這樣和她談天說地不就是因為只要有人接近，哪怕是暗衛，她都能很快地發現嗎？可是這次她不僅沒有示警，反而出了那麼一個主意。

「妳知不知道那樣會死很多人的。」

魏清莛冷下臉來。「我只知道現在已經死了很多人了，三個月，現在兩省還能活下多少人？」

孔言措無話可說，災難面前，一天就能死很多人，更別說過去了三個月，這其中有多少人做了亡魂？

只是世家之間都有聯繫，他們孔家和安徽石家還是姻親呢！

魏清莛起身離開。「孔先生也可以寫信去提醒一下這兩家，凡事不要做得太過，哪怕是為自家的子孫積陰德也是好的。」

魏清莛本來還想著讓王廷日將她收集到的一些糧食交給四皇子拿去賑災，就算是為了桐哥兒積德，可現在她改變主意了，賑災不一定要去兩省。事情已經揭穿，接下來會有很多的災民進入京城，在京城賑災也可以。

離開的四皇子和竇容對視一眼，他們是收到消息說魏清莛在書院裡，這才打算來找她的。他們沒有足夠的糧食賑災，只能私底下湊，兩人能想到的也只有王廷日，只是王廷日好像除了對家裡人，一點也沒有對窮苦人的悲天憫人。

魏清莛的意見能夠影響王廷日的決定，兩人這才趕來請她做說客的。

竇容輕笑道：「魏姑娘倒是有意思，我看她頗有一些大事精明小事糊塗的樣子，好像每一次大事她都有自己的主意，而且還都走對了。」

四皇子也點頭，魏清莛給他的印象就和小舅舅一樣，都不喜歡動腦筋，但是關鍵時刻她又總是能有自己的主意，還每次都走對了。現在看來，不愧是王公的外孫女，即使沒有人教導過，該有的敏銳也不差，這樣也好，有這樣的人看著，不怕以後小舅舅走彎路，最要緊的是，這樣一來在任家應該沒人能給小舅舅氣受了吧？

# 第六十六章 善事

魏清莛去找王廷日。

「妳要以桐哥兒的名義設粥棚？」王廷日驚訝地看魏清莛。

這些年魏清莛沒少給附近的濟善堂捐錢捐物，也給京城的乞丐開過粥棚，只是都是用王廷日的名字，就怕魏家發現。

魏清莛點頭。「現在我們也不怕魏家了，想做什麼就可以放開手腳了，就用桐哥兒的名字，魏家要是有臉問，就說是我娘的嫁妝，反正我娘的嫁妝的確挺多的。秦姨這幾天正在收拾帳冊，過一段時間就要對帳了，表哥，到時還要你安排好，那些銀錢和產業你先幫我保管，拿出一部分來買糧食開粥棚，其他的先存起來，說不定以後天災人禍還多著呢！」

王廷日好笑。「難道妳想把那些錢都用在賑災嗎？」

魏清莛一本正經地點頭。「我和桐哥兒現在不缺錢，表哥是因為要支持四皇子，這才需要這麼多錢的，可我和桐哥兒的那份可一直存著呢，那些錢足夠我們富貴的生活十輩子了，錢多了也就沒什麼用處了。」

王廷日沈默，良久才道：「他們都說妳長得像祖父，如今我看，連心性也像。」

魏清莛臉紅，惱怒地瞪他一眼。

王廷日哈哈大笑，他也是這幾年才發現魏清莛最討厭別人說她長得像祖父的，笑著搖頭道：「妳雖然像祖父，但並不是說妳像男子，不過說的也是，妳女扮男裝這些年竟然沒人發現妳是女兒身，嗯，妳穿上男裝就更像祖父了。」

魏清莛黑著臉離開王廷日那裡。

桐哥兒板著臉坐在臺階上，看到姊姊過來，委屈地嘟了嘟嘴，扭過頭去不理她。

魏清莛嘆了一口氣，這幾天什麼方法都用盡了，桐哥兒就是不願意和她說話，但也不願去書院，非得整天跟在她身邊。

原因就是耿少紅和桐哥兒吵架，耿少紅大吼著說魏清莛要出嫁了，以後再也不跟他玩了。

魏青桐當然不知道出嫁是什麼意思，跑去向孔言措一問，得知姊姊嫁人以後，就要跟一個叫「丈夫」的人生活在一起，桐哥兒就紅了眼圈。

跑到魏清莛的身邊哭了一場，纏著不讓魏清莛嫁人，一向對自己百依百順的姊姊這次卻沒有答應自己，桐哥兒委屈無比，這次說什麼也不跟魏清莛說話了。

魏清莛拉起桐哥兒的手，桐哥兒掙了掙，發現掙不開，也就扭過頭去不管了。

魏清莛就嘆道：「桐哥兒，就算姊姊嫁人了，姊姊還是你的姊姊啊，你想見姊姊，隨時都可以的，雖然可能會麻煩點，但還是可以見到不是嗎？」

「真的嗎？可是她們說姊姊嫁人了，以後就不跟桐哥兒生活在一起了。」

「不會的，姊姊永遠是桐哥兒的姊姊，桐哥兒也永遠是姊姊的弟弟。」

桐哥兒心裡好受些了，但還是道：「我討厭任武昀！」

魏清莛好笑。

「行了，我們去買竹蜻蜓吧。」魏清莛帶著桐哥兒一路掃過去，買到的東西兩人拿不下的，就交給身後跟著的阿力和阿梨。

走到前面的玉石鋪子時，裡面傳來幾聲喧譁。魏清莛好奇地看了一眼，就看到櫃檯上放著玉雕的十二生肖，真正讓魏清莛留心的是，那是藍田玉雕刻成，還是上等的藍田玉。

魏清莛的心一抽一抽的，這樣好的藍田玉竟然拿來雕成十二生肖，哪怕是做玉珮隨身帶著也好啊。

魏清莛拉桐哥兒進去，裡面的人還在爭吵。「我這兒就是真的，什麼假的，我老陳家從不賣假貨。」

「我呸，不是假貨，說出去誰信啊，我找人看過了，這藍田玉就是假的，什麼從前朝留下來的東西，根本是拿假玉騙我，你把錢還給我。」

陳掌櫃脹紅了臉，很想破口大罵，偏偏對方是個婦人，他要那樣做就太掉價了。

魏清莛微笑，看著十二生肖道：「我倒覺得這十二生肖很好看，像是真的。」

張太太鄙夷地看了魏清莛一眼。「妳個小姑娘知道什麼是真什麼是假？我找人鑑定過了，這就是假的。先前因為你說是藍田玉，又有幾百年的歷史，我這才花了一萬兩買下的，結果竟然是假的，我不管，我要退貨，你把錢還給我。」最後幾句是對著陳掌櫃喊的。

陳掌櫃臉色難看，他是因為店鋪經營不善，兒子又在外賭錢欠下了不少錢，這才把這壓箱底的寶貝拿出來賣的，沒想到先前那個買家一直壓價，好容易找到一個買家以合理價格賣出去了，對方又跑回來說是假貨，這段時間他也太倒楣了些。

魏清莛眼睛微眯，似有似無地看向斜對面一個綢緞鋪子，那裡有人盯著這裡。

魏青桐看到外面小攤上擺弄的小東西，掙開魏清莛的手。「姊姊，我去那邊看看。」

魏清莛點頭。「讓阿力陪你去，不要離得太遠。」

魏青桐點頭。

「掌櫃的，夫人，我倒是很喜歡這套生肖，不如您轉賣給我吧，您要是同意，我這就讓人去取錢來。」

陳掌櫃和張太太俱都眼睛一亮，繼而又懷疑地看向魏清莛。張太太猶豫道：「小姑娘，我可不騙妳，這真是假的，妳買回去妳家大人不會怪妳？這可不是十兩、百兩的銀子，而是一萬兩。」

陳掌櫃再好的脾氣也受不住人家一再的說自己的貨是假貨，他幾乎跳起來。「張太太，您不能一再的誣衊我，我這兒就是真的，您說您找了人鑑定，不知是找了哪位大師？」

張太太鄙夷地道：「用得著找大師嗎？凡是懂一點玉石的人都看出來，總之你這就是假的。」

魏清莛和陳掌櫃都沈默下來，對視一眼。

兩人浸淫玉石多年，陳掌櫃不必說，魏清莛第一眼就知道這是真的，而且是真的有幾百年歷史的藍田玉，因為現在藍田玉周邊的氣息都很平和，只有時間夠長，一直被完好保存的玉石才會這樣，而且藍田玉與和田玉是其中氣息最平和的，要是翡翠，它周身的氣息會暴躁些，即使經過幾百年也沒有藍田玉好。

不知那位告訴張太太十二生肖是假貨的人是什麼心思。

陳掌櫃看向魏清莛只是下意識的動作，看到她眼裡的若有所思，這才震驚，對方似乎早就篤定這是真的，不過也是，玉石的種類雖然難分辨些，但是懂的人卻還是能看出一二的。

他震驚，是察覺到了一種陰謀。他最近實在是太倒楣了一些，也太巧合了一些，想到張太太之前的那個客人不合理的壓價，難道，他竟被人算計了？

魏清莛也想到了，隱晦地看了斜對面一眼，點頭道：「好了，夫人，這個價錢我還是出得起的，您要是願意我們現在就立一個字據，我馬上去叫人拿銀子來。」

張太太猶豫了一下就點頭了。

她花這麼多錢買這個是為了送禮的。她丈夫是參將，只是前一段時間得罪了人，以後再想立功升官就很難了，甚至可能還保不住現有的官職，可只要任將軍能替他說一句話就好。只是他們找遍了關係，也沒能在任將軍跟前說上一句話。

聽說任將軍明年五月成親，他們花大力氣打聽到消息說那位魏姑娘喜歡藍田玉，他們才變賣東西買了這套十二生肖，誰知沒多久，就有一個精通玉石的好友看後說是假的，這根本就不是藍田玉。

她和她的丈夫是粗人，不懂玉石，但這套十二生肖幾乎花光了他們所有的錢，要是假的……兩人不敢想像。幾乎是立刻的，張太太就帶著東西來了。要不是她丈夫怕在京城的地界鬧大了不好，他還會親自來呢。

魏清莛吩咐阿梨去盛通銀樓那裡暫時借一萬兩過來。

張太太也不猶豫，拿了筆正要寫字據，其實她覺得是沒必要的，等錢一來，錢貨兩訖不就完了？

「張太太等等。」徐二奶奶扯著笑進來，陰狠地瞪了魏清莛一眼。「張太太，這字據可不是能亂寫的，要是寫了，回頭她說已經付錢了怎麼辦？」

張太太認識來人，詫異地叫了一聲。「徐二奶奶。」

徐？魏清莛眼睛微瞇。

徐二奶奶點頭，挑釁地看了魏清莛一眼，對張太太道：「張太太，我看了看這生肖，的確是假的，別說不值一萬兩，就是五千兩也難說，誰知這小姑娘是不是和掌櫃的合夥起來騙妳？不然如此，我給妳五千兩，妳將它轉讓給我如何？」即使只是五千兩，徐二奶奶也心疼無比，要知道，她本來只打算花二千兩的。

陳掌櫃心中大怒，但也大概猜到自己把幕後的人給逼出來了。一想到對方做的事，他就恨不得衝上前去，只是那聲「徐二奶奶」讓他止住腳步。

徐家，在京城這麼囂張的徐家也只有一家。

魏清莛也想到了，笑道：「既然張太太不信，不如等我的丫頭把錢拿回來再說吧，不過是小半個時辰的事，等一等就過了。」

張太太將信將疑。

徐二奶奶卻陰沈下臉來，正要威脅對方，遠處卻好像傳來尖叫聲。

幾人轉頭看向外面，就見十幾個人圍著兩個人。

而魏清莛目力所及卻是為首的一個華麗青年掌摑了桐哥兒一巴掌。

魏清莛大怒，上次六皇子都沒能碰桐哥兒一下，對方真是好大的膽子！

阿力和幾個人糾纏在一起，此時他才發覺自己的功夫真是笑話。

他和少爺走走停停的逛了附近的攤子，但也不敢走遠。

桐少爺喜歡逛這些小攤子，他和桐少爺也時常出來，卻從沒碰到這樣的事。阿力忿忿，少爺身邊不是有暗衛嗎？怎麼不出來幫人？

阿力只能喊魏清莛的名字，希望她聽到後儘快趕過來。

桐哥兒雖然小，但因為心思純淨，對人心的把握比魏清莛還厲害，對面的人一攔住自己他就覺得討厭，等到對方竟然想摸他的臉時，更覺得噁心。

他記得，很久以前也有一個男人想摸他，結果姊姊發怒，將那人打倒了，周圍的人當時都嚇壞了，連聲音都不敢吭，後來他偶爾聽到那條街上的人議論，那人被姊姊閹了。

魏青桐冷冷地看著對面的人。「你要是敢碰我一下，我就讓我姊姊閹了你。」

「哦？」徐三挑眉，笑道：「原來小美人還有一個姊姊呀，那正好，我一起收了你們如何？」

伸出去的手卻被魏青桐抓住，塞進嘴裡咬了一下，本來還閒適的紈袴子弟大怒，一巴掌就打下去。

桐哥兒只覺得臉麻了一下，耳朵嗡嗡地響。

阿力大驚。「少爺！你們知道我家少爺是誰……」一句話未完，眼前就閃過一片影，那個打了少爺的人就飛了出去倒在地上。

魏清莛的那一腳是發怒時踢出去的，力道不小，她也不等他反應，上前就踩住剛才他打桐哥兒的那隻手，一用力，周圍的人只聽得「咔咔」幾聲響，再就是地上那人的嚎叫聲。

魏清莛冷冷地看著他。「你知道上次敢這樣對桐哥兒人怎麼樣了嗎？」腳下一移，卻是一腳踩在對方的肩膀處，一用力，對方活活地疼暈過去，又活活地醒過來。

徐三滿目赤紅的看著對方，咬牙切齒地道：「妳知道我是誰？」

「我不知道你是誰，但我知道，你還沒有可以在京城犯法而無罪的本事。」

徐三的人這才反應過來，正要衝上前去，卻見徐三背後的人突然跪下，朝著魏清莛磕頭，嘴裡喃喃。「王大師饒命，王大師饒命，這不關小的事啊！」

他只是因為懂些玉石上的事被徐三雇傭過來掌眼，但誰知道會遇到王莛？要是王莛誤會他與此事有關，會不會把他也算在收拾的人裡？

要知道上次疤三被閹的時候他就跟在疤三身邊，已經留下不好的印象了。

他不由埋怨起徐三來，他在看到魏青桐的時候就覺得不妙，只是徐三狂妄，不管他怎麼勸說也沒用，王莛一出來他就知道死定了，可奇怪，王大師怎麼穿著女人的衣服？

上次那個被閹掉的人就曾經是他的老大，當時他就站在老大的身邊，可是親眼看到魏清莛是怎麼一刀下去把人給閹的。當時老大也不過是抱了魏青桐一下，又親了對方一下罷了。

徐二奶奶這才擠進來，看到倒在地上的人尖叫一聲。「傑兒，傑兒你怎麼了？」尖銳的聲音讓魏清莛有片刻的不舒服。

徐三疼得淚流滿面。「娘——」

徐二奶奶發狠地衝向魏清莛，魏清莛拉過桐哥兒閃過身去，徐二奶奶收不住力，狼狽地跌到地上。

「妳，妳這個賤人，來人，你們還愣住幹什麼？還不快把她給我抓起來？去叫巡撫衙門來，這兒有人要殺人了！」

魏清莛冷笑。「巡撫衙門哪裡夠，最好把禁衛軍一塊兒叫來，我倒是要看看這天下還有沒有王法，天子腳下，竟然有人敢在東街動手殺人，我只是廢了他一條胳膊，算是好的了。」

「妳知道我們是誰？」徐二奶奶狼狽的大叫。

「妳是誰？」魏清莛眼中快速地閃過亮光，心中戰意勃起。

「我們是徐家的人，我兒子是國舅爺，妳竟敢對我兒子動手，妳活得不耐煩了，我讓徐貴妃誅妳九族！」

魏清莛冷哼一聲。「我看你們是腦子有問題吧，國舅爺姓任，什麼時候姓徐了？株我九族？我們又沒有造反，憑什麼株我九族？」

徐二奶奶想也不想就出口。「我說妳造反就是造反了，我就要誅妳九族！」

任家和徐家第一次在明面對上了。

# 第六十七章　護短

沒人想到出手傷人的人是魏清莛，任武昀未過門的妻子。

捕快一來，魏清莛冷哼一聲，就報了家門，道：「他出手傷人，我不過是自衛，大人要拿我，也得先拿了他。」

領頭的捕快眼睛微閃，魏清莛身上穿的是淡青色的裙子，捕快雖然知道的不多，但也看得出對方身上的料子不錯，最難得的是她身後護著的男孩用的更是雲錦。捕頭不敢怠慢，問道：「不知姑娘是哪位大人府上的，小的回頭到您府上通報一聲。」徐家宮裡有位貴妃，要是身分地位及不上，這次他怕是真要出手抓人了。

魏清莛似笑非笑地道：「我父親是魏志揚，你要是找我，只管去魏府，我是魏府的三姑娘。」

捕頭幾乎要站立不住，擦了擦額頭上的虛汗。

魏志揚什麼的不要緊，可怎麼偏偏是那位小祖宗？

捕頭可憐地看了一眼還在嚎叫不已的徐三，魏清莛能在刺客群中面不改色，射殺了近四十個刺客，這位爺的膽子真大！

有此想法的不僅是捕頭，知道了魏清莛的身分，大家看向徐三的目光中多是可憐和慶幸。

對方可是連六皇子都敢動手打的人，難道皇帝還會偏袒他？

徐二奶奶震驚卻又滿懷恨意地看向魏清莛。

在外面圍觀的張太太眼睛卻微微一閃，擠到魏清莛身邊，滿懷擔憂地道：「魏公子沒事吧？真是的，光天化日之下，竟有人敢在天子腳下動手，也太無法無天了。」

魏清莛微微一愣，奇怪地看了張太太一眼，不過見對方沒有惡意，魏清莛也就只是善意地衝她點點頭，對前來處理的捕頭點頭。「大人要是無事，我就先帶家弟去看大夫了。」

捕頭糾結了一下，覺得這個已經不是他們能插手的了，連連點頭。「姑娘請便，要是有事，本捕頭會派人去通知您的。」

桐哥兒皮膚嬌嫩，徐三那巴掌又用了力，現在半張臉都腫起來了，魏清莛心疼不已。

老于大夫看見那傷吃了一驚，他可是知道魏清莛對這個弟弟的寶貝程度的，連忙將人讓進來，邊搽藥邊問道：「這是誰幹的？」

「說是徐家的三公子，也不知是嫡支還是旁支。」

老于大夫皺眉。「徐家也不過是從貴妃才開始崛起，先前還只是一個地主，怕是沒有多少旁支，只是妳這孩子脾氣暴，妳把那人如何了？」

魏清莛冷笑。「不過是廢了他一隻手，今天我要不是穿了女裝出來不好動手，他就沒有這麼好下場了。」

老于大夫幾乎也要擦冷汗了，當年的事他也知道一些，一個女孩子那樣做的確是太過了些。

徐三的那條手臂的確是廢了，魏清莛將那手弄成了粉碎性骨折，就是老于大夫出手都不可能治好。當年王廷日明明有痊癒的希望，就是讓徐家給毀的，不管是為了這次桐哥兒的事還是王廷日的事，魏清莛都覺得太輕了。

徐二奶奶在得知魏清莛的身分時是想過息事寧人的，畢竟徐家和任家雖然對立多年，但從沒有在明面上對過，只是在暗地裡較勁，家裡人也說徐家的底蘊比不得任家，一定不能去招惹任家。

可這次兒子的手是真的廢了，連抬一下都不可能。

他們都已經給徐三鋪好了路，他只要上了官場，上面有幾個哥哥幫忙，又有大伯在朝堂上，宮裡還有貴妃娘娘，要出息那是鐵定的。可現在一切都毀了，殘疾人怎麼可能做官？

徐二奶奶怒了，直接就遞牌子進宮告狀。

只是在她之前，當日的事已經被人繪聲繪色地告到了皇帝跟前，就連皇后都知道了，她把徐貴妃叫到坤甯宮，讓她在外面跪了一個上午，當著眾妃嬪的面讓她好好教導娘家侄子，落了她好大的一個面子，皇帝依然沒說什麼。

皇后對身邊的女官笑道：「皇上對他們有愧，先前那孩子又有救駕之功，現在正是受寵的時候，更何況她還是昀哥兒的媳婦。」想到這裡，笑道：「只怕昀哥兒回來還有好一頓鬧的。」

任武昀從來不是個吃虧的性子，小的時候在宮裡，要是有皇子欺負了他，他就欺負回去，所有人都覺得等任武昀賑災回來一定會找徐三的麻煩，皇帝也是這樣想的，對來求情的徐貴妃就訓斥道：「這時候妳不想著讓他們低調些，這樣大張旗鼓的，生怕別人不知道你們徐家欺負了昀哥兒的媳婦嗎？到時他發起橫來，看妳如何處理？」

徐貴妃臉色發白，嘴張了張，很想說「我為君，他為臣，我為什麼要給他交代？」，但知道皇上對任武昀向來寵愛，也就沒有再說，只是讓娘家這段時間低調些，派人給魏家送些東西，原先的事情就算完了。

徐二奶奶心中滿是恨意，卻是無可奈何，她的公公野心不小，他不會為了徐三得罪太多人的。

徐家只好選了東西送去魏家，只是前腳魏家才收進去，後腳就被當街扔出來了。饒是徐家老太爺自認的好脾氣也不由得動怒。

只是還沒等京城裡的人看笑話，徐家的幾個晚輩全都被揍成了豬頭臉，讓徐家更憤怒的是，就連六皇子的舅舅徐勝，也被人揍了，而且揍得更狠。

沒等大家猜測凶手是誰，任武昀就出現在皇帝面前，笑嘻嘻地道：「姊夫，我是回來拿賑災糧的。」

皇帝的訓斥就被堵住了，鬱悶道：「朕不是給你們了嗎？」

任武昀大大咧咧道：「喜哥兒說不夠，災民太多了，再沒有糧食，只怕要出事，所以我才提前回來的。」他才不會告訴皇上，他是聽說有人要欺負他媳婦，這才跑回來的。

皇帝沒有懷疑他，畢竟任武昀雖然胡鬧，但在公事上還是不錯的，而且又有老四和竇容看著，他從沒想過任武昀是私自跑回來的。

他很煩心那些賑災糧，揮揮手，道：「行了，你先下去休息吧，只是徐家的事你做的也太過了，那徐勝怎麼說也是六皇子的舅舅，又是朝廷重臣。」

任武昀不屑地撇撇嘴，道：「姊夫，賓容說了，六皇子的舅舅是我，什麼時候變成姓徐的了？再說了，我和徐勝是平輩，做兄弟的見他荒廢武藝這才出手教他一下的，至於徐家的幾個侄子，哼，做錯了事，他們家的長輩不教，我這個長輩只好勉為其難的幫一下了。」

「你……」皇帝指著任武昀搖頭。「還真不能把你跟賓容放在一起，瞧他都把你教成什麼樣了？」

任武昀眨眨眼，這是他絞盡腦汁才想到的好藉口，關賓容什麼事？不過他見皇帝沒有再教訓他，連忙跑出宮去了。

站在大街上，想了想，還是打馬到了魏家的外面，翻牆進去，一落地就是秋冷院。

魏清莛睜開眼睛，看向圍牆處，無聲無息地下地，拿了牆上的弓箭……

任武昀好奇地看了一眼牆角邊那幾塊菜地，他倒是第一次見有人在院子裡種菜，母親和嫂子們好像種的都是花吧？品味真是低下。

任武昀在心中腹誹，腳下卻不小心踩到了今天阿杏沒有收回去的鋤頭上差點摔了一跤，任武昀踢踢鋤頭，低聲罵道：「真是倒楣。」

任武昀不知道，就是這把鋤頭救了他一命。

魏清莛聽到對方的說話聲，聽得出是任武昀的，這才放下弓箭，打開門出來，上下打量一下他。「你是才回來？」

任武昀耳朵微紅，點頭。「我聽說妳被人欺負了，所以我回來看看，妳也真夠笨的，他要是敢欺負妳，哪裡需自己親自上，妳去叫平南王府的人，讓他們出手就是了。」

魏清莛見他眉宇間還有對自己的擔憂，心下感動，道：「謝謝你，下次要是再有人欺負我，你就去幫我欺負回來吧。」

任武昀咧開大大的笑，片刻，又強壓下，只是嘴角還是忍不住翹起來，大手一揮。「妳放心好了，徐家的人我已經挨個教訓過了。」想了想，從懷裡掏出一塊玉珮給魏清莛，道：「拿著這個，下次要是再有人欺負妳，妳就拿著這個去找金吾衛，裡頭有不少我的兄弟，他們會幫忙的。」

金吾衛裡多是世家子弟組成的，任武昀認識裡面的人倒是真的。

魏清莛接過。「他們會幫忙到什麼程度？」

任武昀想了想，道：「一般的小事也不用去找他們，但像打架這種事，妳只管叫他們，回頭我請他們喝酒就是了。」

欠了人情豈止喝酒這樣簡單。

「姑娘？」蘇嬤嬤驚疑地看著人高馬大的任武昀。

魏清莛揮手讓她下去。「不要緊，妳下去吧。」讓開身，請任武昀進堂屋。

蘇嬤嬤臉色發白，親自端來一壺茶，戒備的看著任武昀。

任武昀眉頭微皺，一會兒卻又鬆開。

魏清莛見蘇嬤嬤也不放心，又見任武昀連衣服都沒有換就過來，怕是還沒吃過晚飯，就低聲吩咐她去弄些吃的來。

蘇嬤嬤躊躇了一下，只好下去準備。

魏清莛問他。「你怎麼突然回來了？賑災的事情辦得怎麼樣了？」

任武昀灌了一杯茶，道：「別提了，災民都餓瘋了，他們不敢搶那些大戶，只搶那些小地主和富農，現在兩省亂糟糟的，糧食已經發下去，但僧多粥少，我這才回京搬糧食的。」

「國庫還能拿得出糧食？」

任武昀搖頭。「老四說怎麼也要試試。」

魏清莛本來是打算在京城開粥棚的，可是現在出了這樣的事，任武昀那樣出手，只怕朝中有些大臣會不滿，想想道：「我娘給我們留了不少銀子，這些日子我讓我表哥買了不少的糧食，不如我分你一半，你拿去賑災吧。」

任武昀皺眉。「賑災是朝廷的事，哪裡用得著妳出錢，妳還是把那些錢收起來，以後給妳做嫁妝。」

魏清莛微微一笑。「我還有錢，再說了，就是我沒錢，你不是還能掙錢嗎？」

「那是。」任武昀驕傲的仰頭。「那妳就讓人準備好，過幾天我來拿，我去皇上那裡給妳報備一下，做了好事，怎麼也要留個名。」

魏清莛點頭，她做好事，一半就是為了留名，見任武昀開心的樣子，魏清莛暗自點頭，第一步相處要融洽，以後兩人生活才更和諧。

蘇嬤嬤快手快腳地煮了一碗麵，任武昀的確餓了，三、兩下吃完，就擺擺手離開了。

蘇嬤嬤鬆了一口氣。「姑娘，以後可不能再讓四公子進來了，深更半夜的，要是被人發現了……」

魏清莛不在意地點頭。「我知道了。」

魏清莛聽到外面的聲音，翻了個身，有些困難地起床，前幾年都是天不亮就出城，越是習慣早起的人越是對賴床有一種天生的喜愛，魏清莛也一樣。

魏清莛出門的時候，大家都已起來，讓魏清莛想不到的是桐哥兒竟然在紮馬步練拳。

魏清莛看了一會兒，問給她端來洗臉水的阿梨。「桐哥兒今兒怎麼起得這麼早？」

「少爺早就起來了，一起來才喝了一杯水就在那兒練拳了。」

吃早飯的時候，魏清莛問桐哥兒怎麼這麼早起床。

雖然桐哥兒答應了和孔言措練武，但他們練的最多的是飄逸的劍法，魏清莛提了幾次意見，都被兩人華麗麗地無視了，跟著他們習武的張宇也喜歡劍法，少數服從多數，魏清莛被完全無視掉。

桐哥兒板著臉認真道：「姊姊，我要好好習武，以後我要保護好自己，也要保護好姊姊。」

魏清莛一愣，繼而面色柔和下來，溫聲道：「好啊，姊姊等著桐哥兒來保護。」

桐哥兒臉上露出了笑容，努力的扒飯，等把自己碗裡的東西吃完，就起身道：「我今天要去書院上學了，多學一點本事。」

「帶著阿力去，要是有人敢欺負你，你就打他咬他，打不過就跑。」

桐哥兒認真地點頭。

本來想派個人跟在桐哥兒身邊不讓他被人欺負的，想了想還是算了，桐哥兒就算長不大，也要讓他知道一些外面的情況，保護得太好未必是好事。

桐哥兒身邊的那兩個暗衛應該不會讓他有太大的危險的。

# 第六十八章 捐獻

魏清莛用桐哥兒的名字捐出不少的糧食，就連皇帝也吃了一驚，任武昀不在意地告訴皇上，那是用王氏留下來的嫁妝買的，然後一雙厲眼在朝堂上掃過，覺得不能太便宜這些人，道：「皇上，您看兩個孩子都能捐出這麼多糧食，您要是不意思意思點都不好意思吧？」

皇上幾乎是立刻福至心靈，點頭道：「愛卿說得不錯，既然連魏姑娘和她弟弟都捐了一千石，那朕就從私庫裡拿出五千石好了。」說完，皇帝滿懷希望地看向朝下眾臣。

任武昀想著，媳婦都捐了，沒道理他不表態，所以他又跳出來道：「皇上，那我也捐一千石好了，回頭我就讓人去買糧食。」

平南王自然要支持自家的弟弟，也站出來表示以平南王府的名義捐贈二千石。

朝堂上的眾臣頓時暗罵不已，不僅罵傻缺的任武昀魏清莛，更罵徐家。魏清莛為什麼拿出糧食來捐獻，除了任武昀，大家都能想到，無非是想討個好，讓皇上不要太過責怪任武昀昨天揍人的事。

但任武昀這個傻缺非要把個人捐贈搞成全民活動，朝堂上的人誰也沒逃掉。你說窮，好啊，皇帝會讓人去查你的收入的，親，不要不小心因小失大哦！

眾人在心中怨怪徐家，你平時調戲良家女子美男也就算了，至少睜開眼睛好不好，不要什麼人都上，六皇子不過是想抓一下對方的手，都被魏清莛兩箭射掉了兩個得力侍衛，你一個徐家的無名子弟不過是廢了一隻手，用得著這麼大張旗鼓的嗎？害得這麼多人跟著出血。

諸位大人看著眉開眼笑的皇帝和渾然不覺的任武昀，決定遠離任武昀、遠離魏清莛，珍愛財產、生命。

皇上很滿意，雖然收上來的糧食還遠遠不足，但也可以救不少人了，看著下面站著的任武昀更加順眼，大方地揮手道：「魏清莛打人的事朕就不追究了，你的也算了，只是下次可不能再這樣了，怎麼說徐勝也是朝廷命官，這樣傳出去對你名聲不好。」

任武昀很想撇撇嘴，但還是低頭認下了。

「糧食收齊後你就趕快啟程吧，災區的災民不能多等。」皇帝又問了一些災區的情況，這才放任武昀離開。

而遠在災區的四皇子，這時卻在咬牙切齒地看著底下跪著的兩個人。「你們連個人都看不住，要你們何用？」

兩個侍衛灰頭土臉的，低著頭認錯。

竇容在一邊問道：「任將軍離開多久了？」

「有三天了，任將軍把我們綁起來後就走了，現在應該到京城了。」

四皇子扶額。「現如今我們的人才打入災民之中，要是出什麼變故，豈不是功虧一簣？只怕到時還會引起災民的反彈。」

「可要操作得當，也是一利器。」竇容眼珠子一轉，道：「派人放出風聲，就說四皇子覺得救濟糧不夠，連夜派任將軍回京籌糧，這件事交給你的長史去做，不管阿昀最後是否帶回糧食，都要把局面牢牢地控制住。」

「阿昀能帶回糧食？你在開什麼玩笑?!」四皇子很懷疑。

「那就把責任推給京城，反正我們也沒說假話，的確是朝廷不給我們賑災糧。」

四皇子頓時閉緊嘴巴。

夜晚，和以往所有的夜晚一樣，石家是安徽的大戶，在外頭餓死人，人吃人的時候，他們算不上夜夜笙歌，但日子也沒受多少影響，照例一家子吃過飯後各歸各屋，公子少爺們去找姬妾娛樂，而太太、姑娘們則回了房間，該幹麼就幹麼。

石家的一側角門裡，有人輕輕地敲了幾下，門裡的人嘟囔了幾聲。「誰呀，大晚上的，肯定又是在外頭胡鬧，你說你怎麼就……」門才開了條縫，就被人大力推開，守角門的小廝來不及呼救就被人按住嘴巴敲了一下脖子暈死過去……

不久，石家大院就著起火來，而幾個角門被打開，幾百個衣衫襤褸的人從裡面揹了糧食跑出來……

第二天，石家被災民強搶的事情就傳遍了，其中衝突死了兩位嫡子，石家家主大怒，跑到衙門裡要求剿匪，四皇子正好在。石家家主對四皇子雖然禮數周到，但算不上恭敬。

四皇子只好苦著臉告訴他，他們兵是有，但沒有軍餉啊，帶來的糧食全都發給災民了。

石家家主大怒。「四皇子，那些災民就是土匪、強盜，合該被千刀萬剮，你不僅不把他們抓起來，還發給他們糧食，是嫌不夠亂嗎？」

四皇子眼裡閃過寒光，收起臉上溫和的笑容，冷笑道：「石大人這話本殿下不敢苟同，這天下的百姓都是父皇的臣民，這次兩省大災，兩省官員不說賑災，竟敢隱瞞不報，現在父皇不追究那些官員的罪也就罷了，難道還要反過來治這災民的罪？難道在石大人眼裡，父皇就是這樣不分青紅皂白，胡亂從政的帝王嗎？」

石大人臉色微變。「四皇子言重了，本官不過是被昨晚上那些災民給氣到了，還望四皇子海涵。」

四皇子皺眉道：「石大人還是慎言為好，昨晚上的事是不是災民所為還有待商榷，本殿下聽說，附近山上就有一群土匪，一直沒被剿殺，說不定是他們所為。」說到這裡，又是一嘆。「只可惜我們沒有軍餉，就是想為大人報仇也不能夠了。」

石大人恨得咬牙，這個四皇子是知道了什麼，還是純粹是懷疑那山上的土匪？不行，必須讓他們轉移目標，他們石家好不容易才發展到這個地步，絕對不能出什麼事。四皇子不過是個未及弱冠的小子，難道還怕他？

四皇子回到自己住的地方，對竇容道：「石家果真不簡單，事情比我們想像的要複雜得多，那山上的土匪只怕和他們有什麼關聯。」

「要不要派人混進去看看？」

四皇子搖頭道：「我曾經派人去試過，只是他們審核得很嚴格，短期內混不進去，本來我還懷疑是哪位兄弟的傑作，看這幾天查到的情況來看，竟是石家自己的打算，說不定還有其他的世家摻和在裡面。」

竇容譏笑。「這石家是該說他們大膽，還是沒腦子呢，就是四王，也不敢起這個心思，他們一個小小的地方世家，竟然異想天開。」

「所以我才擔心是哪位兄弟的手筆，」四皇子走了幾步，道：「還是再派人監視看看。」

竇容點頭。「本以為這次石家應該會受到重大的打擊，也好把安徽的事情攪渾，沒想到石家的大本營是空有其名，他們應該還有另一個地方存放重要的東西，這點損失對石家造不成多大的傷害。」

「不急，安徽的災民有幾十萬，河南那邊也是這麼多，總有找到的時候。」四皇子想起今天聽到的消息，囑咐道：「讓伍少陽選物件的時候斟酌好來，儘量選那些手上有人命的人家下手。」四皇子的臉色很不好看。「本來只是感興趣，隨手翻翻這裡的案底，沒想到竟亂成這樣，要知道王公去世才有八年。」

竇容也不說話了，王公在的時候就很注意壓制各個世家，也許是先帝在的時候那些世家被打怕了，他們對王公有一種本能的逃避，所以雖然私底下有動作，到底不敢太過，可是王公一死，皇上根本就壓不住這些世家，更何況他們整整被先帝和王公壓了近五十年。

接下來的幾天，不斷地有大戶被搶，場面幾乎失控，這些災民除了沒有拿起反旗，已經和反賊無異了。

朝廷聽到消息，又吵起了到底是賑災好還是鎮壓好，甚至還有人提出要治四皇子的罪，要知道四皇子是要去救災的，結果卻讓災民打劫起那些大戶來。

還沒等大家吵出個所以然來，四皇子的一封密信遞到了皇帝的桌子上。

四皇子懷疑石家馴養私兵，那些怎麼剿都剿不乾淨的土匪就是石家養的。

四皇子列出了一連串的證據，這都是之前慢慢收集起來的，但顯然這些還不夠，因此，四皇子就把最近鬧得轟轟烈烈的搶劫栽贓到石家頭上。

災民被餓了三個月，只敢搶一些地主和富農，為什麼最近卻瘋狂地搶起了大戶，第一個還是石家？

因為石家想要轉移他們的物資，而且，他們還急需物資，再沒有比搶劫更好的辦法了。

這套胡謅是竇容口述，四皇子筆寫的。可就是這樣一份天馬行空的想像，皇帝相信了！

皇上在處理石家這件事上態度難得的堅決，就和當年他咬定太子和王公謀反一樣的堅決。

在石家還沒反應過來的時候，皇帝的一支軍隊就悄悄地往安徽而去。而任武昀押運京城眾人捐獻的糧食到了安徽，四皇子當機立斷，分出一大半運去河南，將任武昀留下來。

論打仗，在場的沒有誰是任武昀的對手，就是自稱計謀了得的竇容，有時候也會被任武昀的反擊弄得手忙腳亂。任武昀天生是戰場上的人。

而且皇帝放心將軍隊交給任武昀，卻不放心交給四皇子，這就是皇室的悲哀。

四皇子和竇容帶著賑災物資往河南去，而任武昀在軍隊到後，連休息也沒讓他們休息，就讓人圍了石家大本營。

不管裡面的人如何喊冤，一律看管起來，連一隻蒼蠅都不能放出去。

石家既然有造反的打算，自然不會把雞蛋放在同一個籃子裡，在其他地方也有石家的子孫。只是大部分，甚至所有的嫡系都在大本營了，最關鍵的是石家家主本人在大本營啊，他不想死，只好下令讓他的私兵，也就是山上那些土匪下山救他。

只是土匪才下山就遭了伏擊，在隔壁山腳下，土匪遭遇了官兵，大戰爆發了。

任武昀面無表情地看著底下的戰場，領兵而來的將領佩服道：「任將軍怎麼就料到這些逆軍會傾巢出動？」

「因為他們蠢！」

領兵的將領一噎，這真的是京城裡傳說的草包任四？是假冒的吧？

任武昀抽出自己的劍，身先士卒，親自下去殺敵。

領兵的將領伸出手想要挽留，作為將帥，最要緊的是保證自身的安全，可是他還沒說話，任武昀就衝進了逆軍中，喊道：「擒獲逆軍首領，朝廷重重有賞！」

士氣激蕩，大家殺敵更加勇猛。

在任武昀不遠處的張金鐘眼睛微微一閃，手上的動作更快。

等所有的土匪伏誅，任武昀才走到被活捉的土匪頭子跟前，看了看他的臉，疑惑地問道：「你是石家人？」

對方臉上一白，任武昀已經肯定地點頭了。「你們石家人的鼻子特別，我一眼就看出來了，你們的膽子可真夠大的。」

扭頭就看見張金鐘，笑問道：「我記得你，你是張參將吧？聽說你太太也很喜歡藍田玉？」這次張參將所在的軍隊也被抽調出來，本是被推出來做炮灰的，誰知道任武昀在看名冊的時候看到他的名字，記起他是「徐三事件」中張太太的丈夫，因為張太太當時對魏清莛表達了善意，任武昀就假公濟私地把人調到自己親領的軍隊來了。

張金鐘眼睛一亮，恭敬地回道：「內子不過是偶爾玩玩，聽說魏姑娘才是個中好手，聽內子說魏姑娘只一眼就能看出玉的好壞，真是厲害之極。」

任武昀嘴角抽抽，不過是玉的好壞罷了，世家裡面誰不會看？不過任武昀也沒說什麼，只是點頭道：「你剛才殺敵很勇猛！」

這一句話卻是認同了，張金鐘眼睛亮晶晶的，要不是現在有人看著，他都想跪下來說以後誓死效忠任將軍了。

任武昀的動作很快，他都沒有審那個土匪頭子，直接帶著人闖進了山寨。

參觀完山寨的防禦，讚道：「這裡本來就是易守難攻，再這樣防禦，難怪這麼多年派上來剿匪的官兵都是無功而返。」

「恐怕其中也少不了石家的運作吧？」

山寨裡的金銀財寶任武昀收回，那些是要上交給朝廷的，當然大家私底下的私吞還是有的，畢竟這些東西就算運回京城，會不會進入國庫都說不定，與其給別人貪了，還不如自己兄弟拿著呢。所有的軍隊都是這樣做的，一旦攻克哪個地方，底下的兵抄了東西，自己留下一丁點，上交大部分給長官，長官再留下一部分，再上交給上頭的幾位將軍，然後將軍們分了一部分，另外的一部分就上交朝廷。

而那些東西能不能到朝廷的手裡，就不是這群打仗的大老爺們所關心的了。而那些糧食，皇上在來之前就說了，全都拿來賑災。

任武昀看著被洗劫一空的山寨，滿意地點頭，揮手道：「走，我們去石家。」

石家家主幾乎嘔死，他想過萬種可能，就是沒想到自己還沒動手，便被人連根拔起了。

石家在朝廷上當然也是有人的，交情不錯的世家，還有他們本家的弟子也有在朝中為官的，但他們都沒有給石家報信，說明什麼？說明他們根本不知道。

這麼大的一個行動，要是拿出來公開討論，怎麼可能不漏風聲，唯一的一點就是皇帝根本就沒告訴其他人。他是繞過群臣，自己派兵下來的。

消息傳回京城，當知道皇帝派人滅了石家，把石家的嫡系和那個土匪頭子給押上京城後，所有人的眼睛都凸出來了。

京城裡的石家人還來不及恐慌，就被禁衛軍抓起來了。

到底有多少人參與了謀反，還要慢慢地調查，但這些人無疑都是要被控制起來的。

其實這些事除了石家家主和幾個長輩，還真就沒人知道了，更遑論那些在京城當官的旁支了，他們真的很冤。

京城譁然，轟轟烈烈地展開調查，多個心眼的就聯想到了河南的牛家，關係好的，難免就悄悄地送一封隱晦的信過去。

雖然世家的心裡有些瞧不起皇帝，但是皇帝固執起來他們還是害怕的，牛家的家主臉色難看，自己在書房裡坐了一夜，第二天就放出消息要開倉放糧，救濟那些災民。

可消息才放出去不久，就有各地鋪子的掌櫃和莊子的管事派人回來稟報，那些牛家的產業都受到了衝擊，幾乎被災民洗劫一空，損失慘重。

牛家家主咬牙，但還是道：「沒了就沒了，不要多管，馬上開倉放糧，東西沒了，地還在，鋪子也還在，等旱災一過，還可以重新來過。」

牛家的管事沒有辦法，帶著人一袋一袋的往外扛糧食。

四皇子笑道：「牛家的反應倒是快，聽說他兒子前些日子還逼死了一個良家女子，不知我能不能將人拘拿歸案。」

竇容眼裡泛出寒光，他最討厭有人做這些事了，但還是道：「你是賑災的，不是巡查的，不過京城裡的御史們好像也挺閒的。」

四皇子點頭，他們既然親自來了，自然不能就這麼回去，這兩家在地方上這麼作威作福，怎樣也要改過來才好。

不管外面是如何風雲突變，魏清莛只一心經營著京城外的粥棚，還讓桐哥兒親自到那裡給人舀粥，因為這一點，不少人都稱讚桐哥兒。

魏清莛不管他們是真心還是假意，總之桐哥兒的名聲出去了，以後誰要是再敢說不認識桐哥兒而對桐哥兒下手，她出手出腳就更順理成章了。

皇帝可能為了補償還是什麼的，總之還親手給桐哥兒寫了一幅字，當然，也有一些金銀財寶意思意思，但大多數人都盯上了那一幅字。

眾所周知，只要那個皇帝不是乞丐出身，那他手底下的字就不會太差，當然也不會好到哪裡去就是了，畢竟全國上下，還有專門研究書法的人，可偏偏當今聖上就是一個例外，他的字可以和當代大儒相提並論。

這在歷代皇帝中算是難得的了，畢竟皇帝精力有限，要學的實在是太多了，誰沒事還會去專門學這樣的東西？

歷史上凡是專擅一技的皇帝，全都是昏君或是亡國之君。

所以當今皇帝的字很稀罕。

而此時的皇帝正撐著下巴敲敲桌子，想著要不是魏青桐年齡太小，他應該還會給對方一個虛職撐門面。這個一閃而過的念頭，最後是他兒子幫他實現的。

京城裡有錢的人家數不勝數，這樣的人家最在乎什麼？名聲！

所以魏清莛的粥棚剛開了沒多久，和她並排的地方就有了幾家，等到魏青桐得了皇上的賞賜，粥棚就如雨後春筍般開了起來。

進入或正在趕往京城的災民都得到了很好的安置，朝廷和皇上的名聲總算是挽回了一點，而安徽河南兩地，隨著四皇子賑災工作的展開，石家被連根拔起，牛家也拿出了大部分的錢財，兩地的災民雖然依舊會怨恨，卻已經開始計劃著來年的播種。

底層的農民永遠是這樣，他們苦難卻隱忍，愚昧卻堅韌，只要還有一絲生存的希望就會一直活下去，就像路邊的野草。

# 第六十九章　回京

因為害怕大災之後的疫情，四皇子決定留在兩地繼續主持工作，並向朝廷借調了不少的御醫。

面對滿臉不情願的御醫，四皇子溫和地笑道：「諸位大人既然食君之祿，就該為君分憂才是啊。」

竇容查閱了兩地的地志，向四皇子彙報。「現在災情已解，只是再過兩月，第一場雪也該下了，要是不安排妥當，只怕又是一場災難。」

四皇子已經想好了。「找王廷日幫忙吧，他認識的人多，從石家抄出來的錢財足夠買災民過冬的物資了，至於其他的，安徽當地的大戶有六成都被打劫，你明天去和牛家的家主談談，看他是否願意帶頭捐獻一些東西，棉被、棉衣也好，銀子也罷，這樣行善積德的事想來牛家的人很願意做。」

「牛家肯定會願意的。」竇容深以為然。

竇容也很看不起這幾個家族，族中沒出幾個有才能的子弟，卻敢作威作福，僅這幾天從災民那裡聽到的各路消息和從衙門那裡查到的東西，牛家就可以被抄了，不過牛家沒和石家一樣想過造反，皇上現在正在調查石家的事，也就不願意再多生是非。

石家的事情暴露後，皇帝也不放心軍隊在外了，只給任武昀留下三分之一的人，其他的全回京城防衛。

耿相和幾位大臣都是一臉便秘樣，這個皇上運氣實在是太好了，當朝的幾位皇子除了四皇子，手中都沒有兵權，而四皇子又被指派出去賑災，要不然防守京城的軍隊走了，就算還有一部分，就算還有禁衛軍和金吾衛也很危險好不好？

幸虧現在皇帝回過神來，知道把人調回來了。

耿相擦了一下額頭上的冷汗，要是真的出個什麼逼宮的事，不管成功與否，最先死的一定是他。就算不死，事後他也不用當官了。

在皇帝心焦的時候，四皇子已經大致將災民安排妥當了，最後在竇容的策劃，任武昀的保護下，四皇子登高發表了一通朝廷對災民的勸慰，而先前發生的搶劫事件，因為情況特殊，朝廷可以不追究，但以後再發生類似事件，朝廷一律按謀反罪論處。

既給了對方一些好處，又嚇了對方一下，然後給他們發了過冬的銀子和部分物資，讓災民們回鄉了。

而王廷日也照著四皇子的吩咐和幾個商家接觸好，他們會在第一場雪來臨前趕出一批過冬物資以略高於成本的價格賣給兩地的災民，以此換來朝廷的封賞和一個虛職，並且和上次被任武昀逼著捐獻的官員一樣被刻在石碑上。

哦，上次皇帝配合著任武昀打劫了不少的官吏，事後有些愧疚，就在宮門前弄了個石碑，所有捐獻的官員都可以把名字刻上去，最後京中的幾個有錢人見了心動，也很想把自己的名字刻上去，但皇帝傲嬌地說，這是給朝廷命官的。

可惜魏清莛不是當官的，不然她一定會提反對意見，有人出錢還不幹，不就是一個名字嗎？石碑有的是，她不明白皇帝在傲嬌什麼。

也虧得王廷日沒聽到，聽到了肯定會告訴她，讀書人都看不起商賈，當官的讀書人更看不起商賈，那些武官雖然沒有文官那樣鄙視商賈，但肯定也看不起他們，要和商賈一起排列在石碑上，甚至還有可能被商賈超過，他們會罷官的！

皇帝自然不會為了這麼一點錢而得罪滿朝文武。

兩地的旱災，各方面都有損失，皇帝趁此機會打壓了不少人，將自己的人安排進各部門的重要位置，特別是兩省的官員，幾乎被擼一空，好在今年正好開恩科，人才什麼的剛好補上。於是，朝廷各方面的人都開始行動起來動手腳了。

就是魏志揚，他也想外放出去。他現在在京城被同僚取笑，皇帝甚至毫不隱藏對他的不滿，他在京城已沒有前途了，出去說不定還能有一番政績，就算不行，在外面也要自由些。

而收穫最大的，恐怕就是四皇子了。四皇子這次出去賑災本就是被六皇子推出去的，沒想到他不僅圓滿完成，還將接下來的雪災也考慮進去了，最值得慶祝的是，他竟然還發現了石家要造反，並且快速地鎮壓對方。

雖然四皇子只寫了封密信，其後就不關他的事，但就是這樣，皇帝才更信任他。將平叛的功勞安在他的頭上，任武昀反而排在第二位。反正兩人交情好，任武昀並不介意。

四皇子回京後，皇帝封他為成王，成為第一個封王的皇子，並且可以開府，除此之外，他還被放到了戶部，開始正式介入朝堂。

任武昀眼睛一亮，嚷道：「皇上，我要去兵部，您放我到兵部吧。」

幾位還在上書房的大臣臉色微變，皇帝嗔怪地瞪了任武昀一眼，沈吟道：「你也就只會打仗，只是兵部現在沒有空缺，你要是真想任武職，不如先將就著去金吾衛，金吾衛正好缺右大將軍，這就算你升職了，如何？」

金吾衛裡的人有六成是任武昀的熟人，小的時候誰沒一起打過架。任武昀想了一下，覺得金吾衛就金吾衛吧，總比閒在家裡好，現在回鶻剛定，可沒有仗打。

「那皇上，要是以後再打仗，我還回來當我的將軍，你可不能扣我在金吾衛。」

以前的金吾衛不僅掌管皇宮京城的防衛，還掌握了烽侯、道路、水草等。下面的武官不計其數，一旦有戰事發生，都要經過金吾衛的手，由他們調配武將、軍餉和發號施令，兵部卻反而成了擺設。

先帝覺得金吾衛權勢太大，所以將金吾衛的職責權力削了一大半，現在的金吾衛只負責保護皇宮和皇上的安全，其他的任務都被劃分給了兵部，雖然任武昀從從三品的兵部將軍升到了金吾衛的正三品右大將軍，但其實權力被削了不少。

皇帝無奈，點頭道：「朕也捨不得你這一員大將。」

而竇容，這個的封賞更加大，因為竇容參加了恩科，現在成績已出，二甲第八名，算是很不錯的成績了。

皇帝直接將人調進戶部，正五品的官職就落下來了，因為他本人以後是要繼承鎮國公府的，也不好再多封賞什麼，只是一些金銀財寶罷了。

恩科一放榜，魏家就知道魏志立參加了今年的恩科，魏老太爺神情複雜地看著這個兒子，淡淡地道：「既然已經被錄取了，以後就要努力，魏家的興衰還是要看你們的。」

魏志立沈穩地應了一聲，要不是他的眼睛比往常要亮得多，只怕沒人看得出區別。

魏志茗臉色有些難看地看了一眼魏志立，沒有說話。

魏志揚則笑道：「這下好了，有三弟幫忙，以後我們魏家只有更上一層樓的。」

魏志立微微一笑。

魏志揚問道：「可是有了實缺了嗎？要不要我幫你問問？」

魏志立搖頭道：「不用了，大哥，還是看吏部的安排吧，我聽說今年的缺很多，不愁找不到實缺。」

陌氏嗤笑一聲。「三叔這話說的不差，只是這實缺和實缺之間也是有區別的，像你二哥，還是靠著公公的關係這才在戶部裡謀了個好一點的實缺，只是可惜現在公公不在戶部了，不知道三叔找的誰的關係？」

魏志立能找的也就是同年及往日相處得還算不錯的一些朋友，除此之外，還能找誰？

魏老太爺已經退下，魏志揚有些自顧不暇，陌氏現在說這話就好像在諷刺魏老太爺和魏家，但其實大家都知道她只是在眼紅魏志立。

這番話說出來，魏清莛笑了，魏老太爺臉黑了，魏志揚垂下頭，魏志茗瞪了陌氏一眼，就連吳氏也恨鐵不成鋼地瞪了陌氏一眼。

陌氏咬唇，區氏的笑臉則一頓，狠狠地剜了陌氏一眼，就諂媚的笑道：「公公雖然退下來了，但關係還在那裡，只要公公和幾位叔叔伯伯說一聲，再拿錢周轉一下，謀個好差事應該不難吧？」

魏老太爺冷著臉道：「該怎樣就是怎樣，當年你二哥不也是靠著自己的能耐才進的戶部，不要老想著什麼靠家裡的事，進了朝廷就要好好辦差。朝廷畢竟不是家裡的鋪子、莊子，出了錯，還有人給你抹掉。」

區氏臉上難看，這話雖然是對著三老爺魏志立說，卻是說給她聽的，什麼二叔是靠著自己，我呸，誰不知道因為公公是戶部尚書，二叔這才被調進戶部的。

在恩科前，魏清莛就已經和魏志立說過他們要合作了，他一直將王氏當母親一般敬重，對魏清莛和魏青桐則是兒女一樣的對待，所以魏清莛說的什麼合作他根本不放在心上，在他看來，他們有什麼事需要他說一聲也就是了。

所以，他不認為他需要魏老太爺的幫忙，這幾年他也認識不少人，運作一下，在京城謀個職位應該還是可以的。

這場酒宴本來是給魏志立慶祝的，區氏卻吃了一肚子氣回去，一回到屋子就摔東西。「公公是什麼意思？他們是他的兒子，難道你就不是了？不過是一句話的事有什麼難的，錢我們可以自己出，要是不夠，我還可以出嫁妝。以前攔著不讓你參加科舉也就算了，現在好容易考出來了也是眼睛不是眼睛，鼻子不是鼻子的。」

魏志立想到剛才父親的態度，嘆道：「已經算好的了，要是父親沒有榮養，魏家也沒有下滑，只怕我就是考上了也得生病。」

區氏張大了嘴巴。「這是為什麼？哪有父親不盼著兒子出息的。」

魏志立苦笑。「可要是這兒子和他作對呢？」他是不相信王公會造反的，若他出仕，怎麼也要為王公說上一、兩句話，只可惜，父親怕他給魏家惹禍，根本不許他參加春闈。

區氏張口結舌，結巴道：「你，老爺要和公公作什麼對？」

魏志立低聲道：「這些事說了妳也不懂，總之別再去求他們就是了，我總有辦法的。」

區氏咬牙。「你有什麼辦法，就認識那麼幾個人，能找到什麼好的實缺？」區氏快速地動動腦筋，想著娘家有誰認識官職比較高的夫人太太，就是用錢砸也要砸出一條道來。

區氏是商賈出身，她對做官有一種偏執的追求，以前是因為三老爺不參加科舉，而且因為有魏老太爺和吳氏的安排，三老爺幾乎就給人一種一輩子都要留在家裡打理產業的感覺，就是區氏也沒想過三老爺會參加科舉，而且還能考中。

兒女的父親是官，總比兒女的祖父是官要好聽得多，要是可以，說不定她以後還會是誥命呢！區氏越想越心熱，幾乎想立刻起身去找娘家。

三老爺也知道勸不住她，也就不管了。

桐哥兒已經不願意再讓魏清莛牽著手走路了。

他板著臉道：「姊姊，桐哥兒已經長大了。」

魏清莛頓時有一種吾家有兒初長成的感覺，魏清莛笑道：「是啊，桐哥兒已經長大了，那桐哥兒最近功夫學得怎麼樣了？畫畫有沒有落下？」

魏青桐搖頭，想起今天去書院找他的那個男人，決定不告訴姊姊他要和那男人習武的事，表哥說過，那個男人要和他搶姊姊，所以他可以做一切為難對方的事。

魏青桐不知道，王廷日這樣和他說，只是不想讓任武昀過得太舒服而已，讓桐哥兒給他找找麻煩。魏青桐眼睛微轉，決定明天先讓那人帶他上岷山轉轉，姊姊總不讓他進深山，每次都只讓他在周邊轉悠，他還沒進去過呢！

區氏是滿懷忐忑地回去娘家，卻是滿臉失望的回來，娘家那邊對於女婿能做官自然是很歡喜的，幾乎和區氏一樣，想拿錢去砸出一個好實缺出來，只是這在往屆容易的事情，此時卻困難無比。

一句話，全都是旱災給鬧的。

一場旱災讓朝廷缺了不少人，都是被皇帝收監或罷官因而空缺下來的，特別是中下層的官員，而且安徽、河南兩地的官員，除了小官職，打頭的幾乎都被罷了，所以大家都卯足了勁兒往裡頭擠。

這件事最後惹怒的是四皇子，四皇子將事情告訴了皇帝，本來只是想在朝堂上提一提，肅清一下朝堂，誰知任武昀剛好過來找皇上，聽了就大大咧咧地道：「國庫現在還空著呢，皇上，他們愛賄賂就讓他們賄賂去，您讓人盯著，回頭就抄了那幾家，這樣過年的時候又有銀子了，哪裡還用像現在一樣東挪西借的。」

當時的幾位大臣正在和皇上、四皇子商量安徽河南兩地首官的任免，本來聽到四皇子的話心裡還轉了幾個主意，其中之一就是儘量將這些差事搶過來安排在自己人的名下，這樣他們插人收東西也方便些，現在聽任武昀這麼一說，立馬閉嘴了。

這樣近似於胡鬧的建議，大家以為皇上也就是聽個音而已，誰知道轉身皇上還真的讓禁衛軍出去盯人了，要不是他們在宮中有內線，肯定不會知道。幾人暗暗咬牙，讓手下的人布置慢一些。

那些皇子更是對任武昀咬牙切齒，紛紛道：「任武昀怎麼還回來？他一回來我們就沒好日子過。」

嚴謹如耿相也難得地露出疑惑的神情：難道前幾年皇上還比較靠譜只是因為任武昀不在？也對，以前的皇上行事可沒有這麼大膽，都是走兩步再回頭看三步的。

區家就是有心幫魏志立，現在也找不到好的門路，找到好門路，那人也不太敢出手，實在是區家出的錢實在是太多了。

區氏懨懨地回到魏家，看到魏清芍從一邊而過，眼睛登時一亮，她記得三老爺說過他和三姑娘的感情還不錯的。現在三姑娘就要嫁進平南王府了，還有比這更高更好的關係嗎？

區氏內心一片火熱，她轉身就去了秋泠院。

此時魏清莛正在收拾這幾年桐哥兒畫出來的畫，她打算在京城給桐哥兒買棟房子，等她出嫁了，桐哥兒就搬去書院住，偶或回那棟房子住，魏家能不回來就不要回來了。

聽到區氏過來，她微微一愣，區氏從不和他們來往，繼而就恍然大悟，看來三叔的求職之路很艱難啊。她本來就有心幫忙，只是魏志立不說，她也就不好兀自插手，生怕出力不討好，現在區氏來，是魏志立想清楚了？

區氏面對魏清莛的時候還有些尷尬，畢竟她們倆實在是不太熟，幾次見面都很尷尬。

魏清莛見阿梨給她上茶了，就笑道：「三嬸過來是找清莛有什麼事嗎？」

「是，」區氏緊了緊手，道：「有一件事要求莛姊兒，莛姊兒也知道，妳三叔才考上進士，家裡又不願意幫忙謀個實缺，妳三叔先前一直幫著家裡打理生意，碰見都是管事之類的人，實在是沒有門路，聽說莛姊兒在書院的時候認識不少大家閨秀，所以想問問，能不能給妳三嬸牽個線……」怕魏清莛誤會，區氏連忙道：「這個錢三叔、三嬸出。」

魏清莛撫撫茶杯，笑道：「三嬸說笑了，不如我幫三叔問問，要是有合適的，回頭再告訴您。」

區氏眼睛一亮。「真的啊？那三嬸就提前謝謝莛姊兒了。對了，莛姊兒，以後妳在家裡有什麼不方便的就來找三嬸，還有妳六妹妹，妳要是有空就常來找妳六妹妹玩。」

魏清莛笑著點頭，送走區氏，魏清莛就轉頭繼續去收拾那些花，對阿梨吩咐道：「跟門房上說一聲，就說我今天下午要出去，讓他們準備好馬車。」

「是。」

魏清莛現在出門已經不像以前那樣受約束了，魏家已經管不了，也不想管她了，所以她出門都是自由的，就連那馬車夫都是她自己雇傭的。

# 第七十章　求官

魏清莛沒有像區氏那樣想的去求任武昀，在她看來任武昀現在還只是個熟悉的陌生人罷了，而且以後兩人要在一起生活，這樣的開端並不會讓人覺得愉快。

遇到事情，魏清莛習慣性的去找自己的合作夥伴和親人——王廷日。

王廷日並沒有什麼為難的，笑道：「正好，我還想著最近幫四皇子太多了，都沒有從他那裡得到些什麼，現在正好有了一個用處。」

魏清莛沒有什麼真心實意地道：「用這個還人情會不會太便宜他了？」

「是太便宜了，不過現在也沒什麼辦法，要收穫還得好長一段時間呢，不如現在要求一些他力所能及的事，這樣他也就比較放心了。本來還想最近要能找到什麼麻煩讓他幫忙解決就好了，這樣你來我往的，關係才會更緊密，現在妳正好提供了機會。」

魏清莛點頭。

「對了，家族那邊來人了，這次把妳的嫁妝帶過來了，妳看是要暫時放在我這兒，還是運回魏家去？」

魏清莛想了一下，道：「先放在你這兒，不是還沒對帳嗎，在你這兒對完帳後，過完年再運回魏家吧。他們會留多久？要是急著要走的話，怕是要開始請魏家的人過來清點核對單子了。」

「他們不急著走，那就等我們對完帳，過了年再去魏家對單子吧。」

魏清莛點頭，當年王氏的嫁妝單子一式三份，魏家留一份，王家家族留一份，舅母這裡還有一份，就是防著魏家和王家貪圖王氏的嫁妝，現在魏清莛重新拿回嫁妝，自然也要重新核對一下，確保無誤。

至於對帳，這些年，那些莊子鋪子都是有收入的，這些收入支出都要記錄在帳，王廷日要對帳，就是要確保其中沒有貓膩。

當年王家突然不再提供京城這邊的供給，王廷日也曾經怨恨過，這些年下來，雖然已經不再懷有恨意，但感情也淡薄了，和從小一塊相互扶持著長大的魏清莛的情分自然是不一樣的。

兩邊要是發生衝突，王廷日一定會站在魏清莛這邊。

「秦姑姑送過來的那些帳本已經對完了，不愧是姑姑特意留出來的產業，收益真好，難怪當年妳對開狀元樓很有信心，原來是背後有這個依仗。」姑姑的確想得很周到，這樣一番安排，就算是後來表妹沒有打獵賭石的本事，後半生也會過得很好的。

魏清莛微微一笑，道：「這裡面也有表哥、表姊的一份。」

「還有我和妹妹的？」王廷日吃驚。

魏清莛點頭。「是啊，這是母親留給我們四個人的，她留下話來說，這份產業是要我們四個平分的。」

王廷日皺眉。

「這是母親留下來的。」魏清莛掏出一封已經泛黃的信遞給他。

那的確是王氏留下來的，信下的日期和她病故的時間只相差半個月，看得出這是臨時安排的。

那份產業本來她應該是打算留給一雙兒女的，只是沒想到最後王家會落難，她可能也無比的擔心王廷日他們，所以只能臨時寫下這封信，只要拿著這封信去找秦氏，秦氏就一定會遵從她的意念。

這封信一直被王麗娘收著，她大概能猜到王麗娘藏起這封信的心思，她雖然不贊同，卻也不責怪，怪一個全心全意對自己好的人，魏清莛還做不到這點。

王麗娘無非是不想讓王廷日和王素雅分薄了她和桐哥兒的財產，所以當時沒有把信留給她，而是選擇帶走，但又因為這是王氏的囑託，她心中不安，因此沒將信件毀掉，只是藏了起來。

這封信是汪有才找出來的，他甚至都不知道妻子藏著這一封信，要不是小女兒阿蘿要打掃房間，將以前的舊東西也洗一遍，從一個泛舊的木匣子底層掏出來，只怕一輩子也不會發現。

魏清莛能猜到的，王廷日自然也能猜到，想起那個總是笑著逗他的姑姑，眼睛微酸。

王廷日對王氏的感情比魏清莛對王氏的感情深多了。

魏清莛畢竟只能想像對方是自己的母親，王廷日卻實實在在的和王氏做了十幾年的姑侄，特別是他還小的那幾年，王氏還沒有孩子，甚至是不打算要孩子的時候，對方幾乎是將所有的母愛都給了王廷日和王素雅。

王廷日因為是長子嫡孫，王公和王大舅都對他非常的嚴格，而母親謝氏也秉持著出嫁從夫的原則，對丈夫教訓兒子，她雖然會心痛，卻是支持的。

敢從王公和王大舅的手底下救他的，只有這個備受家人寵愛的姑姑，就連他小叔，被祖父按在凳子上打的時候，也只能去求這個姑姑。

王廷日扭過頭去，不讓魏清莛看到眼中的淚，等到聲音不再受影響後，才輕聲道：「那我們改天去找秦姑姑吧，將東西分一下，這樣一來，素雅的嫁妝又多了不少。」

謝氏聽說小姑子給一雙兒女留了一份產業，臉色一白，忍不住眼眶一紅，扭過頭道：「你姑姑還是這麼記著你們。」看著坐在輪椅上的兒子，嘴巴翕動，要是當年公公不定下那門親事該多好……

王廷日沒有察覺母親的心思，笑道：「改天請秦姑姑帶著表弟、表妹來家裡坐一坐吧，正好把東西分了，妹妹的那一份就拿來做壓箱底。」

謝氏收斂心神，點頭道：「是啊，你給素雅準備的嫁妝也太豐厚了些，再加上去，只怕親家多想。」

王廷日笑笑。「我只有這麼一個妹妹，不給她給誰呢？」

謝氏就渴盼的看著王廷日。「廷哥兒，你年紀也不小了，要不要你秦姑姑幫你看看……」

王廷日搖頭道：「娘，現在大局未定，以後怎樣還不知道呢，何苦去連累別人？還是等等再說吧。」

謝氏幾乎要脫口而出——到底是怕連累別人，還是心裡有放不下的人？

眼角掃過兒子的腿，還是沒出口，只是看著兒子滑著輪椅回去。

第二天王廷日就去找四皇子，四皇子聽說對方姓魏，名字還和魏志揚一個德行，就詫異地問道：「你是讓我把他弄到天涯海角去，還是讓他在眼皮子底下痛苦的熬著？」

王廷日輕笑出聲。「在四皇子眼裡我就是這樣可惡的人？」

四皇子淡淡地道：「只多不少。」

王廷日一臉認真地道：「我希望他能在一個好位置上，並且發展前景好，最好能以相當快的速度爬到魏志揚前面。」

四皇子挑眉。「他是你的人？不會吧，你都不挑食嗎？」

王廷日淡淡地笑道：「只要有用就行。」

四皇子笑著應承。「行，吏部正好缺一個給事中，你覺得這個位置如何？」

「不錯。」王廷日滿意地點頭。

在王廷日離開後，四皇子就冷下臉來，這魏清莛和王廷日走得也太近了，以前沒怎麼注意，現在四皇子一留意起來，這才想起以前一些不大注意的事。

四皇子皺起眉頭，看來得跟小舅舅提醒一下才是啊。

魏清莛下午的時候就得到王廷日傳過來的消息，對阿梨吩咐道：「等一下妳去和三太太說一聲，就說她託我辦的事有眉目了，讓她等幾天看看，還有，讓三叔別往外跑了，免得別人多心。」

這幾天魏志立幾乎將自己曾經的朋友和現在的同窗都跑遍了，倒是有了幾個選擇，只是兩個是外放，一個雖然會留在京城，卻沒多少前途。

魏清莛想他科舉做官，就是想他在魏家牽制魏志揚的，自然不願意他外放，魏志立本身也想到了這一點，不大願意，可要是官職這麼不好，只怕是不受制於魏志揚就算好了，哪裡還能牽制他？

區氏聽到阿梨的傳話眼睛一亮，渴盼地問道：「妳家姑娘可說了是什麼官職？」

阿梨搖頭道：「姑娘沒說，只說了有消息，總之比三老爺這樣往外跑要好得多，姑娘還說，三老爺這段時間也累了，要是能在家休息兩天也是好的。」

區氏訕訕地笑了笑，怕追問下去得罪魏清莛，也就不再問，而是留了三老爺在家。

魏志立這兩天也有些疲憊，現在神情有些懨懨地坐著，聽到妻子留他在家，他不但沒有開心，反而吃驚地看著對方。「妳娘家有消息了？不對，」魏志立皺眉看著她。「妳去求了誰，竟連我也不知道。」

區氏也沒什麼瞞著他的，就告訴了她去秋冷院的事，道：「我是想著她以後要嫁去平南王府，肯定也希望在娘家有個依靠，桐哥兒是不用想了，他以後估計就得全靠著這個姊姊了，至於大伯，他們父女都快成仇人了，也就只有你這個三叔對她還不錯……」區氏在魏志立越來越黑的臉中聲音漸漸變小，她扭過頭去。「我這不也是為你好嗎？」

「為我好？為我好就可以這麼糟踐莛姊兒？妳也是嫁過人的，難道不知道這樣會讓莛姊兒給平南王府留下怎樣的印象？要是這事被平南王府發現，以後莛姊兒還能在任家立足嗎？」魏志立「謔」地起身，抬腳就往外走。

區氏立馬攔住他。「你要去哪裡？」

「我去和莛姊兒說不用求任四公子了，差一點就差一點，只要我有真才實學，總有一天會得到我應該得到的位置，要是沒有，在哪裡不是一樣？」

區氏臉色微變，沒有人比她更瞭解丈夫的固執。「三姑娘既然說了可以幫忙，那就是不勉強，三姑娘那麼聰明，怎麼會吃虧？而且你權力大一些，對她弟弟也好，說不定她還巴不得你的官做得越大越好呢。」

魏志立狠狠地瞪了妻子一眼，推開她大步往秋冷院去，他被大嫂照顧，可以秉持著長嫂如母的念頭，可要是姪女呢，他幾乎沒為對方做過什麼事。

魏清莛沒想到大晚上的魏志立竟然會來，愣了一下，就笑道：「三叔怎麼過來了？」

魏志立嘴巴微翕，有些羞愧的讓魏清莛不要為他的事去找任家，這樣以後她的日子可能會難過。

要不是後面追來的區氏滿臉焦急，說不定魏清莛也會和王廷日一樣忍不住陰謀論，對方一定是矯情。

可現在見區氏緊張成那樣，心裡就信了八分，魏清莛也沒有讓別人著急的惡趣味，笑道：「三叔放心好了，我不是找任武昀，這件事也八成可以定下了，這幾天您還是不要出去了，免得外面的人誤會什麼就不好了。」

魏志立一愣，區氏卻狂喜，覺得自己原先做對了，魏清莛竟然還有其他的關係網，她們兩人合作，對三老爺一定大有用處。

三房夫妻和魏清莛近日走得很近，幾乎全府都知道了。吳氏和陌氏滿心的不甘願，但魏老太爺不出面阻止，她們也沒辦法，而且她們心裡也懷疑，就算老太爺出面，就能阻止得了魏清莛嗎？

感覺最複雜的就是魏志揚了，那本來是他的女兒、他的兒子，結果兩個人心裡都不認他也就算了，還幾乎是和他敵對的，甚至現在打算繼續敵對下去。

等到魏志立的任書下來，區氏幾乎興奮地要暈過去，再一次慶幸她選擇了和魏清莛合作，區氏一迭聲地叫道：「快，快打開庫房，也不知道三姑娘和四少爺喜歡什麼，妳們去打聽打聽，哦，對了，聽說四少爺喜歡畫畫對吧，趕緊把庫房裡的好畫全都找出來，我等一下給秋冷院送過去。大哥也真是的，三姑娘和四少爺都大了，怎麼還讓他們住在秋冷院……」

魏志立雖然內心也激動，卻不像區氏這樣失態，皺眉道：「這件事妳可別管，莛姊兒就喜歡住在秋冷院。那畫妳選一幅好的送過去就是了，再選幾疋好的布料送過去，我見莛姊兒身上來來去去就是那麼幾件衣服。」

這邊剛商量好，老太爺就著人來叫魏志立過去。

區氏有些不屑地撇撇嘴，扭過頭去不說話。公公一點力都不出，區氏心裡還是有些膈應的。

「給事中」只是個六品小官，每個部門有四個人，專門處理地方上傳的奏章，諫諍、補闕、拾遺等，審核過後還要將不合理的打回去，監督六部各司，還可以彈劾百官，這一點和御史互為補充。除此之外，還要負責記錄編撰詔書奏章，監督諸司的執行情況等。

工作任務非常龐雜，但權力也很大，因為其中有一些隱晦的暗地交易，可以說是一個肥差。而且能夠爬到高位置上的人有六成從事過這個職位，可以說升官率僅次於翰林和前線的武將。

區氏雖然不懂這些，但她的娘家也和她說過一些，當時娘家那邊是將競爭最激烈的幾個官職挑出來，然後再選那些屬於中上的，就怕挑的官職太好，怕爭不到。

其中排在第一位自然是翰林，那是前三甲的東西，區氏壓根兒沒想過，而排在第三的就是各部的給事中，而吏部，這樣一個關鍵性部門，無疑是最搶眼的。

魏志立要處好人際關係，還需要金錢做基礎，總不能連請客吃飯他都出不起錢吧？

雖然魏家不是沒有給他錢，可那點月例肯定是不夠的，但好在區氏的嫁妝不少，而且區家很願意支持女婿，錢，他也不缺。

# 第七十一章 嫁娶

魏清莛被關在秋冷院多年，對魏家的熱鬧向來都是從宅子外往裡看的，現在好不容易有機會從裡面看起，自然不會放過，很可惜，她才欣賞了吳氏和陌氏的黑臉兩天，王廷日就給她送信來，兩人要開始分割財產了。

這是大事，就算是現在魏清莛和王廷日都不是很需要那些錢了，但這是王氏給他們的心意，幾人心中都很激蕩。

魏清莛很重視，提前一天跟書院請假，一大早就給桐哥兒配了一件莊重的衣服，她也難得的穿了一件大紅色百蝶穿花遍地金褙子。

魏清莛到王家的時候，秦氏也剛到，魏清莛看了一眼她的身後，問道：「表姊和表妹不來嗎？」

秦氏拉著魏清莛的手，左右看看，不在意地道：「妳表姊在繡嫁妝，妳表妹我不讓她請假，這幾日成天的往外跑，先生都和我告了幾次狀了，不過妳表哥跟著來了，讓他和廷哥兒好好學學，他今年恩科沒中，明年還要下場，出來散散心更好。

「還是穿大紅的衣裳好看，妳母親適合素色的衣裳，先前妳的衣裳也多是素色的，倒沒看出什麼不同來，可現在這麼一看，妳穿著豔色較好看。」

秦氏朝桐哥兒看去，眼睛閃過驚豔，桐哥兒今天穿的是淡綠色雲紋湖縐直裰，襯著他白皙的臉蛋更加漂亮。
秦氏不由心中暗嘆，要不是熟知內情，她一定以為這兩個孩子是故意反著打扮，女孩變成了男孩，男孩……好吧，如果不看莛姊兒以前幹的事，莛姊兒還是很像女孩的。
謝氏和王廷日、王素雅迎出來，看見魏清莛眼裡都閃過驚豔的神采。
秦氏不是第一次到王家來，見到窄小的院子，還是忍不住道：「嫂子，既然廷哥兒現在本事了，不如換一個房子吧，這裡也太偏了，不說你們出入不方便，就是素雅，難道她還要從這裡出嫁？」
王素雅瞬間紅了臉。
謝氏嘆道：「我心裡總有個執念，以後要是廷哥兒本事，還能把我們從這裡接回原先的宅子裡去。現在看來，倒是我著相了。」
王素雅抬頭。「娘，我也不願換房子，咱都住這麼多年，我、我樂意從這裡出嫁。」
「就是啊，舅母，表哥給表姊弄了這麼多的嫁妝，砸都能把張家的人砸暈，他們還敢挑剔這個？」
「妳啊，老大不小的了，說話也沒個分寸。」
秦氏想起魏清莛的婚事比王素雅的還早那麼一個多月呢，趕緊問道：「莛姊兒的東西繡得怎麼樣了？」
魏清莛笑咪咪地道：「已經差不多了。」
王廷日和王素雅好笑，謝氏眼裡卻閃過無奈。

秦氏詫異道：「這麼快？」

魏清莛點頭。「是啊，我動作一向快。」

秦氏以為魏清莛是一早就開始準備的，也就不再多想了。

帳冊已經對過，接下來就是將這些產業等額的分成四份了。兄妹四人一向和睦，等秦氏分完後，每人抽一份就是了。魏清莛還因為桐哥兒的那份有好幾個莊子和她離得太遠，要求要和王廷日調換過來。

王廷日猶豫半晌，也就點頭同意了，心中自嘲，之前還想著，他們的莊子離得這樣近，說不定以後能常碰見，可就算莊子離得近，莛姊兒也未必會去，倒不如讓給桐哥兒，還能讓莛姊兒開懷一下。

這算是最快速和簡單的財產分割了，今天大家聚在一起卻還是敘舊居多。桐哥兒這段時間學了不少的禮儀，待人接物都有了進步，魏清莛見了心中愉悅。

過了年，魏清莛的婚事被重新提上日程，三月二十四，任家下聘，跟著任武昀過來的都是他在軍中和金吾衛中認識的朋友，有幾個雖然與他不和，但大喜的日子也就在旁邊說幾句打趣的話，不像平時那樣冒酸話。

安北王世子陶揚就落後了任武昀一步，嘆道：「你這門親事可真算轟動了，就連太后娘娘都送了這麼大的禮。」

任武昀滿臉笑容，揮手道：「等你以後成親了，我也給你壓陣。」

陶揚的臉頓時黑了，旁邊的竇容頓時哈哈大笑，對陶揚笑道：「你別理他，這幾天都是這樣，再過兩個月，他應該就能想起來你已經成親了。」

陶揚的臉更黑了。

任武昀聽了「咦」了一聲，摸著腦袋道：「我都忘了，陶揚你說你成親那麼快幹什麼，你看我們都是今年才成親的。」

竇容騎在馬上，持韁的手一頓。「你不說我還真忘了，今年辦喜事的人還真不少。」

陶揚鄙視道：「誰像你們似的，什麼都紮堆兒，想當年我成親的時候，可是整個北地的將士一起慶祝的。」

任武昀和竇容都撇撇嘴。

任武昀的聘禮是任家兩兄弟給準備的，不管是數量還是品質都是上上成。

王廷日坐在魏家看到那些聘禮時眼睛微微一閃，滿意地點點頭，再想到魏家給魏清莛準備的那些嫁妝，嘴角的笑容就有些冷。他們打著姑姑已經給莛姊兒準備嫁妝的名號做那樣的事，那麼他動起手腳來更加沒有罣礙了。

王廷日看到這些聘禮更是開懷。

吳氏和陌氏等人心裡卻是既恨又喜，但今天來往的人不少，就算是身分最低的，也是金吾衛正五品的官。魏家的表面功夫做得很好。

王廷日和王家本家來的兩個兄弟看了一眼旁邊的魏青竹幾兄弟，樂呵呵地出去招待陶揚等人。

等到出門那日，他們還會出面為難新郎，雖然這本是魏家兄弟的活，但現在外面已經默認了魏清莛背後的靠山是王家，他們王家自然要站出來為魏清莛作主。怎麼說，他們王家出嫁的女兒也不少，為難人的事簡直信手拈來。

魏家的酒席是王廷日定的，用的是珍饈樓的席面，陶揚等人看到這等席面都是微微一愣，就算是他們安北王府，也不敢給他弟弟定這樣的席面。

不是說魏清莛在魏家不受寵嗎？

竇容的目光在王廷日的身上一掃而過，眼中若有所思。

魏青竹臉上微微有些不自然，這些事請他也是知道一些的，可以說，在這門婚事中，魏家人也就出來湊湊門面罷了，其實沒出什麼力。

大家說說笑笑間都多了一抹探究，滿場可能就只有任武昀一直毫無所覺地樂呵呵的。

王廷日從任家送來的聘禮中挑出了大部分，特別是那些難得的收藏品，全都塞進魏清莛的嫁妝裡，看著這些東西，王廷日難得的露出一抹笑，道：「看得出平南王對任武昀還不錯，表妹過去只要討好婆婆就行了。」頓了頓，又道：「就是討不好婆婆也不要緊，妳有本事，難道還怕餓著嗎？家裡也會給妳作主的。」

魏清莛心裡頓時有些難受，自由了這麼多年，突然就要嫁人了，想到即將面對新的環境，新的陌生人，魏清莛心裡有片刻的慌亂。

王廷日卻已經看著這些嫁妝笑道：「我再規整規整，任家送來的聘禮有六十四抬，我們也不能超過太多，就七十二抬好了，那些箱子是我特意找人做的，雖然從外面看起來差不多，但裡面能多裝下三分之一的東西，魏家給妳準備的那些東西我都幫妳換成銀子，以後給妳做零花錢花。」

魏清莛看他恨不得一樣東西都不留下的樣子，笑道：「他們常說我會過日子，我倒覺得表哥才是會過日子的呢，你看，跟蝗蟲過境似的。」

王廷日笑道：「我們都是過過苦日子的，這些錢在現在看來不值什麼，但要是當時我們哪怕有這麼一丁點的銀子，也不至於會過得那麼苦。」

魏清莛頓時不說話了。

「行了，今天是大喜的日子，我得重新將嫁妝單子謄寫一遍，這些東西，能帶走的都要帶走，便宜誰也不能便宜魏家。」

魏清莛沒有阻止他。

雖然沒有去見魏家的幾位大家長，可魏清莛能想到他們的表情，魏老太爺和吳氏的表情一定很精彩吧。

魏清莛送王廷日和謝氏等人離開，在院門口，謝氏又囑咐了魏清莛一些話，道：「等妳成親那天，舅母來陪妳一晚。」

「到時舅母把桐哥兒帶回去吧，我不放心他一個人在這裡。」

王廷日皺眉，不贊同道：「莛姊兒，妳不能總是將桐哥兒當做孩子，我看讓他在魏家也好，不受傷就不會長大，說不定讓他處在這樣的環境中，他還能多長一些心眼呢。」

「不行。」魏清莛板下臉，直截了當地拒絕。

王廷日無奈，知道現在不是爭執的時候。「妳好好想想吧，等這段日子忙過了，我再和妳好好談談。」

桐哥兒茫然地看著姊姊、表哥，他知道他們在說他，卻不知道他們說的是什麼。

魏清莛摸摸桐哥兒的腦袋，牽著他回去休息。

看著身側單純信任她的弟弟，她何嘗不想他懂事些，長大些？

可他的大腦根本不會想到那些人心險惡的事，那麼就只能用行動刺激對方，在磨難中會讓人變得成熟，即使對方的智力只能到達八歲。

可她不願意這樣做，人活在這世上不就是想幸幸福福、快快樂樂地生活嗎？她明明可以保護好弟弟，那又為什麼要將他推進狼窩？

為了讓他成才？她從不要求他成才，也不要求他揚名，她只要他平安喜樂就好。

現在他過的不就是這樣的日子嗎？

魏清莛幾乎是將桐哥兒當成兒子在養的，只要想到他會被人欺負得渾身是傷，魏清莛眼中就浮現戾氣。如果她在一旁旁觀或是做推手，那麼她和那些欺負桐哥兒的人有什麼兩樣？

四月二十六日，魏清芍出嫁。面對魏清莛，魏清芍難得的沒有劍拔弩張，有些惆悵地道：「過了今天，我算是徹底要和妳綁在一起了。」

魏清莛不在意地笑道：「妳這句話卻是說錯了，我從不喜歡和任何人綁在一起。」

魏清芍輕笑一聲。「妳知道我最討厭妳哪點嗎？就是妳這點，好像不管別人做什麼，妳總是這樣把握一切的樣子，這樣的不可一世，每一次看到妳的笑臉我就想要撕碎。」

魏清莛含笑看著她，眨眨眼。

魏清芍撇開眼睛。「妳娘當年就是這麼看著我和我娘的，不管魏志揚怎麼對她，她永遠都是笑咪咪的，不管我娘如何委屈，她也永遠是笑咪咪的，可她就是這樣子，不發怒，也讓祖父和魏志揚一直忌憚她。」

「我一直很想知道，妳為什麼那麼恨魏志揚，甚至比恨我娘還要恨。」

魏清莛一直覺得魏清芍並不是多恨王氏，反倒是魏志揚，只要是私底下，魏清芍都是直呼他的名字。

魏清芍眼裡閃過冷光，她現在雖然默認被綁在魏清莛的船上，卻不會將那些事告訴她。

魏清莛也沒想她會說，好像只是無聊地問一句，現在有些無聊的坐著。

隱約聽到外面的喧譁聲，魏清莛知道新郎官進了二門了。

小吳氏拉著小女兒匆匆的趕來，看見魏清莛的時候有些拘束地點點頭。「三姑娘在這裡啊。二姑娘，姑爺快進來了，快，把蓋頭蓋起來。」

這時二太太和三太太也進來了，眾人簇擁著魏清芍去客廳，魏老太爺和吳氏已經坐在上面了，陸志遠和魏清芍一起給魏家的長輩行禮。

看著魏青竹揹著魏清芍出門，魏清莛轉身回秋冷院，她決定回去也讓桐哥兒揹幾趟，到時她出嫁就讓桐哥兒揹著，不提前試過，要是她摔了怎麼辦？

五月初六，大吉，宜婚嫁。

天還未亮，魏清莛就被謝氏挖起來。「快起來，要梳妝打扮了。」

魏清莛迷迷糊糊地任由謝氏打理，等她完全清醒過來，就可以去穿大紅嫁衣了。

全福夫人才給魏清莛梳好頭，桐哥兒就闖進來，雙眼亮晶晶的看著姊姊，眼裡帶著些委屈。

「哎呦！」全福夫人嚇了一跳，等看到是魏青桐，就拍著胸脯道：「原來是小舅老爺，嚇我一跳，這可不是您來的地方，快出去吧，等一下還得您揹著新娘子出去呢。」

魏清莛給阿梨使了個眼色，阿梨馬上上前道：「夫人忙活了一早上也累了吧，不如奴婢帶您下去吃點東西。」

全福夫人知道這兩姊弟有話說，雖然有些猶豫，但這種事家家都有，也就不在意了。

舅母謝氏正好進來，見到桐哥兒微微一愣，就笑容滿面的請全福夫人到旁邊去坐坐。

桐哥兒將頭靠在姊姊的膝蓋上，鄭重地道：「姊姊，桐哥兒會努力長大保護姊姊的。」

「好，姊姊等著桐哥兒來保護姊姊。」魏清莛覺得無比的窩心。

外面傳來大家的說笑聲，阿梨進來道：「姑娘，姑娘們來看您了。」

魏清莛拉起桐哥兒，讓他站在身後。

魏清芝等人對桐哥兒總是跟在魏清莛身邊已經見怪不怪了，說了一些吉祥話，魏清芝就好奇地問魏清莛。「三姊姊，我聽說三姊夫是個將軍，那他以後是不是還會出去打仗？」

「這就要問陛下了，不過現在國泰民安，打仗的機會應該很少吧。」

魏清芝得意地看了一眼魏清芷。「妳看吧，我都說了，現在哪有仗可打，妳偏不信。」

魏清芷有些委屈，嘀咕道：「我也是聽別人說的嘛，關我什麼事？」

這句話除了魏清莛，沒人聽得到。

魏清莛詫異地看了一眼魏清芷，不知是哪裡又打仗了，不過應該關係不太大吧？

二太太和三太太進來，喊道：「新郎官進來了，趕緊準備好，吉時快到了。」

舅母也趕緊回到魏清莛的身邊，桐哥兒被派到了前面，聽說要去為難新郎官，魏青桐眼珠子一轉，轉身去了旁邊自己的院子，拿了筆墨，跑到前面去。

不多久，外面就傳來起鬨聲，魏清芝和魏清芷都伸長了腦袋想看，最後還是年紀最小的魏清芷受不住跳起來道：「娘，三姊姊，我到前面去看看，是不是哥哥們出的題目太難，把三姊夫給擋住了。」

還不待區氏同意，就飛奔而去，區氏氣惱地跺腳。「這死丫頭總是這麼風風火火的。」語氣中卻帶著寵溺。

舅母謝氏見時辰都快到了，前面還是沒人來叫，不免皺眉。「妳表哥也太不懂事了，大喜的日子，略略為難也就是了，他不會弄得跟個科舉似的吧？」

魏清莛笑道：「舅媽不用擔心，別人不都說了嗎？新郎官越是被刁難，以後我在夫家的日子才越是好過。」

「話是這樣說，但也不能誤了吉時呀。」

前面傳來喧譁聲，謝氏仔細地聽了聽，鬆了一口氣，趕緊給魏清莛蓋上紅蓋頭。

桐哥兒已經練習過許多次了，所以這次揹起魏清莛很是熟練。

那些上次來參加過魏清芍婚禮的魏家親朋見了，眼睛微微一閃，這兩姊妹出嫁，都是各自的親兄弟揹出門的。

有的人則是奇怪地看了魏青桐一眼，外面不是說魏青桐是個傻子嗎？可是看他攔住任四公子的那一段根本就不像啊！難道是魏家人故意誤導外人的？幾人用怪異的眼神掃了一下魏家的人。

魏清莛的花轎走在前面，後面一溜兒是她的嫁妝，那些人看見一抬抬嫁妝從魏家往外抬，第一抬是太后賞賜的一對金鳳和二十五顆東珠，眾人眼睛微閃，這金鳳可不是誰都能戴的。

第二抬是皇上御賜的青漢玉筆筒一件、青玉執壺一件、漢玉仙山一件、漢玉璧一件。

第三抬是皇后所賜的片金二十疋、大卷閃緞二十疋、上用緞二十疋、宮紗二十疋。

前三抬重要的卻不是它們本身的價值，而是榮耀了，可等到第四抬、第五抬出來的時候，眾人都是一片騷亂。

「整整一抬的田莊，堆成那樣，不知有多少？」

「田莊倒還罷了，王家底蘊深厚，可看這第五抬竟是連家裡值錢的鋪子也拿出來了不少。」

「咦？那不是漢源大師的大作『大鵬展翅』嗎？竟然在魏家手中？王家倒也捨得。」

「你懂什麼，這些可不是王家的了，聽說是王氏當年留給一雙兒女的，東西雖是從王家送來的，但早在王氏出嫁的時候就不屬於王家了。」

「這倒也是。」

「任家共送來六十四抬聘禮，不知魏姑娘的嫁妝有多少？」

「總不會太多吧，不然夫家的面子也過不去。」

「這話卻不然，當年王氏下嫁魏家，可是整整帶了一百二十四抬嫁妝，就是公主出嫁都沒那麼多，王公還特地進宮讓皇上整整賞賜了三抬嫁妝，太后和皇后又湊了三抬，那三抬可和現在的不一樣，上面只有這麼幾件東西，箱子裡面可真真切切裝得滿滿的。」

「皇上倒也捨得。」

旁邊就有人冷哼一聲。「不過是做了虧心事，想要補償罷了。」

那幾人打了個寒顫，抬頭去看，卻發現剛才說話的人已經不見了，搖搖頭，繼續看著陸續抬過來的嫁妝。

小黑正騎馬走在魏青桐的身邊，勸道：「你要搬去平南王府住？這事莛姊姊知道了嗎？」

魏青桐板著臉搖頭道：「這是我剛剛做的決定，還沒來得及告訴姊姊呢，任武昀太笨了，連一幅畫都做不出來，表哥說平南王府裡的人都很厲害，我要去保護姊姊，誰要是敢欺負姊姊，哼，我可是學了挺長時間的劍法了。」

小黑滿臉黑線。

# 第七十二章 洞房

平南王府的高堂上只坐了一個老王妃，魏清莛蓋著蓋頭不知道，在大廳的人卻已經習以為常。

現在魏清莛和任武昀卻要給皇帝行禮，皇上沒等他們跪下就揮手道：「朕是證婚人，今天可不論這些身分，還是先拜堂吧。」

老王妃恭讓之後才坐在高堂上，含笑看著底下的一對新人。「既如此，就開始吧。」

皇帝卻看向外面，老王爺還沒來，看看任家的幾人都沒有等他的意思，皇帝難得地抽抽嘴角。

底下觀禮的人中有幾人對視一眼，都從中看到了疑惑，其中赤那王子更甚，他才去了魏家親自送禮，一趕過來這邊就只見老王妃單獨坐在上面，他前幾天還在皇宮裡見過任武昀的爹，怎麼今天這麼重要的日子他不出現？

任武昀看到皇上的動作眼神一黯，等到司儀喊拜堂，他才收斂情緒，拉拉紅綢，和魏清莛一起跪下叩拜……

任武昀的婚禮可說是本朝開國來最隆重的婚禮了，倒不是說奢華，而是它的陣容。

連皇帝都跑過來當證婚人了，底下的皇子自然一個不落的都來了，下面的群臣更不必說，收到請柬的、沒收到請柬的，都跑來湊一把熱鬧。

即使平南王妃和二夫人陸氏已經做了不少準備也免不了有些慌亂，最後還是平南王妃和陸氏悄悄叫來娘家幾個相好的嫂子姊妹幫忙，這才不至於出亂子，即使如此，等送走幾位重量級的客人之後，她們也累癱下了。

兩人相對一眼。「糟了，還沒去看過弟妹呢。」

平南王妃苦笑一聲。「當年給幾個孩子成親的時候也沒覺得有多困難啊，以後金哥兒成親還是妳自己弄吧，我再不辦婚禮了。」

陸氏笑道：「我們金哥兒還早著呢。走，我們看看弟媳婦去。」兩人和任武昀的年紀相差都挺大，陸氏還罷，平南王妃幾乎是把任武昀當兒子養的，所以她比陸氏更急著見見魏清莛。

「我聽說這位魏姑娘武藝很好？」平南王妃有些擔憂。「昀哥兒那孩子平時就有些胡鬧了，要是沒個勸誡的人……」

「大嫂就放心吧，我見過莛姊兒，她是個很懂事的女孩子。」

魏清莛此時正坐在喜床上一動不敢動，低著頭聽屋子裡的人打趣。

「新娘子長得真漂亮，任四公子現在倒是有福了。」

「何止是有福，任四公子愛武，他們成親後豈不是琴瑟和鳴？」

沒人會這麼沒眼色的在這時候得罪她，笑話，皇帝可是為了獎勵她才出來證婚的，雖然她能感受到幾道不善的目光，但對方也沒有做什麼不是？

「哎呀，平南王妃和二夫人來了，妳們可要小心點，瞧妳們把新娘子打趣得連頭都不敢抬了。」

「誰在編排我們？大老遠的就聽到了。」平南王妃進來，指著其中一個穿蜜合色遍地金褙子的夫人道：「一定是妳，除了妳還有誰會打趣我。」

那位夫人就笑起來。「誰做新娘子的時候沒被打趣過？就妳疼妳家弟媳婦，連說一聲就不行了，新娘子，妳可得記著妳大嫂，以後誰要跟妳說新房的打趣的話，妳就找她算帳去，妳看誰都能說上一、兩句，就是因為妳大嫂攔著，妳才一句都不會的。」

魏清莛抬起眼，亮晶晶的看了平南王妃一眼，眼裡帶著些好奇。

平南王妃只覺得魏清莛的眼睛明亮有神，一時對她有了些好感，安撫地對她笑了笑。

陸氏卻和幾人說笑了幾句，將人送出去。

平南王妃這才上前拉起魏清莛。「妳不用這樣拘束，現在屋裡都是自家人了，那幾人也不過是說些新房的打趣話，每個新娘子都要經歷的。來，坐下，忙了一整天也累了吧？」

魏清莛看了一眼年紀和舅母差不多的平南王妃，叫了一聲「大嫂」，這才答道：「不太累。」

聲音清脆，還帶著些柔和，和平南王妃想的豪爽完全不一樣，平南王妃這才仔細地打量一番魏清莛，見她眉眼溫柔，心中暗想——難道傳言竟是假的？這樣一個小女孩怎麼可能射殺刺客？

「那一定餓了，來，先吃點東西。」平南王妃讓她坐下，桌子上都是些點心，她也不知道魏清莛喜歡吃什麼，就拿了幾塊不太甜的糕點給她。

魏清莛道謝一聲，就細細地吃起來。

「掀蓋頭的時候我和妳二嫂在外面，竟不能進來觀禮，剛才見過昀哥兒了吧？」

魏清莛想到剛才任武昀的傻樣，眼裡帶著些笑意，點了點頭道：「見過了。」

平南王妃就笑道：「昀哥兒這孩子調皮，從小就不安生，但他心地好又能聽得進人言，以後啊，妳心裡想什麼就告訴他，不要窩在心裡。過日子難免有磕磕碰碰的，妳也不用特意讓著他，有什麼就跟他說，他要是不聽就來和我說，我讓他大哥教訓他。

「昀哥兒跳脫，妳這樣穩重，正好配他。家裡妳也不用擔心，母親常年待在松齡院裡，只每月的初一十五去請安就行了。妳的幾個侄子、侄媳婦都在南邊，家裡除了他大哥、二哥就只有一個金哥兒了，妳要是嫌悶也可以叫幾個朋友時常來陪陪妳，我們家和那些世家不一樣，沒有那麼多的規矩。」

魏清莛知道，沒有經歷過兩朝以上的都不好意思叫世家，四王是跟著太祖打天下的時候才建立起來的，在這之前他們可都是草莽，誰知道這四家是哪家？所以，四王雖然有權勢，但論底蘊和規矩卻還是那些所謂的世家強一些。

平南王妃又和魏清莛說了一些任武昀的愛好習慣，看得出她是真心疼愛任武昀。

魏清莛鬆了一口氣，任武昀和家中的兄嫂關係好，以後她在任家應該也會過得不錯吧？以後的事實證明，和兄嫂關係好比和父母關係好有用多了。

任武昀喝了酒，眼睛越發明亮，看著擋在身前的魏青桐也就是頭疼了那麼一下，任武昀眼珠子微轉，就拉了魏青桐道：「不去就不去，不過你得陪我去喝酒，不然我現在就走。」

魏青桐猶豫了那麼一下。「姊姊說過不能喝酒的。」

任武昀揮手道：「男子漢大丈夫都是要喝酒的，你不是說你長大了嗎？」

魏青桐立馬點頭。「那我們現在就走。」

桐哥兒身後的小黑張了張嘴，任武昀就瞪了他一眼。

瞪我也沒用！小黑在心裡撇撇嘴，要不是他知道桐哥兒擋住他不對，他才不會同意呢！

只是讓小黑和任武昀沒想到的是，桐哥兒竟然是一杯倒。

「這麼快？」任武昀看了看掉在地上的酒杯，又看了看倒在桌子上的魏青桐，詫異地揚眉。

小黑費力地抱起桐哥兒，板著臉點頭。「那我帶他回去了。」

任武昀傻了才會讓個陌生人把小舅子帶走呢。「不用，現在天還有些涼，他又喝了酒，萬一著涼了怎麼辦？還是在這裡歇下吧。」

小黑就有些猶豫。「只是這樣好嗎？」魏青桐畢竟是任武昀的小舅子，他要是在這裡住下，不知道對莛姊姊有沒有影響。

「肯定沒問題，你們就住到我的書房去吧。」

任武昀的書房裡有一張大床，裡面舒適無比，小黑很不能理解為什麼書房裡的不是榻，而是那麼一張大床。

小黑當然不知道，任武昀這輩子最討厭的就是書房，小的時候為了能讓他進書房，平南王和任武昀想了不少的辦法，但就是把書房門關起來，他也能把窗戶給撬了爬出來，為了讓他多沾染一些書香氣，任武晛就作主在書房裡安置了一張大床，任武昀終於肯在書房裡多待一會兒了。

這個方法還是有些用處的，因為有了大床做緩衝，任武昀被關起來的時候總算是不把所有的精力用在出去上，而是在睡足之後會無聊的翻一下書，任武昀就在平南王和任武晛的各種誘惑之中走到了十二歲。

將小舅子安排妥當，任武昀讓人看著書房，就揚著笑臉打算去洞房。

在即將跨進院子的時候，就聽到一聲嘆息聲。任武昀汗毛直立。

竇容嘆道：「睿，你說我們得多倒楣啊，在酒席上替他擋酒也就算了，還要幫他把客人送走，可是他心裡最記掛的是什麼？」

四皇子眼裡含著笑意，看著僵住的人，吐出兩個字。「新娘。」

竇容又是嘆氣。「記掛著新娘也就算了，畢竟今天是人家成親的日子，但怎麼最後伺候起小舅子來了，還安排得這麼妥當，睿，你享受過嗎？」

「沒。」

「那你說面對這樣重色輕友，重色忘義的傢伙我們該怎麼辦？」

「不讓他進洞房。」四皇子揚起一個大大的笑臉。

任武昀跳起來，他當然不承認自己見色忘友。「你們敢，我特意在新房裡放了弓箭！」

竇容和四皇子一僵，咬牙道：「可真是見色忘友啊。」

任武昀跳起來就跑。

竇容和四皇子正要追上去，任武昽就突然出現在他們不遠處，笑著招手道：「是四皇子和容哥兒啊，我正要找你們呢，快過來，我剛收到幾樣好東西，你們過來幫我掌掌眼。」

竇容和四皇子一滯，比起平南王，他們更怕任武昽，平南王待他們多溫和寬厚，任武昽雖然也總是面上帶笑，但他們要是不聽話時罰他們卻一點也不留情。兩人連忙搖手，找了一個藉口，遁了。

任武昽滿意地點頭微笑。

任武昀紅著臉坐在魏清莛身邊，魏清莛本來想取笑兩句，被任武昀這麼一弄，自己也有些緊張起來。

「妳，妳吃過了沒有？」任武昀的眼睛掃過桌上的點心，為自己總算找到了一個話題而鬆了一口氣。

魏清莛點頭。「吃過了，你呢？」

「我也吃過了。」

「……」

又沒了話題。

「你要不要喝點水？我聽說喝酒的人容易口渴。」

「好啊。」任武昀忙不迭地點頭。

魏清莛趕緊起身給任武昀倒了一杯茶，任武昀接過，一仰頭就喝光了。

魏清莛張張嘴巴，只好又給他倒了一杯。

任武昀嘿嘿地傻笑兩聲，又是一飲而盡，將茶杯遞給她，只看著茶壺。

魏清莛拿不準他還要不要喝，只好猶豫地又倒了一杯茶給他。

重複幾次，魏清莛無奈，輕聲道：「還要喝嗎？你都喝了六杯了。」

任武昀強忍著去摸肚子，搖搖頭。

魏清莛鬆了一口氣，將茶壺放回去，又坐回床上。

任武昀紅著臉道：「我們睡覺吧。」

魏清莛嚇了一跳，轉頭去看任武昀，就見他快速地脫掉衣服，只著裡衣鑽進被窩，背對著魏清莛睡下。「快睡吧，明天還要去給母親請安呢。」

魏清莛眨眨眼，這就完了？嚇她一跳。她還想說剛才還很害羞，怎麼突然就這麼開放了，原來是她理解錯誤了，罪過，罪過。

魏清莛將衣服脫下來，好在剛才平南王妃在的時候她已經洗過臉了，看了看任武昀的背影，到底沒敢叫他起來去洗臉，爬過他在床內側睡下。

任武昀瞪大了眼睛，眼睜睜的看著她從自己的身上跨過去，本來想提醒一下，不過想想還是算了，反正他也不在意這些，不過心裡倒是對魏清莛更加憐惜了，看來魏家的確沒有教過她，怕是她那什麼舅母、秦姨也沒有和她說過吧？到底不是親生母親，就算是幫忙又能幫到多少呢？

魏清莛壓根兒不知道她只一個動作就暴露了不是原著居民的本性，好在碰到一個不在乎的，不然第一夜她就在人家心裡落下不好的印象了。

任武昀沒話找話說。「妳剛才都吃了什麼？也不知道王府的東西合不合妳的口味。」

「挺好的，我不挑食，剛才是王妃陪我用餐的，準備的點心都很好吃，比外面的好吃多了。」

任武昀起了一些興致。「妳能吃多少東西？妳以後想吃什麼可以叫小廚房給妳弄，我愛吃肉，不過我聽說妳們女孩都愛吃蔬菜，以後妳可以叫小廚房給妳做蔬菜吃。」

魏清莛趕緊表示自己既愛吃蔬菜也很愛吃肉。笑話，雖然女孩子每天都要吃些蔬菜，但比起綠色的，她更愛肉好不好？

任武昀對妻子的口味竟然和自己的差不多而高興，興致勃勃地和魏清莛說了許多他愛吃的東西。

魏清莛頓時發現除了前面幾樣最愛吃的和王妃說的一樣外，其他的全都不同，王妃還說任武昀愛吃豆腐呢，看來平南王妃真是用心良苦，她是怕這小子營養不均衡這才說這些他不愛吃的是他愛吃的吧？

說了半晌，任武昀的手就悄悄地伸了過來，魏清莛話一頓，任武昀的手就微微往回縮，魏清莛只好繼續說，任武昀的手又繼續伸過來。

沒幾下，任武昀就把魏清莛剝了乾淨，身體緊緊地貼在魏清莛的身上，低聲道：「妳剛說妳埋伏在雪地裡，後來如何了？」

魏清莛聲音有些發緊。「鹿群喝完水後要走，我就射中了其中一隻，然後，然後就把牠趕到自己設的陷阱裡……」

任武昀眼睛泛紅，仔細地回想起喜哥兒給他找來的書，一把咬在魏清莛的脖子上，魏清莛一痛，忍不住低叫一聲，任武昀眼裡閃過慾望，細細麻麻的吻就落在魏清莛的臉上、脖子上……

男人對這方面向來是無師自通的，前一刻，任武昀還找不到方向，等他終於找到竅門之後就不再猶豫，身子一沈，魏清莛只覺得撕裂般的疼痛，要不是她本人有堅強的意志，只怕會大叫出聲……

魏清莛咬住嘴唇，抓緊任武昀的肩膀。

任武昀停下，紅著眼睛看她，低聲問道：「好，好點沒？」

這樣不上不下的更難受，魏清莛點點頭……幾乎是下一刻，任武昀就動了起來……

魏清莛忍了一下，發現並沒有那麼痛了，這才放鬆些，放鬆後才發現並沒有自己想像的這麼難受，之後脊背處就有一種麻麻的感覺傳遍全身……

# 第七十三章　新婚

魏清莛打獵習慣早起，她還沒睜開眼睛就覺得身體不對了，後來才記起昨天她嫁人了，忍著身體的痠痛，魏清莛睜開眼睛。

任武昀還沈沈地睡著，甚至發出淺淺的打呼聲。

魏清莛試著動了動，將任武昀的胳膊放到一邊，知道還沒到時間，就放心地瞇著眼睛……迷迷糊糊間被人推了幾下，魏清莛睜開眼睛就看到任武昀放大的臉。

見魏清莛醒來，任武昀咧嘴一笑。「醒了，快起來，我們要去給母親請安了。」

魏清莛看看外面的天色，耳朵動動，知道外面站著人，就披著衣服起身，道：「叫她們打水來好不好？我想洗澡。」

「嗯，我也要洗。」

任武昀快手快腳地穿好衣服，打開門叫人打熱水來。

魏清莛看了一眼床上的元帕，用被子遮住，這才轉身去了盥洗室。

等魏清莛穿好衣服，蘇嬷嬷和阿梨等人趕緊進來幫魏清莛梳頭，看到任武昀紛紛行禮叫了一聲四公子。

任武昀神清氣爽，大手一揮全免了。

魏清莛坐在凳子上任由阿杏給她梳頭。她不喜歡自作聰明的人，那樣的人心思太多，而她最不擅長的就是揣摩人的心思，可王廷日說，阿杏會幫她處理掉許多的麻煩，加上蘇嬤嬤和阿梨都能夠掌握好阿杏，魏清莛只好帶上她。

蘇嬤嬤見任武昀自己梳洗，而王府裡的丫頭竟然只是站在一邊，給阿梨使了個眼色，就對那兩個丫頭笑道：「兩位姊姊如何稱呼？這是我們奶奶給的封紅，院裡的每個人都有的。」

凝碧和凝華對視一眼，接過紅包。「謝奶奶賞，奴婢凝碧（凝華）。」

「凝碧？凝華？妳們的名字怪好聽的，院子裡還有幾人和妳們倆是一樣的凝字輩？」魏清莛也知道蘇嬤嬤是想摸一下院子的情況，就配合的問道。

凝碧答道：「回四奶奶的話，院子裡只有奴婢和凝華是凝字頭的，底下還有小紅和小墜幾個小丫頭。」

魏清莛點點頭。「阿梨她們才來，回頭妳帶她們熟悉一下院子，我聽說王府很大的，在府裡別迷路就成。」

凝碧應了一聲，阿梨就笑著拉她在一旁說話，對獨自梳洗的任武昀視而不見。

魏清莛打扮好，她第二次穿的這樣隆重——昨天是第一次，感興趣地晃了晃腦袋上的金鳳，嚇得阿杏用手在下面擋著。

魏清莛笑道：「看來我也挺雍容華貴的嘛，看，我是不是很漂亮？」

除了凝碧和凝華瞪大了眼睛，其他人都習以為常。

任武昀看了她一眼，點頭道：「是比以前好看多了。」

屋子裡的人都嚇了一跳，蘇嬤嬤苦笑，這位爺也太不會說話了。

果然，魏清莛板著臉道：「難道我以前就不漂亮嗎？」

魏清莛的打扮本來就端雅，現在一板臉，就帶著一種嚴厲，屋裡的下人都低下了頭。

任武昀翻著白眼道：「妳現在穿的好看多了，自然要比以前好看多，我又沒說妳先前不漂亮。」

魏清莛點頭。「那倒也是，先前就有人說我長得很帥……」還哭著喊著要嫁給她呢。魏清莛意識到有些話是不能在屋裡說的，就將後半句咽了回去。

任武昀拉起她，一屁股坐在凳子上，道：「妳給我梳頭。」

新婚第一天，魏清莛自然希望將他們的關係搞好，畢竟以後他們是要在一起生活一輩子的，開端好了，以後才會更好。

桐哥兒從小到大的頭髮幾乎都是魏清莛梳的，關鍵是她在外頭行走大多數也是梳男子的髮型，因此女孩子的髮型她沒辦法，男孩子的她完全沒有障礙。所以很快的，魏清莛三下五除二就給任武昀梳了個帥帥的髮型，還從首飾盒裡拿了一根羊脂玉的簪子給他簪好，拍拍手，笑道：「怎麼樣？是不是貴氣了許多？」

任武昀鼻孔朝天冷哼一聲。「爺的貴氣是從內而外的，豈是一根簪子就能表現出來的？」

魏清莛眼裡閃過笑意。「你說的不錯，下次我給你弄一根藍田玉的簪子，我覺得藍色的可能更適合你，可以表現霸氣中的冷靜。」

任武昀儘量壓住上翹的嘴角，點頭道：「那我等著。」

「好。」魏清莛忍著笑，她別的沒有，就是錢多玉多。

任武昀抄起桌上的點心，粗魯地往她荷包裡塞了幾塊，道：「走吧，我們梧桐院離松齡院遠，從這兒走過去得小半個時辰呢，這些點心給妳路上吃。」

魏清莛自己喝了一大杯的白開水，道：「你先喝一杯水吧，早上喝水對身體好。」

任武昀又想起了昨晚上那種脹肚的感覺，連忙搖頭。「等回來再喝。」

魏清莛也不勉強他，打算以後再慢慢讓他養成這個習慣。

任武昀的步伐邁得大，魏清莛的身體雖然有些不適，但微微加快一些步伐也是可以的，而阿梨和阿杏都受過特殊訓練，雖然不能說精通拳腳功夫，但一個人對付兩、三個婆子卻沒有問題，所以對跟上兩人的步伐也沒什麼難的，倒是凝碧和凝華，額頭上冒出了虛汗，震驚地看著阿梨和阿杏。

四奶奶在嫁進來前她們就聽說過，能射殺刺客的人有這一手也沒什麼，但為什麼四奶奶的丫頭也能面不改色地跟上四公子的步伐？要知道她們的身體算好的，又是做丫頭的……兩人心中都有些黯然，好像以前一直不重要的事到了梧桐院之後就變得極其重要了，要是四公子覺得她們沒用，將她們趕出去了怎麼辦？

任武昀正要回頭和魏清莛說話，眼角就瞥見那兩個丫頭在擦汗，眉頭微皺，繼而有些心虛地看了魏清莛一眼，放慢腳步，低聲問道：「妳沒事吧？」

「嗯？」魏清莛疑惑地看了他一眼，看到後面的凝碧兩人，心下了然，點頭道：「有點累。」

任武昀眼裡果然閃過愧疚，立馬停下，左右看了一會兒，指著一個地方道：「不如我們去那兒坐一下？」

阿梨臉色微變，趕緊給姑娘使眼色，姑娘要是真過去坐，只怕等一下敬茶就不容易過了，以後在王府的日子也不好過。

好在魏清莛還分得出輕重，搖頭道：「不用了，我們走慢一點就行了。」

任武昀見她堅持，只好點頭。

兩分鐘後，魏清莛沈默的扭頭看身側的人，道：「其實可以快一點的，照平常的走路速度就行。」

後面的四個丫頭忍笑。

任武昀耳根微紅，「哦」了一聲，就趕緊走在前面。

老王妃的一個老嬤嬤守在院子外，見到任武昀和魏清莛過來就行禮道：「給四公子、四奶奶請安。」

任武昀點點頭。「母親起了嗎？」

「回四公子的話，老王妃已經起了，只是老王妃讓四公子先去宮裡謝恩，回來再敬茶。馬車已經在門外給四公子和四奶奶備好了，四公子早去早回吧。」

魏清莛奇怪地看了對方一眼，她的感覺一向敏銳，總覺得對方有些不對勁，但對方的確也挺恭敬的，看不出什麼異常。

任武昀不在意地點頭道：「知道了。」轉身拉著魏清莛就走。

魏清莛只來得及匆匆跟那位嬤嬤點頭道謝，秦姨說過，內宅的人一點也不比外面的男人弱，她們想弄死一個人更加的無聲無息，更何況是給妳添麻煩，所以儘量不要得罪人。

馬車走到前門大街的時候，任武昀讓馬車停下，叫來自己的小廝日泉。「去，買幾個包子，打包一些點心來。」

日泉早已習以為常，立刻下馬去買。

熱呼呼的包子和溫熱軟和的點心，魏清莛展開笑臉。

任武昀見了也不由地開心起來，將一個大肉包子塞給魏清莛，道：「這是武家的包子鋪，他家的包子最好吃了，以前我上朝來不及吃早餐都是在他家這裡買來填肚子的。」

魏清莛瞪大了眼睛。「武家的？他家是不是還賣燒餅？」

「燒餅？」任武昀茫然道。「妳喜歡吃燒餅嗎？那我叫日泉去買。」

「不是，不是，我只是隱約聽說有一家姓武的燒餅做得很好吃。」

任武昀蹙眉想了一下，搖頭道：「我沒印象，不過不要緊，回頭我讓日泉去幫妳找。」

魏清莛有些窩心，連忙搖頭。「真的不用，我不是喜歡吃燒餅，只是單純的好奇。」

「哦。」魏清莛越這樣說，任武昀越以為她是喜歡吃燒餅，但不好意思，暗暗決定回頭一定要找到那家姓武的，或者打聽打聽京城誰家的燒餅做得最好吃。喜哥兒說過，要獲得對方的好感，就要盡全力滿足對方的要求。

魏清莛吃了一個包子、三塊點心，不知道要在宮裡待多久，魏清莛不敢多吃。

任武昀見魏清莛沒有再吃的意思了，就將剩下的東西都填進了自己的肚子。
到了宮門口，馬車就進不去了，任武昀牽著魏清莛的手走進去，對魏清莛道：「我們不用急，現在離下朝的時間還早著呢，慢慢走過去就是了。」
也許是任武昀閒適的態度影響了魏清莛，魏清莛也放下心來，慢慢的跟著他走。
兩人被帶到上書房，在外面等了一下，前面聽到皇上下朝了，伺候的太監讓兩人在裡面等候，連忙迎出去。
任武昀早已習以為常，坐在凳子上等著，沒一會兒，就有一個太監過來請兩人。「四公子，四奶奶，皇上召見。」
任武昀笑道：「怎麼是你來？你哥呢？」
那個太監顯然也是熟識任武昀的，聽見任武昀問，就躬身笑道：「回四公子的話，奴才的哥哥現在魏公公手下當差，所以奴才就派到這兒來了。」
「不錯，不錯，」任武昀點頭道。「原來是升官了，回頭告訴你哥哥，讓他請我喝酒。」
「能請四公子喝酒是奴才哥哥的榮幸。」
魏公公正在門口邊等著，見任武昀和魏清莛過來，笑道：「皇上正等著二位呢，快隨奴才進來。」
任武昀不知道魏清莛的腦子裡想的是這些，給魏清莛使了一個眼色，就率先跟上魏公公的腳步。

兩人規規矩矩地給皇帝行禮，皇上笑道：「起來吧，昀哥兒這麼老實的行禮朕已經很久沒見過了，果然成親了就是不一樣的。」

任武昀立馬嘻皮笑臉地道：「姊夫，我覺得我從前也挺好的。」

皇帝搖搖頭，他眉眼間有些疲憊，沒有像往常一樣跟任武昀打趣，只是對魏清莛道：「妳比他懂事，以後要看緊他，別讓他做糊塗事，你們一生的榮耀就算是保住了。」

任武昀鬱悶不已，他能做什麼蠢事？

魏清莛和魏公公心中都是一跳，魏公公心裡雖然震驚，但臉上並沒有露出多少。魏清莛則是沒有時間想這麼多，而是跪下道：「臣妾謝皇上。」

皇帝疲憊地揮揮手。「你們去見皇后吧。」魏公公小心地送兩人出去。

魏清莛將蘇嬤嬤特意準備的紅包拿出來，塞給魏公公道：「昨天魏公公去吃了我們的喜酒了吧？這是我和四公子給公公的紅包。」

魏公公並沒有推辭，平時他也沒少拿任武昀的東西，可以說，在宮裡，他收其他人的錢都比較忐忑，想的也多，任武昀的錢算是收得最輕鬆的了。

任武昀鬱悶道：「皇上怎麼會突然說起那些話來？」

魏清莛搖頭。

「回頭我去找竇容他們問問吧。」

魏清莛點頭。

皇后老早就在坤甯宮等著了，見他們進來也不等他們下跪，就拉起來道：「要是別人還罷了，你從小在宮裡長大，姊姊什麼時候和你見過這些禮？」

任武昀就跳起來，抱住皇后，笑道：「姊姊，妳給我準備了什麼禮物？」

「你哪還有什麼禮物？今天只有你媳婦才有改口禮。」

任武昀不在意的道：「她的不就是我的？」

「又在瞎說，你媳婦的是你媳婦的。來，莛姊兒，上前來讓本宮看看，幾個月不見，妳又變漂亮了。」

「娘娘。」魏清莛羞澀地上前。

皇后點頭，道：「妳不用如此拘束，和昀哥兒一樣叫我姊姊就是了。」

魏清莛恭敬地應了一聲「是」但還是叫她皇后娘娘。

皇后並沒有再糾正。

任武昀四處張望，問道：「姊，喜哥兒呢？」

「他上朝去了，明明叫他一下朝就過來的，也不知道被什麼耽擱了，到現在都不見人影。」話音才落，外面就進來一個女官回道：「娘娘，剛才四皇子派人來說宮外有急事，他怕是不能來拜見四公子和四奶奶了，讓四公子和四奶奶先回去，過後四皇子再親自上門拜訪。」

皇后不由地有些憂心，送了魏清莛一些首飾布料就讓兩人回去了，仔細地問起四皇子的事。

任武昀沒想到今天這麼倒楣，嘟囔道：「當初皇上和皇后都說等我成親了給我送好東西，結果今天一樣都沒見著。」

魏清莛安慰他。「也許是要過幾天才送吧，現在皇上和皇后好像都有急事的樣子，而且就算不送也沒什麼，這次皇上親自為我們證婚，可是跑來不少額外的客人，我們收的禮也夠多了。」

任武昀精神一振，道：「那我們回頭到庫房裡找找，看看他們都送了些什麼東西，妳那把弓不太好用了，看看有沒有人送弓的。」

魏清莛好奇道：「家裡那些東西不是屬於公中的嗎？你這樣去找沒有問題？」

任武昀不在意地揮手道：「家裡的規矩，喜事所收的禮全歸各房所有。」

魏清莛猶豫道：「可支出不是公中的銀子嗎？」

「是啊。」任武昀不在意的道：「辦喜事當然是公中出的銀子了。」

魏清莛頓時鬧不明白了，既是公中出的銀子，那收的禮不應該是公中的嗎？更何況，現在三房還沒有分家呢。

看來回去得問問了。

# 第七十四章 敬茶

任武昀和魏清莛回到平南王府的時候，平南王和任武晛早就下朝回家了，兩人也沒再回自己的院子，而是直接去了大廳。

老王妃和平南王妃與任武晛、陸氏、金哥兒已經到了，見任武昀和魏清莛進來，老王妃抬眼看了他們一眼，淡淡地笑道：「你們來了。」

平南王欣慰地道：「你們住得遠，倒是來得挺及時的。好了，現在一家子也齊了，母親，讓他們敬茶吧？」

老王妃點頭，就有丫頭上前放了兩個蒲團，魏清莛看了一眼任武昀，跟著他跪下，恭恭敬敬地給老王妃奉茶。

老王妃給了她一個紅包，道：「我們任家有一對家傳的羊脂玉手鐲，都給了妳大嫂二嫂，還有的就是一塊玉珮，當年你們訂親的時候給了妳做表禮，今天我就不特別給妳其他的東西了。」

魏清莛眼角瞄了一眼王妃和陸氏手上的手鐲，的確是精品，但心中還是微微有些不好意思，要知道她這塊玉珮可是逆天的存在啊！

魏清莛臉色微紅，羞澀道：「是，媳婦很喜歡那塊玉珮。」

老王妃點頭。「聽說妳一直戴著？」眼光在她的腰上劃過，卻沒發現那塊玉珮。當時任武晛只告訴她那塊玉珮一直在魏清莛的手裡，卻沒說她一直戴在脖子上。

魏清莛就從脖子裡拿出那塊玉珮，道：「當時母親是讓我乳娘交給媳婦的，話說的不夠清楚，和母親留下來的一只傳家手鐲在一起，所以媳婦還以為兩樣都是母親留給媳婦和弟弟的，弟弟選了那只手鐲，媳婦就要了這塊玉珮，因為怕丟了，就一直戴在脖子上。」

其實是她習慣性的將玉珮掛在脖子上，而不是和這個時代的人一樣掛在腰間，那樣走在路上，別人微微一伸手就能摘去了，關鍵是她也不大習慣。

王妃笑道：「也是這孩子心誠，要不然這玉珮這麼多年下來也不知會落到哪裡去。」

老王妃淡淡地道：「妳可不能把她當孩子來看，她可是妳弟媳，昀哥兒也長大了，你們不要一味的寵著他。行了，你們也起來吧，去見見你大哥他們。」

魏清莛這才鬆了口氣，這是她跪最久的一次，連見皇帝的時候她都沒跪這麼久。

任武昀笑嘻嘻的和平南王見禮，鬧著讓大哥、大嫂多給一些見面禮，和剛才在老王妃面前的沈默完全不一樣。

王妃好笑地搖頭。「多的也不是給你。」王妃給魏清莛的是一套赤金紅寶石的首飾，笑道：「我見妳穿鮮亮的衣服好看，這套首飾剛好配妳，雖比不上妳母親留給妳的那些，好歹還能帶出去。」

「多謝大嫂，我很喜歡。」

任武昀就眼熱地看向平南王。

平南王寵溺地看了他一眼，拿出兩個大大的紅包。「喜歡什麼就自己去買，」頓了頓，壓低了聲音道：「我才得的那把西域刀也送你，回頭你去我那裡拿。」

任武昀眼睛一亮。「大哥說話算數？」

平南王好笑地搖頭。「你大哥什麼時候說話不算數了？現在成親了，以後要好好過日子，再不能動不動就往外面跑了，知道嗎？」

任武昀對大哥的說教早已習以為常，不以為意地點點頭。

平南王就無奈地對魏清莛道：「弟妹就擔待些，昀哥兒也就是比較頑皮，其實人還是挺不錯的。」

「行了，一說起來就沒完沒了的，二弟和二弟妹都還等著你，有話回頭再說。」王妃推了一下魏清莛，道：「來，雖然妳見過二哥、二嫂了，我今兒還是要重新帶妳見一見，說起來金哥兒還是妳救的呢。」

任武晛只是含笑看著他們，沒有平南王那麼多的關切話，但魏清莛能夠感受到他的關懷，魏清莛心中有些異樣，任武晛好像對她特別有好感，有好幾次她都看見對方盯著桐哥兒，眼裡的神色總是能讓她誤會，要不是探查過他沒那方面的愛好，對桐哥兒只是長輩對晚輩的關愛，魏清莛幾乎要以為他動了什麼歪心思。

陸氏拉著魏清莛的手道：「以後妳要是悶了就來找我和大嫂說話，有什麼不懂的，也可以來找我。」

魏清莛點頭，收了任武晛遞過來的紅包，道謝了一番。

陸氏送給魏清莛的是纏絲點翠金步搖和纏絲赤金鳳簪，可能是因為要略低於王妃，但價值也並未少多少。

魏清莛感覺到她們的善意，雖然不知道以後的日子會如何，但不可否認，她有一個好的開端。至少她前世看來的，今世聽說的妯娌之間的爭鬥現在還沒見到。當然也有可能因她是新媳婦，現在還沒利益糾葛罷了。

金哥兒見到魏清莛是露出一個大大的笑臉，叫了一聲「小嬸嬸」，魏清莛給了他一套文房四寶，這套文房四寶是桐哥兒陪她買來的，價值還不錯。

金哥兒見是文房四寶有些失望，他還以為是刀啊弓啊什麼的，不過想想也不可能，面上喜孜孜地接過來。

老王妃見他們都見過了，道：「走吧，去用早餐吧。」

魏清莛也覺得餓了，雖然早上吃了些東西填肚子，但一番折騰下來早消耗光了。反倒是其他人倒不覺得什麼了，他們在家裡的時候也是提前吃了一些的，現在吃早餐不過是個形式罷了。

魏清莛是新媳婦，照著舅母教的立在一旁給老王妃布菜。

其實說是舅母教的，但其實主力是秦姨。

謝氏嫁進王家幾乎沒受過婆婆刁難，除了成親的隔天給魏清莛的外祖母布過菜，其他時候都不用伺候，所以那些規矩她雖然都懂，但都是理論上的，真正要說精闢的還是秦氏。

秦氏自從嫁進耿家就一直要伺候婆婆，還是一位喜歡刁難她的婆婆，所以她總結了很多經驗，甚至還客串了一下「婆婆」的角色，讓魏清莛伺候了兩天。

所以，魏清莛雖然動作生疏，但伺候老王妃還算順當。

任武昀皺眉看著，張張嘴，任武晛忙在底下踢了他一腳，示意他不要開口。很多時候，婆媳之間的矛盾都是由兒子引起的。

任武昀雖然不懂，但他一向相信二哥的腦子，而且二哥一定也不願意魏清莛受委屈，只好將到嘴邊的話嚥下去。

王妃和陸氏對視一眼，都鬆了一口氣，她們原先還擔心魏清莛沒有母親教導會不懂呢，現在可以放下心來了。

老王妃吃了幾筷子，指著座位道：「妳也坐下吃吧，咱們家沒那麼大的規矩，妳兩個嫂子也只是第一天進門的時候伺候罷了，以後妳也這樣。」

魏清莛笑道：「媳婦喜歡伺候母親。」

老王妃淡淡地笑道：「妳有這個孝心就夠了。」

任武晛笑道：「母親既這樣說了，弟妹就坐下吧。」

老王妃幽深的眼睛看了任武晛一眼，任武晛面不改色地給自己挾了一道菜。

魏清莛眼光流轉，應了一聲，坐在任武昀旁邊。

一行人靜悄悄地吃完早餐。

氣氛有些壓抑，這恐怕是魏清莛有生以來吃過最難受的早餐了。

老王妃在吃完後宣佈。「以後除了初一、十五來請安外，你們都不用過來了，各自在自己的院子裡用吧，我要吃齋念佛，不喜歡有人打擾。」

在回去的路上，魏清莛眨著眼睛問任武昀。「以前母親也是這樣嗎？」

「哪樣？哦，妳說初一、十五請安的事啊，是啊，她喜歡一個人待著，不喜歡人多，就是我的幾個小侄子也就是在小的時候抱過，其他時候母親都不出門，也不願意讓人去她那裡看她。這樣也好，咱們住得遠，每天都來回請安也是很累的。」

魏清莛點頭，既然老王妃都那樣說了，她沒有上趕著的道理。

「不過你那幾個侄子不是跟你差不多嗎？除了金哥兒，你還叫誰做小侄子？」魏清莛打趣他。

任武昀就搖頭晃腦地炫耀道：「沒辦法，誰讓我輩分大呢。」

魏清莛嗤笑一聲。

任武昀正要逗她，見後面跟著人，這才驚覺這不是地方，決定回去後再動手，想起還在書房的魏青桐，道：「昨晚桐哥兒不願意走，我就讓他和他師弟住在我的書房裡了，現在也不知醒了沒有，等一下妳去看一下他吧。」

魏清莛蹙眉。「桐哥兒一向起得很早，這時候應該早就起床了吧？」

任武昀不自在地扭過頭，但想到魏清莛寵弟弟的勢頭，決定暫避風頭，道：「對了，竇容和喜哥兒約了我有事，等一下妳自己去找桐哥兒，咱們院子裡就妳作主了，要是看誰不順眼就和大嫂說一聲將人換掉。」

魏清莛的關注點卻不同。「喜哥兒是誰？」

「喜哥兒就是四皇子，這是他的小名，以後妳就是他舅母了，妳也可以這麼叫他。」

「四皇子的小名，好奇怪。」

「這有什麼？有的人還叫狗蛋呢。」任武昀在軍營的時候聽過各式各樣的小名，沒有最奇怪，只有更奇怪，當下說了幾個有趣的給魏清莛聽。

魏清莛就笑著問道：「那你呢，你的小名是什麼？」

任武昀笑臉一滯，滿不在意的揮手道：「我的小名不就是昀哥兒？行了，妳快去找桐哥兒吧，我先走了。」說著大搖大擺地走了。

魏清莛腳步一頓，看著任武昀的背影若有所思。剛才任武昀是打算送她回院子的吧？魏清莛咬牙，還是這麼瞻前不顧後。

魏清莛一回到梧桐院，蘇嬤嬤就進來回道：「四奶奶，這是梧桐院的帳冊和名單，庫房的鑰匙一直是四公子的小廝管著的。」

魏清莛挑眉。「內外不分開嗎？」

蘇嬤嬤就笑道：「四公子常年在外跑動，他又不喜歡丫頭伺候，所以身邊一直是小廝照顧著的，也就沒了什麼內院、外院之分，現在的凝碧姑娘和凝華姑娘也是才派來的。」

魏清莛點頭。

蘇嬤嬤看了一眼門外，湊到魏清莛耳邊道：「姑娘也算是有個好歸宿了，平南王府不興納妾，平南王和二公子也都只有兩個通房罷了，有這個好條件姑娘只要抓好姑爺，這一生不知要比別人好過多少。」

魏清莛不在意地點頭，通房和妾有什麼不同？不過是身分上的區別罷了，對妻子來說，是一樣的。既然現在沒有，那麼以後為什麼又要有呢？

魏清莛沒有和蘇嬤嬤多說。

蘇嬤嬤見魏清莛點頭，就欣慰地點了點頭。

魏清莛隨便翻了一下，就道：「院子裡的事嬤嬤作主就好了，我去爺的書房看看。對了，四公子的乳母呢？」

蘇嬤嬤也有些鬱悶。「奴婢問過了，四公子的乳母在四公子十歲的時候就回鄉榮養了，聽說那位嬤嬤是宮裡找的，所以只帶四公子到十歲。」

魏清莛皺眉，皇家好像沒有這個規定吧？看來以後要問問任武昀。

魏青桐還睡著，小黑見魏清莛過來，連忙起身。「莛姊姊。」

「小黑，」魏清莛看了一眼還在熟睡中的桐哥兒，嘆道：「他怎麼喝起酒來了？」

小黑摸摸鼻子，他能說是四公子灌的嗎？

「你也出來一晚了，家裡不知急成什麼樣，快回去吧，桐哥兒我來照顧。」

小黑點點頭。「那莛姊姊我先走了。」

魏清莛送他出去，讓人去叫桐哥兒的小廝阿力進來，讓他在書房裡照顧桐哥兒。

梧桐院還有很多事要處理，而且她也想休息一下，晚上還得和老王妃他們吃飯呢。

雖然覺得氣氛詭異，但一個月也就四次，忍忍也就過了。

桐哥兒一覺就睡到了中午，吃飽飯後知道姊姊在睡覺，就在書房裡坐著看書等她醒。

魏清莛舒服地伸了個懶腰，自己去書房見桐哥兒，蘇嬤嬤不由擔憂道：「四奶奶，這成親第一天小舅爺就在夫家住下，要是老王妃那邊知道了，恐怕……」

「回頭我和四公子與王妃說一聲，桐哥兒只是心裡有些慌，過幾天他就習慣了。」

蘇嬤嬤擔憂地嘆了一口氣。

桐哥兒高興地和姊姊吃了下午茶，王廷日就派人來接桐哥兒離開。

桐哥兒雖然有些不情願，但他和表哥約定好的，他不捨得抓著姊姊的手道：「姊姊，妳在這裡等桐哥兒。」

魏清莛好笑道：「姊姊自然要在這裡等桐哥兒了，其實桐哥兒不用擔心，姊姊不過是換個住處罷了，你看以前我們不也有時候住在表哥家嗎？」

桐哥兒歪頭想了想，也是，略微放下心，也就沒有之前的糾結了。

任武昀正好從外面回來，見小舅子要走，就連忙搭了他的肩膀要送出去，回來後對魏清莛道：「妳放心好了，我親眼見王廷日接他走的，妳今天在家怎麼樣？」

「挺好的。」魏清莛將匣子的首飾倒在榻上，坐在珠光寶氣之中整理那些首飾，問道：「咱們什麼時候見任家的親戚？你看我要送各家什麼禮物好？」

任武昀瞥了一眼，道：「不用那麼貴重的，隨便一點就行了，要是送得太好，人家不領情不說，母親也會不開心的。」

魏清莛手一頓，跑到任武昀身邊，好奇地問道：「有一件事我一直想問你，怎麼老王爺不參加我們的婚禮，第二天敬茶也沒來？」

任武昀撇撇嘴，眼裡有些黯然，但更多的是嘲諷。

魏清莛察覺到他情緒低落，握著他的手道：「你要不想說就算了，以後你什麼時候想說了再告訴我。」

任武昀抱著魏清莛道：「其實也沒什麼不能說的，父親和母親都不太喜歡我。」

魏清莛真誠地看著他。

任武昀情緒低落地問道：「清莛，妳說我是不是很沒用？」

「誰說你沒用的？滿朝文武還有比你更年輕的將軍嗎？你現在就是三品官了，別人做到三品的時候都好大一把年紀了，你怎麼會覺得自己沒用呢？」

任武昀張張嘴，母親覺得他和父親一樣，徒有打仗的本事，卻沒有政治上的籌謀，這樣的人只會害了家裡人。所以母親從不支持他當武將，只希望他能留在家裡富貴一生。

大哥、二哥雖然疼愛他，但也不會和他商量王府的事，他們寧願跟他相差不了幾歲的侄子們說也不告訴他，倒不是怕他奪權，而是怕他壞事，雖然他們不說，但任武昀能感覺得到，大哥、二哥只想寵著他一輩子，並不指望他有什麼出息。

父親更不用說，他長這麼大，對方和他說過的話一隻手都能數出來，就是和他最要好的喜哥兒也是打算以後罩著他，並不覺得他能在朝堂上立足。

任武昀將自己的苦惱說給魏清莛聽。

魏清莛瞪大了眼睛。「可你的將軍之位不是你用軍功換來的嗎？」

任武昀點頭。「可我只會打仗。」

魏清莛疑惑。「你是將軍，會打仗還不夠嗎？或者說，除了打仗你還需要會什麼？」

任武昀解釋說朝堂上局勢瞬息萬變，要是他不能掌握好，那就很容易被人利用，當年他父親老王爺就是被先帝利用的，當然，這話是老王妃私下說的，老王爺並不承認這點。

魏清莛立馬大怒，一個會打仗的將軍還不夠，還要會玩政治？

魏清莛鄭重其事地告訴任武昀，那些想法都是錯誤的。「作為將軍，首要之責就是會領兵打仗，他的責任也就只有領兵打仗，皇上說打哪兒你就打哪兒，當然，你可以建議，但用不用是皇上的事，你只要在皇上決定之後領兵打過去就行了，朝堂上的波詭雲譎關你什麼事？」雖然有可能會被害死，但既然任武昀沒有那個能力，何苦說出來打擊對方，說不定到最後那點將才也沒了。

「妳覺得武將只要打好仗就行了？」任武昀眼睛一亮。

魏清莛肯定地點頭，給了對方一個定心丸。「不然還要會什麼？」

任武昀疑惑地皺眉。「父親也很會打仗，可為什麼母親還要罵他蠢，就是大哥、二哥也不喜歡父親，特別是二哥……」

魏清莛腦子快速地轉動著，脫口道：「當然是因為他除了是個將軍外，還是一個王爺啊。」魏清莛覺得自己找到了一個很好的解釋，鄭重地道：「老王爺、老王爺，首先他是一個王爺，而作為王爺是需要很多……計謀的，老王爺他身上背負著整個王府的責任，他不能做到，老王妃自然會對他有意見，但你不一樣啊，你只是將軍，不是王爺，你只要領好兵就行了。當然現在你還是一個丈夫，所以也要盡到一個丈夫的責任，以後做了父親也要盡做父親的責任。」魏清莛不遺餘力地給他灌輸這樣的思想。

任武昀若有所思地道：「我明白了，父親只盡到了做將軍的責任，其他的責任一點也沒有盡到，不管是身為王爺的還是丈夫、父親的。」

魏清莛眨眨眼，其實她對平南王府的事知道的真的不多，這是老一輩的老一輩發生的事了，就是王廷日也沒打聽到多少，只知道老王爺現在住在興榮街，和一個妾一個庶子住在一起，那個庶子就是排行老三。現在也已經娶妻生子，可很少在外面走動。

任武昀一下子抱緊魏清莛，興奮道：「妳也喜歡我當大將軍是不是？」

「嗯，當大將軍很威風。」

任武昀就笑到見牙不見眼，握拳道：「妳放心，我以後一定會有出息的，其他的我不敢說，打仗我確實不輸給別人的。」他在邊關待了七年多，其中經歷的戰事雖然不多，但也積累了不少的經驗，只要他能夠上戰場，任武昀相信，他一定會比同齡人更優秀。

就算他對朝堂一無所知，就算他對那些陰謀算計不懂又如何？那些是皇上的事。

任武昀喜孜孜的要和魏清莛分享自己的快樂，蘇嬤嬤卻在門外喊道：「四公子，四奶奶，你們該去給老王妃請安了。」

任武昀只好暫時收起心思，拉著魏清莛的手去松齡院。

凝碧和凝華見他們手牽著手，眼睛微閃，而阿梨和阿杏卻笑容滿面。

蘇嬤嬤警告地看了一眼魏清莛，見他們微微收斂後也就睜一隻眼閉一隻眼了。夫妻和睦總比相敬如賓要好吧？

# 第七十五章　坦白

平南王和任武昀看見任武昀神采飛揚的樣子微微一愣，雖然昀哥兒總是咋咋呼呼，卻很少見心情這樣舒朗的時候。兩人看了一眼低眉順眼跟在任武昀身後進來的魏清莛，心中暗自點頭。

吃過晚飯，任武昀就迫不及待地回去和魏清莛分享自己的喜怒哀樂。

任武昀將魏清莛抱在懷裡，低聲告訴她，他的到來其實是不受歡迎的。

任武昀從懂事起就是在皇宮裡長大，曾經有過一段時間還堅持叫自己的姊姊做母后，叫皇上做父皇，叫太子做哥哥。當時他才只兩、三歲，什麼還不懂，皇上也樂意逗他，那時老王妃正逼著老王爺將王爵讓給平南王，鬧得不可開交。

等皇后反應過來的時候任武昀已經四歲了，話開始說俐落了，整天和四皇子在皇宮裡爬樹挖蟲，父皇、母后的稱號也叫得爛熟了，這時候怎麼讓他改都改不過來。

後來還是老王妃當機立斷，將任武昀接回任家，什麼時候能把稱呼改過來了，什麼時候能再進宮。

據任武昀的說，那段記憶他很模糊，只是覺得自己有一段時間哭得很厲害，卻沒有人理他，還是他的乳娘後來告訴他，他才知道的。

任武昀情緒低落道：「乳娘說我當時哭得嗓子都啞了，我從小脾氣就倔，那時候心心念念著姊姊、姊夫和太子、喜哥兒他們，就是一個勁兒地鬧，但母親的脾氣和我一樣倔，除了乳娘，她不准任何人來看我，說我什麼時候能改口了，什麼時候就能出去。乳娘說，當時她費了三個月的時間才讓我換了過來，之後母親才沒攔著我進宮，後來，我就是八個月住在宮裡，四個月回家住一段時間了。」

魏清莛沈默不語，老王妃看著就是個殺伐決斷的人，但她的心也夠硬，別的她不知道，要是桐哥兒在她面前哭成那樣子，她非心疼死不可。

「我那時候就覺得母親狠心，不喜歡叫她，後來才知道原因，他們總是覺得我笨，也就沒怎麼隱瞞，我求乳娘幫我，這才明白了。後來乳娘教我，說會哭的孩子有奶吃，她讓我對母親撒嬌，還說我畢竟是母親的孩子，母親一定會心軟的。」

魏清莛聽得難受，大氣也不敢出。

說起來，這個故事也挺狗血的，放在現代可以拍成一部孽戀情深的電視劇，但放在現實中，魏清莛只想咬牙。

任武昀所知道的也不多，大半是從平南王和任武晛的隻言片語裡和自己的調查中總結出來的。

說起來還要扯出先帝當年爭奪皇位的事。

先帝和老王爺一塊長大，算是竹馬，後來先帝爭奪帝位，老王爺自然是站在先帝這一邊，那時候王公就正巧認識了他們，王公是個有偉大抱負的人，他希望老百姓不再接受換代之苦，每一代帝王的更迭，四王諸侯總是會插手，最後受苦的也總是百姓。

三個年輕人就這樣聚在一起，後來他們需要更多的支援，平南王的領地是在南邊，他也經常往南邊跑，這時候就認識了貴州土司的長女。

苗人沒有漢人那麼多的規矩，但有一點規矩很鮮明，土司的長女是相當於公主的存在，公主的丈夫只能娶公主一個，納妾通房什麼的是漢人的習俗，苗人不承認。

當年老王爺不知承諾了什麼，總之就是娶了老王妃，後來雖然老王爺一直在外征戰，但兩人還算恩愛，這是任武昀從平南王口中得知的，據說當年老王爺和老王妃在一起的時候是笑呵呵的，一家四口很開心。

但變故是無處不在的，任武昀只知道貴州的一個酋長將他女兒獻給了老王爺，而老王爺沒有拒絕，等他凱旋回到京城的時候，對方肚子裡已經懷了一個了，而他二哥才剛會搖搖晃晃地走路。

老王妃並沒有鬧，平靜地接受了這個事實，可後來不知發生了什麼，老王爺和老王妃大吵一架，老王爺帶著那個妾室和那個孩子去了興榮街居住，老王妃則帶著三個兒女在王府裡居住。

兩人再聚在一起之後就發生了衝突，然後就有了任武昀。

老王妃察覺到不對勁的時候就想打了孩子，但最後還是因為年紀大了，沒有打掉。老王妃是高齡產婦，生任武昀的時候大出血根本沒有精力照看他，所以就將任武昀交給才生產不久的皇后帶著。

等老王妃緩過勁兒來後就開始逼著老王爺將爵位讓給大兒子，而且還成功了。

魏清莛表示對任武昀的調查結果很懷疑。「你既連他們為什麼吵架都不知道，又怎麼知道老王妃曾經想打掉你的？不會是有人故意誤導你吧？」更狗血一點的電視劇裡面不都是這樣寫的嗎？

任武昀將頭埋在魏清莛懷裡，搖頭道：「那不是調查來的，是我聽到的，母親和她的嬤嬤說，當時要是打掉了我，現在不知會發生什麼事？當時我正要和四皇子去邊關，母親可能是覺得當初要是打掉了我，那現在怕是就沒人能陪四皇子去邊關了。

「其實母親一開始讓我跟在喜哥兒身邊是打著替身的主意去的，不過她知道就算是她不說，大家也是會這樣決定的，因為只有我身形和喜哥兒的最像，我們又是一塊兒長大的，所以學習對方的動作言語什麼的也最容易……」

果然，家家都有一本難念的經嗎？就算是任武昀這麼開朗，也有這樣那樣的煩心事。

說起來，任武昀和魏清莛還真是絕配呢。

「那時候我還覺得自己是世界上最苦的人呢，可是我派回去給妳送銀子的人回來說了妳和桐哥兒的情況，我就覺得我比妳幸運多了，也就沒什麼好傷心的了。」

魏清莛到嘴的安慰話頓時咽了回去，要是任武昀能夠夜視，一定看見她滿臉黑線。

「後來，我每年都派人回去給妳送一百兩銀子就是想妳過得好些，我打仗的時候還搶了不少的好東西，比如拇指大的東珠什麼的，只是在邊關不好換成銀票，當時就想叫人拿回來給妳，還是喜哥兒說讓妳手上有這些東西，怕魏家人算計妳。」任武昀很不好意思地撓頭，其實那時候他是覺得這世上竟然還有比他更慘的人，這才想源源不斷地給魏清莛送東西，可喜哥兒做了規定，他一年最多只能送價值一百兩的東西。

任武昀覺得與其送那些華而不實的，不如送些實在的，所以才每次都送一百兩的銀子。

當然這些話是不能對清莛說的，免得讓妻子對四皇子有意見。

任武昀將憋在心裡好幾年的話都說了出來，心情不錯，就興致勃勃地問魏清莛的事。

魏清莛張張嘴，她很想告訴對方，其實她過得很快樂，日子算是還不錯。

雖然一醒過來就挨餓，但是馬上就有他送的饅頭，後來雖然餓了幾天，但是當了東西也夠吃一段日子，最關鍵的是桐哥兒還得了一個空間，到後面她能上山打獵後雖然累些，卻過得自由自在的，除了偶爾受受氣之外，日子要多逍遙有多逍遙。

等到後面發現可以賭石之後更不用說了，總之一句話，魏清莛過得不苦，至少心不苦！

但是她能這麼說嗎？

很顯然，不能，任武昀已經將她的經歷當成慰藉了，自認為是個好妻子的魏清莛當然不會打擊他，只是她也不能撒謊，所以魏清莛就只好敘述一些魏家對她做過的事。

魏清莛覺得沒什麼的事，任武昀卻聽得咬牙切齒。「難怪妳這麼喜歡吃肉，原來他們竟一點葷腥也不給你們，哼，妳等著，以後爺給妳出這口氣。」

魏清莛靜默片刻，想告訴對方，她喜歡吃肉是因為上輩子就喜歡。

任武昀以為她傷心了，雖然他父親、母親都不喜歡他，但絕不會剋扣他，更別說是缺穿少吃的了。而且他比魏清莛不知好多少，他有皇上和姊姊做靠山，以前太子外甥還在的時候也罩他，兩個哥哥也寵著他，喜哥兒又是他的好哥們，他實在無法想像魏清莛被關在一個小院子裡。幾年幾年的沒人送衣服、過冬的東西進去的家庭，哪怕是貧困人家，這種事也不可能發生的。

清莛一定很傷心吧，除了過世的母親，魏家全家都對她不好，難怪清莛寧願住在書院也不願意回魏家。

任武昀不由慶幸，幸虧清莛會打獵，也不拘泥那些世家規矩，肯跑到山上去打獵，要不然他的妻子豈不是會被餓死？

這樣一想，魏家更不可以原諒了。

任武昀已經暗自下定決心要對魏清莛好。

而魏清莛早就迷迷糊糊地睡過去了。

第二天一早神清氣爽地起床，任武昀早就下床練了一套拳回來，見魏清莛坐在梳妝檯前挑首飾，就跑過去湊熱鬧。「今天要打扮得好看些。」

「為什麼？」

「今天誥封的聖旨應該會下來，穿得好看些，顯得莊重些嘛。」

魏清莛眼睛一亮。「是誥封我的聖旨嗎？也就是說我要是夫人了。」

任武昀眉眼間帶著笑，搖頭道：「我只是三品的將軍，妳最多也就是淑人，不過妳也別急，很快妳就能做夫人了。」

魏清莛雙眼發亮的看著他。「那我等著夫君給我掙個夫人誥命回來。」

任武昀眼睛明亮如太陽，狠狠地點頭。

正午時魏公公就親自帶聖旨來，平南王等人雖然覺得誥封這種事不用魏公公親自來，但也沒有將詫異擺在臉上，笑著迎上去。

魏公公恭喜道：「恭喜四公子了，香案可備好了？」

任武昀笑道：「備好了，在裡面呢。」

「那咱家就宣旨了。」

魏清莛早就在前面等著，等魏公公展開聖旨，任武昀就和魏清莛一起跪下。讓眾人詫異的是魏清莛封的是一品夫人，而不是三品淑人。

平南王妃和陸氏對視一眼。

任武昀和魏清莛卻有些呆了。

魏公公笑道：「四夫人快接旨吧，這可是大喜事呢！」

魏清莛趕緊接旨，平南王少不得要打聽緣由，魏公公笑道：「皇上說上次魏姑娘救駕就沒具體的賞，這誥命就是對四夫人最好的賞賜。」

魏公公這話的意思是魏清莛的誥命是自己掙來的。本來外面對魏清莛嫁給任武昀就有一些流言，魏清莛的家世可遠遠比不上任武昀，要是她外祖家沒有沒落也就罷了，偏偏王家沒落了。

先前京城就有不少閨秀盯上了任武昀，現在魏清莛橫插一腳，其中就有不少人心中不滿，皇上這是為魏清莛撐腰？

任武昀卻有些不樂意，回到梧桐院後就把所有的丫頭都趕出去，躺在床上道：「我本來還想著給妳掙誥命呢，現在算怎麼回事？」

魏清莛就道：「這有什麼，一品上面不是還有超一品嗎？」

任武昀眼睛一亮，暗暗大氣道——我就弄個爵位回來好了。

任武昀想開了，就眉眼鬆開，跳起來抱住魏清莛，嚇了魏清莛一跳。「你幹麼呢，嚇死我了。」

「我今兒高興，我們今天出去玩吧？」

「還是算了，我們才成親呢，要是母親知道了要怪罪的。」

任武昀不以為意地道：「母親不會知道的，就是知道了她也不會說什麼。大哥知道我喜歡往外面跑，就把這邊的西角門給開了，我出入都從這邊出去，這西邊可都是我的地盤，我不讓說誰敢說出去？」

魏清莛頓時心動不已，她已經有半年沒去賭石，心癢了。

魏清莛湊到任武昀耳邊道：「我帶你去個地方吧。」

「什麼地方？」

「去了就知道了。」

# 第七十六章　設計

魏清莛翻出自己以前做的男裝，這些男裝她幾乎沒穿過。

她將衣服換上，頭髮一梳，一派貴公子模樣。

任武昀看著比自己還風流倜儻的妻子，鬱悶了。

魏清莛也驚豔不已，照著鏡子道：「我先前穿的男裝都是上山打獵那種，不然也是石青色、灰色之類的，從未這樣盛裝打扮過，沒想到我穿上男裝也挺好看的嘛！」回頭看了一眼任武昀，點頭道：「嗯，我是風流倜儻，我丈夫是英武雄壯，哈哈！」

任武昀挺直了胸膛。

任武昀拉著魏清莛的手出去，院子正在教丫頭規矩的蘇嬤嬤見了三魂去了兩魂，還有一魂支撐著她過來詢問。「四公子，四夫人，你們這是要去哪兒呀？」

任武昀不在意地揮手道：「我要帶夫人出去走走，妳們就守著院子，西邊這裡只有我們這一房，可以隨便走，可別去正院和另一邊，要是惹禍了，還得等我們回來。」

蘇嬤嬤咽了咽口水，使勁兒地給魏清莛使眼色，魏清莛疑惑地看著她，沒看懂。蘇嬤嬤只好硬著頭皮道：「四公子，這，您和四夫人這才剛成親，還是不要出去的好，萬一老王妃著人來叫怎麼說？而且晚上還要陪老王妃用飯呢。」

任武昀有些不耐煩。「老王妃說了，初一、十五才過去，不會著人來叫的。行了，就這樣吧，清莛，我們走。」

「那你們好歹帶上兩個人，對，把阿梨帶上吧。」

「我和夫人去玩，帶一個丫頭算怎麼回事？沒見著妳家夫人都穿了男裝嗎？」任武昀不理蘇嬤嬤在後面的囑咐，自顧自地拉了魏清莛就走，半路上還在抱怨。「妳這個嬤嬤話可真多。」

魏清莛抿嘴一笑，隨著任武昀坐上馬車，問道：「我讓你帶銀子你帶了嗎？」

「帶了，銀票帶了五百兩，還有一些碎銀，我們要去逛東街？妳想買什麼？」

「去了就知道了，我們是去賺銀子的，然後再去逛街。」

任武昀聽了就有些彆扭地道：「清莛，我的銀子雖然不多，但也不用妳出去賺錢，回頭我問喜哥兒借一些……」想到喜哥兒比自己還缺錢，任武昀頓時說不出話來了。

四皇子是要爭奪帝位的，要說這世上什麼最燒錢，恐怕就是這個了。說不定在東街上隨便抓出一個人來都比四皇子有錢。

「其實我除了打獵外還有個本事，等一下帶你去看，賺錢容易多了。現在我們是夫妻了，你賺的錢是我的，我賺的錢是我們的。」

任武昀雖隱隱覺得不對勁，但還是保證道：「妳放心，我以後一定努力賺錢。」

魏清莛嘴角微翹。

玉石街一如既往的熱鬧，任武昀好奇地看著，道：「妳說是賭石啊，上次我就見妳賭過了呀。」

魏清莛笑道：「那還有最後一環你沒見過，賭石是暴利，比賭博還要勾人心魄，我幼年時機緣巧合得了一本賭石的書，當時日子過得苦，我還曾經到玉石街來給人做過解石工呢，後來接觸得多了，加上又有秘笈在手，這才學了這個本事。」魏清莛邊說邊細細地觀察任武昀的神色，見他眼裡一閃而逝的心疼，心中複雜無比。

當王廷日傳信告訴她有人在查當年她在玉石街的事時，魏清莛就想著要把一切都告訴任武昀。王廷日顧忌多多，魏清莛卻覺得早日明白對方的態度也好，現在她也只是對任武昀有好感而已，他要是看不過，切斷感情也來得容易，總比以後兩人都投入感情後才出變故要好得多。

與其以後讓任武昀從別人口中得知，不如她親自告訴他。

任武昀恍然大悟。「我就說妳那麼高的賭石本事是哪來的，原來是得了秘笈。」說著心動不已。「妳說我怎麼就沒遇到什麼武功秘笈？」

魏清莛就開玩笑道：「說不定你從懸崖上跳下，大難不死後就能機緣巧合的在懸崖中間發現什麼山洞石臺的，然後上面就有武功秘笈了。」

「啊？」任武昀滿眼迷糊。「為什麼一定要跳下去？拴著繩子滑下去找不就行了？妳聽說哪個懸崖上有武功秘笈？回頭我和喜哥兒去看看。」

魏清莛啞然，默默地轉頭。

任武昀纏著魏清莛問是哪個懸崖，魏清莛幾乎要暴走的時候，上玉閣總算是到了。

「喏，這就是上玉閣，我大部分的石頭都是在這兒買的，但有時候也會到處逛逛，在別的鋪子買，但總的來說，出玉最多的還是章家的鋪子。」

任武昀轉頭去看。「看上去的確比其他家的要氣派。」

魏清莛笑道：「章家在河南可是有名的大家族，在賭石界也算是獨佔鰲頭了，走吧，我說過要給你一根藍田玉簪子，我們進去看看有沒有好的藍田玉。」

任武昀興致勃勃地上前。

在這兒賭石的雖然有新人，但大部分都是熟客，特別是那些等著買明料的商人，都是這兒的常客。看到魏清莛過來，眼睛都微微一閃，見她後面沒有那兩個慣常跟著的保鏢，眼中都閃過亮光，其中一個河北的珠寶商哈腰上前，問道：「王大師，您今天是自己賭？」

魏清莛自己賭石的時候大多數是當場解開，遇到自己喜歡的就自己收藏，沒有心儀的就出手，而且她後來錢多了，也就不願意和別人計較那些不差多少的差價，反而喜歡找那些順眼的珠寶商出手，不少人都喜歡從魏清莛手上買明料。

魏清莛笑道：「我今天來是想選一塊好一點的藍田玉的，當然，其他的玉石也會看看。」

在場的幾個眼睛都亮了。

店裡的夥計看見魏清莛，連忙上前招呼，知道魏清莛要看藍田玉，就引著魏清莛到其中一個角落，指著疏疏落落的十幾塊石頭低聲道：「王大師，所有的藍田玉都在這兒了。」

魏清莛皺眉。「你們後院沒有存貨了？」

「沒有了，所有的都在這兒了，王大師也知道，現在藍田玉越來越少，我們上玉閣能搶到這十幾塊已經很不錯。況且現在藍田玉越來越難賭，除了您和孫大師也沒人能有那個本事，所以流進京城的藍田玉更少了。」

魏清莛信他才有怪，那麼大的上玉閣，怎麼可能只有這些藍田玉原石？全玉石街的人都知道她最喜歡的就是藍田玉，而老孫頭最喜歡的是翡翠，看來上玉閣是鐵了心要針對她，難怪王廷日一心想得到玉礦，看來上玉閣的排擠也是一方面。

魏清莛揮手讓夥計離開，夥計知道魏清莛看料的時候不喜歡別人在身邊。

魏清莛拉任武昀蹲下，細細地跟他說一些原石的外在表現，趁著這個工夫，魏清莛也選出了兩塊藍田玉，再運用能力去看，見兩塊中只有一塊上面飄浮著氣體，而且並不濃厚，魏清莛就知道其中一塊算是小漲，另一塊卻是垮了，再抬頭去看那些沒被選中的玉石，果然，上面一點氣體也沒有。

魏清莛現在賭石喜歡先憑本事挑出自己認為好的，再運用能力篩選一遍，這樣可以鍛鍊自己的眼力，又能夠萬無一失。

任武昀見她面上有些失望，就問道：「是不是都不好？」

魏清莛點頭，將兩塊原石都踢回去，道：「上玉閣這次拿出來的貨色太差了。」

任武昀濃眉一皺。「是不是他們欺負妳？」任武昀雖然不懂賭石，但世間的事都是相通的，聽魏清莛剛才說章家在玉石這一途上遠超他人，那就沒有拿出這麼差貨色的道理。

他老婆也敢欺負！任武昀心中冷哼一聲。

魏清莛笑道：「沒關係，這玉石街又不是只有他一家，我們再看看其他的，既然他想我不好過，那我們就讓他不好過。」

任武昀眨眨眼，感興趣地問道：「怎麼做？」

魏清莛也眨眨眼。「你看我的。」

魏清莛拉著任武昀去另一堆，滿懷歉疚地道：「四公子，今天的藍田玉原石好像不大好，不如我們去看看其他的玉石吧。您放心，我一定會好好地給您把關的，雖然不敢說能讓您全贏，但也八九不離十。」

任武昀嚴肅地點頭。「那妳可一定要看好了，我要選出最好的和他比，讓他知道到底是誰的眼力最好。」

魏清莛忙不迭地點頭。

旁邊站著的夥計眼睛微微一閃，退下去和掌櫃的說了。

掌櫃的吩咐他仔細地觀察，不可漏過一絲。

上玉閣雖然賣原石，但同時也是最大的賭石者，他們往往會先挑選一遍，將那些有可能有料的原石留下，解開後或自己用，或是當明料賣出去。當然，是第二種可能多一些。

而因為賭石能力有高低，這幾年漏出來的好料不少，魏清莛就經常從這裡賭出極品的玉石，這一度讓上玉閣的生意很好，但他們還是會不甘，這麼好的極品玉石由他們留下或賣出去，收益會更大。

魏清莛帶著任武昀挑選原石，很快就挑中了一塊，這塊原石很大，足有魏清莛一般高，魏清莛附在任武昀耳邊道：「這塊玉石看著很好，上面的松花什麼都不缺，可裡頭就是沒有玉。」

任武昀一本正經地搖頭說：「這塊太大了，不要！」

魏清莛神色間有些失望，看了那塊原石一眼，好像是要記住它的編號，一會兒再過來買。

魏清莛帶任武昀去看了一塊較小的，這裡的玉石都是稱斤賣，剛才任武昀也沒說錯，五百兩銀子的確還買不了那塊原石，因為太大了。

為了加快速度，魏清莛直接利用胸前的玉珮去看，看到有濃厚的氣體就過去，很快兩人就選了一塊，魏清莛高興道：「四公子，不如我們今天就買這一塊吧。」

任武昀有些猶豫，道：「還是先解開看看吧。」

魏清莛勸道：「四公子，要是解開就不算數了，這是要留到明天去比試的。」

任武昀固執道：「他們都說妳賭石好，可我又沒親眼見過，我怎麼知道？還是解開這塊來看看吧。」

魏清莛無奈，只好同意，任武昀馬上喜孜孜的抱著原石去交錢，這個實在是太好玩了，只是這樣就能坑到人？

任武昀的眼角朝剛才那塊巨大的毛料看過去，卻發現那塊毛料已經消失了，任武昀眨眨眼，看來還真有效了，他們真是傻子。

得知這是魏清莛選的，還要當場解開，不少人都圍了過來。

而那邊的掌櫃看了一眼有些無奈和不耐煩的魏清莛，眼裡閃過沈思，轉到後院，看著那塊巨石問店裡的賭石師傅。「這塊原石如何？」

「表現實在不錯，當初家族為何沒有留下？」

「聽說是三老爺放掉的，也沒說理由，可現在看來這說不定是看錯眼了，王莛的眼光越來越刁了，等閒的貨色他是看不上的，只怕這原石不簡單。」

賭石師傅點頭。「只是那位四公子是什麼人？王莛雖然還算待人溫和，但除了他那堂兄和弟弟，我從未見他為誰掌眼過，看他那恭敬中又有些不耐煩的樣子，倒像是那位四公子身分挺高。」

掌櫃的這方面的眼力不比他低，肯定的點頭。「那位四公子一定是有些來歷，看他穿的衣服和身上的氣勢就知道了，看來是盛通銀樓新搭上的靠山，聽他們的意思，這位四公子是跟人打賭，這才叫王莛過來幫忙掌眼的，偏偏他還不信王莛的本事。」掌櫃的冷哼一聲。「派人去盯緊了，想辦法引著那四公子多賭幾次，那人是個自負的，就算是王莛看中，他不喜歡也不會買，你讓人把那些王莛挑中的都搬回來解開，我們轉手賣出去不知多了多少收益。」

賭石師傅也滿臉是笑，其實他更感興趣的是想好好地研究研究王莛看中的原石，說不定他能從中學到一點也說不定，行內不是有人說王莛其實是許大師的徒弟嗎？

等掌櫃的到前頭鋪面的時候，那塊原石已經被解出來了。

魏清莛選的這塊原石皮薄，只一刀就出玉了，任武昀摸了摸玉帶來的溫潤感覺。

掌櫃的見了那塊幾乎算是上等的玉石，眼睛微微一閃，衝人群中的一人使了個眼色，那人就喊道：「公子，這塊玉您賣不賣？我願出一千五百兩買下。」
任武昀有些詫異，低頭看了看，這塊原石他只花了一百二十七兩，這一轉手就賣了這麼多？
任武昀回頭去看魏清莛。
魏清莛趕緊擠到他的身邊，低聲道：「四公子，你要是喜歡其實可以拿回去加工的，我們再選一塊好的就行了。」
任武昀被說得有些意動，旁邊卻有不少人勸任武昀賣掉。
任武昀猶豫不決，那個最先喊價的就道：「公子就賣掉吧，有了錢可以買更好的不是？」
任武昀立馬就點頭道：「好，先賣掉，回頭你再給我選一塊好的。」
眾人就看到魏清莛的臉色雖然有些難看，但也沒反對。大家不由猜測任武昀的身分，畢竟就是上玉閣對魏清莛也是客客氣氣的，眾人還沒見過有人敢這麼使喚魏清莛的。
這塊玉很快就被一人以一千七百二十兩買下了，任武昀喜孜孜地捧著錢，興致勃勃地拉著魏清莛去選石頭，本來他還只是想教訓一下上玉閣，可是現在他卻找到了興致，魏清莛剛嫁給他不知道，他卻是清楚的，其實他實在是沒有多少錢。他的錢幾乎都借出去了，現在庫房裡留下的都是宮裡的賞賜和長輩們送的東西，這次成親雖然也收了不少的好東西，但那些近期內都不能出手，而且那是作為人情，以後都是要還回去的，他就是賺也賺不了多少。
魏清莛見他高興，也樂得和他一塊玩，她其實也很喜歡賺錢的感覺，最要緊的是，現在高興了，等一下等她告訴他那些事，希望他受到的衝擊能夠小些。

任武昀在拒絕了兩塊原石後，終於興致勃勃地捧過來一塊，結帳後讓人解開，看著圍著的人，任武昀眼珠子一轉，拉著魏清莛道：「反正現在也沒解開，不如我們先去買兩塊試試。」

魏清莛張張嘴，道：「四公子，我們是要選一塊好的料子去賭的，要是都解開，明天拿什麼賭啊？」

「這有什麼要緊，這條街上都是賣原石的，這家沒有，那家也沒有嗎？反正現在閒著也是閒著，怎麼，妳還不樂意陪爺去選兩塊石頭啊？」

魏清莛抽抽嘴角，這任武昀裝得也太像了吧？魏清莛搖頭。「自然不是，只是上玉閣的品質要好些，我想在這裡選出來的自然更勝一籌。」

任武昀不在意的道：「這有什麼，就算不是在上玉閣選的，只要妳眼力過關，我就不會輸的。」

魏清莛只好「無奈」地跟在任武昀身後繼續選石頭，在任武昀第四次去交錢的時候，魏清莛好像終於發現了什麼，疑惑地扭頭去看那些原先她選中的原石，發現一塊都不見了。魏清莛皺眉。

任武昀笑容滿面的過來，揚了揚手中的銀票道：「我們又解出一塊好的玉石了，現在我們一共有一萬二千七百兩了，走，我們再選兩塊去。」

魏清莛又選了一塊大塊的，還沒等她給任武昀打暗號，任武昀就搖頭大聲地道：「這塊太大了，我不喜歡，我們選一塊小的。」

選了這麼多塊了，有心的幾人都知道這位四公子不喜歡大塊的原石，只喜歡小塊的。

魏清莛張了張嘴，道：「四公子，我覺得這塊很好，我們就買這塊吧。」

「不行，我說不行就不行，這麼一大塊，我怎麼運回去？去選一些小的。」

魏清莛看著向他們這邊看過來的人，欲哭無淚，嚴肅地道：「四公子，這塊原石真的很好……」

任武昀裝作不耐煩地打斷魏清莛。「我都說了不行了，你怎麼還是這麼囉嗦？」眼裡卻疑惑地看著魏清莛，不是一遍、兩遍就行了嗎？幹麼還強調這麼多遍啊？

魏清莛心中流淚，她是真的覺得這塊原石很好啊！

# 第七十七章 坦誠

「那四公子，這塊原石我買下好不好？」魏清莛問道。

「啊？」任武昀張大了嘴巴，他們商量的沒有這段吧？

上玉閣的掌櫃也注意到了這邊，魏清莛不敢這時候給他使眼色，只好板著臉點頭道：「我說我自己買下這塊原石。」

任武昀福至心靈，立馬心領神會，大手一揮。「那還是算了，你帶的錢又不夠，我來買吧。夥計，過來給我結帳，我要買這塊原石。」

掌櫃的聽了有些失望，要是王莛堅持要買，他還可以挑撥離間一番，讓那位四公子反對，這塊原石就能留下來了，偏偏這位四公子竟然不再堅持，自己買了。

就算這塊原石是上玉閣的，只要他們擺出來了，顧客看上了就得賣，不像其他行業主家反悔了還可以拒絕出售。這個規矩就是防止賣家因為看到大師選中而反悔將原石收起來自己解開，無規矩不成方圓，這就是賭石行的規矩之一。

魏清莛讓任武昀將原石拉到王廷日那裡去解開，任武昀想到喜哥兒跟自己說過王廷日對魏清莛有意的事，小心地看了一眼魏清莛，見她只是單純地想讓他把原石運到那裡去解開，並沒有其他的意思，就揮手道：「不用，我們就在這裡解開。」

魏清莛也只是覺得這塊原石太大，可能不好搬動，既然任武昀堅持，那到時候叫人送到平南王府就是了。

兩人就看著那塊原石很快被解出來，任武昀張大嘴巴看著足有他這麼高的墨玉。

魏清莛也不由眼睛發亮，她也沒想到這塊墨玉這麼大，而且造型如此獨特，蜿蜒的曲線，起伏的表面，就好像假山一樣的存在，魏清莛仔細地看著。

任武昀「咦」了一聲，指著半腰處道：「這裡怎麼還有洞？」

魏清莛跑過去看，眼睛愈加明亮，半腰處有兩個洞，魏清莛仔細找了找，在裡面空洞的地方和另一側也有幾個小洞，要不是眾目睽睽之下，魏清莛一定仰天大笑三聲，這樣的極品竟然也能被她買到，而且只花了六百兩不到，話說這運氣也太好了吧？

掌櫃的也想到了這種墨玉的妙處，眼睛發紅，蹭過來道：「公子，不知這塊墨玉可願出手？我們上玉閣願花大價錢回收。」

任武昀一聽就知道這玉是好東西，轉頭去看魏清莛，魏清莛連忙道：「四公子，這墨玉可是難得的好東西，這幾個洞更是妙不可言，這種玉石上次被人買到聽說還是四十多年前的事呢，反正您也不缺那些錢，不如留著自己用吧。」

掌櫃的不悅道：「王大師，客人願不願買賣可是有他作主的，您管得也太寬了，這行裡的規矩您又不是不懂，更何況，四公子，您有王大師在身邊幫著，還怕找不到好玉嗎？實在是我家老主人過一段時間要過大壽，恰巧我們老主人就喜歡墨玉。其實墨玉是冷門，在玉石街，怕最不值錢的就是墨玉了。」

魏清莛淡淡地道：「掌櫃的也說了，四公子賭石靠的是我，他既花錢雇了我，沒有我不替東家考慮的道理，這墨玉是冷門，只是這有香璿的墨玉可不冷門，更何況，還是這樣一塊造型合適體積又大的香璿墨玉。」

掌櫃的臉色微變，那些本來還迷糊的珠寶商聽到這裡哪裡還不明白，全都雙眼發亮地看著這塊墨玉。

任武昀聽不懂什麼香璿墨玉，但也知道這種墨玉很好，連忙揮手道：「不用說了，這塊玉不賣，你們幫我送回家去。」

掌櫃的眼睛微亮，心思電轉，知道了這位四公子的住處，回頭再上門勸說他賣玉就是了，大不了多出一些銀子。他又不懂這玉的妙處，想來只要引誘一番，對方會願意賣出的。

魏清莛冷笑地看著掌櫃的。

任武昀已經說道：「派幾個穩妥人給我送到平南王府去，就說這是我四公子的東西，讓他們直接送去梧桐院。」

掌櫃的身子僵住，惶恐在心裡一閃而逝。章家雖然在這行當屬老大，可畢竟是商戶，後面雖然也有靠山，但，平南王府對章家來說還是只能仰視的存在。

掌櫃的手有些發抖，自己算計這位公子的事他肯定還不知道，但王莛絕對是察覺了，不知王莛會不會告訴他，看來得去找一下東家了。

魏清莛和任武昀離開，打算再到其他店裡看看，魏清莛的主要目光還是放在藍田玉上。

而那位掌櫃在魏清莛走後沒多久就被請回了後院，看著滿院子白花花的石頭，掌櫃的再想到前面那位四公子全都賭漲的成績，他想不承認自己被算計了都不行。

這次上玉閣損失不少，雖然和整個上玉閣的收入不能比，但就這個分店來說是一個失敗的事。

但他能怎麼做？那位四公子既然敢叫他們去送貨，那身分就肯定是真的。

魏清莛是想讓任武昀知道她以前的事，自然就引著他往深處走，沒走幾家，兩人的前路就被人攔住。

魏清莛眼裡閃過寒光，冷笑地看著對面的人。「怎麼？疤五，你決定找我報仇了？」

疤五滿懷恨意地看著她。「妳的膽子可真大，明知這是我的地盤也敢過來。」疤五意味不明的看了任武昀一眼，又仔細地看了一眼魏清莛，心中怎麼也不敢相信面前這個人竟然是個女的！

要不是徐家的人找上門來，只怕他也會和大多數人一樣蒙在鼓裡。

魏清莛嫣然一笑。「我要賭石，這邊有鋪子，我哪裡過不得？」

任武昀察覺到兩人的敵意，眼睛一眯，眼刀子就朝疤五射過去。

疤五冷哼一聲，雖然很想和她較個長短，但那人特意提醒過今天的主要任務。「妳不是一向都在上玉閣賭石嗎？跑到這裡來，我還以為妳又要殺人了呢。」

魏清莛眼睛微暗，笑道：「我從未殺過人，倒是閹過人，怎麼，你想嘗嘗那種滋味？」

魏清莛的目光似有似無地朝疤五的下體看去。

疤五頓時臉色鐵青，而任武昀則不可置信地瞪大了眼睛，繼而大怒，大腳一抬，將疤五踢飛，臉上暴怒。「你們誰欺負她了？」

疤五先前沒想到魏清莛會承認闖過人，還以為要撕扯良久，更沒想到的是任武昀會直接動手，不，動腳，更加沒想到任武昀會冒出這樣的話來。

魏清莛也吃驚的看著任武昀。

任武昀臉上還有未消的怒氣，帶著殺意的看向疤五等人，不等疤五後面的人反應過來，任武昀上前一人一腳將他們踹飛，旁邊擺攤賣石頭的人都嚇壞了，紛紛避走。

卻有幾人特意抬高了聲音道：「咦？那不是王莛王大師嗎？他怎麼到這裡來了？不會是又想動手吧？聽說三年前他把洪幫的老三疤三給閹了。」

「這麼狠？這可真是造孽呀！」

「可不是？他做的事還不止這些呢，這些年動手收拾了不少人。」

「……」

任武昀滿臉戾氣，就算他老婆心狠手辣，要教訓的也是他，什麼時候輪得到別人來說三道四了，什麼狗東西？

任武昀一腳就踩下疤五，眼神冰冷地問道：「說，誰讓你們來的？」

疤五只覺得胸口堵了塊大石頭，難受地吸了一口氣，艱難地道：「這位公子，這邊幾個鋪子可是我的地盤，什麼叫做誰叫我們來的？」

任武昀眼睛微瞇，腳下用力，疤五只覺得內臟一陣絞疼，忍不住吐出一口血來，看著無動於衷的任武昀，心中恐懼，他雖然很想給三哥報仇，可也不想送上自己的性命。

魏清莛上前攔住任武昀，道：「不用問了，我大概能猜到是誰，犯不著和他們一般見識。回去告訴他，我雖然只閹過一個人，但經驗留下了，他要是喜歡，我不介意再動一次刀。」

魏清莛將任武昀拉走。

上了馬車，任武昀就寒著一張臉，不說話，也不看魏清莛。

魏清莛小心地看了他一眼又一眼，任武昀冷哼一聲，可魏清莛卻覺得鬆了一口氣，這簡直就是天籟之音。

魏清莛有些委屈道：「現在你都知道了，我也不瞞著你，我的確算不上什麼好人，但也絕對不是壞人，你有什麼要問的就問吧。」她是故意帶著任武昀過來的，不僅要他知道她賭石的事，還想讓他知道她以前閹過人。

任武昀滿臉怒氣。「妳不是說妳扮男裝很像嗎？為什麼還會被人欺負？」

魏清莛眨眨眼，這是什麼情況？

「我扮男裝很像和我被不被人欺負有什麼關係？」

任武昀強忍著怒氣問道：「那妳為什麼要閹了那個疤三？」

即使已經過去三年，魏清莛眼裡還是浮現殺意，臉上卻笑道：「誰讓他不長眼睛，敢對桐哥兒動手動腳的？本來表哥是想打他一頓就過了，可這世上的事哪有那麼簡單的，更何況，他也糟蹋過良家女子，閹了他倒也不虧。」

「他是對桐哥兒不規矩？」任武昀張大了嘴巴。

「不然呢？你以為我逮著誰就閹誰啊？」

任武昀上下打量了一下魏清莛，見她大馬金刀的坐在那裡，腦海中又浮現了桐哥兒嘴角含笑，靜立作畫的樣子，頓時悟了！

任武昀不好意思地轉過頭去，點頭道：「閹得好，以後再有人欺負妳和桐哥兒，妳別自己動手了，我幫妳。」

魏清莛心熱，看著任武昀問道：「你不覺得我心狠手辣嗎？」

任武昀想到疤五出現得蹊蹺，和那些人說的話，冷哼道：「妳算什麼心狠手辣，真正心狠手辣的妳還沒見過呢，不過我們可說好了，妳可以出手，但不許用後宅的那些陰私手段，我最討厭那些了。」

魏清莛點頭。「我也不喜歡。只要你不覺得我心狠手辣討厭我就好。」

魏清莛就告訴任武昀她當年在玉石街的事，末了道：「昨天你告訴我那些事，我想著也要告訴你這些事，只是還沒來得及說就睡著了，本來是想今天邊走邊告訴你的，誰知就遇上疤五了。」

任武昀細細一想，魏清莛的確說過今天要告訴他一些事情，心情更好了，將妻子抱在懷裡安慰了一下，末了道：「這件事我知道就行了，疤五那兒我會處理，可不能讓家裡其他人也知道，妳也別太實誠了，以後有什麼事先和我說，等我點頭了才能告訴家裡人。」

魏清莛的心更安了。

事情搞定，兩口子心情都不錯，任武昀就有心想起剛才那塊墨玉來，問道：「什麼是香璿啊？我看你們都很稀罕的樣子。」

「香璿是很稀罕，就是你發現的那些洞，那是天然形成的，將香料放在裡面燃燒，整塊玉就好像置於仙境一樣，而且放在裡面燃燒的香料不會嗆人，還會發出一種獨有的香氣，總之妙處多多，我也只聽人說起過，並沒有見過。

「我們這塊墨玉大，而且造型獨特，可雕成仙山，底下可以用紫檀木做底，打磨之後肯定是上上品，所以我才沒讓你出手，這樣的好東西，全天下也沒有幾件的。」

任武昀驚異不已。「那我們今天豈不是賺大發了？」

魏清莛點頭。「今天的收穫還行。」

任武昀頓時不說話了，他做武將也很有錢的，本來不覺得，現在才知道原來還有那麼容易賺錢的，就是向來對錢財不在乎的他都眼紅不已。

夫妻倆回到梧桐院，魏清莛和任武昀圍著那塊墨玉轉了轉，道：「回頭把東西運到盛通銀樓去讓雕刻師雕刻，完了我們再運回來，這東西放在書房吧，放在臥室不合適。」

任武昀不樂意魏清莛和王廷日扯上關係，就大手一揮。「不用，我認識一個人他也會雕刻，我們就交給他好了。」

「是誰？也是京城的嗎？京城有名的雕刻師我都聽說過。」

任武昀含糊的應了兩聲，就道：「行了，今天跑了一天，我們快去休息吧，明天我還要陪妳回門呢。」

「也是。」

平南王府沒人知道任武昀和魏清莛出去過，或者說就是知道了也不會有人派人來問，平南王府早已經習慣對任武昀的放養了。

就算是疼愛他的平南王和任武晛也一樣，弟弟不問，兩個哥哥也不會特地去管他的事，弟弟問了，就會盡心盡力地幫忙。

不過好在現在日子還是一樣過的，王妃一大早就派人過來說回門的禮物已經備好了，任武昀就拎著禮物陪魏清莛回門了。

# 第七十八章　一起住

魏家大門敞開，僕人候在大門口，見平南王府的馬車過來，連忙上前接待。「三姑爺和三姑奶奶回來了。」

魏青竹、魏青松等人請任武昀去前院客廳，魏青桐則直接拉住姊姊的手笑容滿面，他也不管別人，直接拉了姊姊的手往後走，邊道：「姊姊，桐哥兒有話跟妳說。」

「那等我們回秋冷院再說。」

魏青桐點頭，不再言語。

魏清莛去後院拜見了吳氏，一屋子的女眷坐在那裡頓時無話可說了，還是區氏起身笑道：「三姑娘想不想回去自己的院子坐坐？如今秋冷院只桐哥兒一人住著，我們原怕這孩子不習慣，妳父親就想讓他搬到梅園去，只是這孩子倔強，一直捨不得秋冷院呢。」

魏清莛也正想回去看看桐哥兒，因為她要回門，所以王廷日就把桐哥兒先安排在魏家，打算之後再接他到魏清莛新買的宅院去。

吳氏和陌氏就狠狠地瞪著區氏。區氏不在意地撇撇嘴，以為她不說魏清莛就不會知道了嗎？到時她還怒下來，她可擔待不起，還不如先撇清關係。

魏清莛起身道：「既然老太太沒有話囑咐了，那清莛就先下去休息了。」

吳氏張張嘴，看看陌氏，最後還是揮手同意。

秋冷院還是老樣子，現在還沒人敢動這裡的人。

魏清莛問桐哥兒這兩天過得如何，桐哥兒信心滿滿地道：「姊姊，妳放心，他們都欺負不了我的，哼，他們想趕我離開秋冷院，我也讓他們不好過了。」

任武昀和魏家的人也沒什麼話可說，幾人喝了幾口酒任武昀就藉口要見見魏清莛原來住的地方跑到了秋冷院來，看到大變樣的秋冷院，任武昀擠眉弄眼道：「這真是大變樣啊，當年我來的時候可是秋風瑟瑟……」

魏清莛扔了他一枕頭，道：「行了，別得瑟了，你過來，我有話跟你說。」

任武昀就走過去，摸了摸坐在旁邊的桐哥兒的頭，道：「怎麼了？有人欺負桐哥兒了？」

魏清莛「嗯」了一聲，道：「我想要桐哥兒光明正大搬出去，等一下你去和我父親說一聲吧，你說的話他一定聽的。」

「妳打算讓桐哥兒搬去哪裡？」

「我在京城給桐哥兒買了個院子，和王家隔得不遠，以後也好互相照應……」

「不行，」任武昀還沒等魏清莛說完，就斷然拒絕道：「幹麼讓桐哥兒搬去那裡？桐哥兒現在還小，我看不如過去和我們住好了，我們西邊有很多院子，梧桐院旁邊不遠有一個小院子，乾脆就改叫秋冷院，以後桐哥兒就住在那裡好了。」

笑話，他小舅子要是住到那裡去，那他娘子豈不是要時常去見王廷日了？

桐哥兒眼睛一亮，巴巴地看著姊姊。

魏清莛張張嘴，她有些顧忌平南王府的人，但看見弟弟這樣又不捨得拒絕。

任武昀就拍板道：「就這麼定了，擇日不如撞日，我們今天就搬，我現在就去和岳父說去。」

魏清莛弱弱地道：「不先請示一下老王妃他們嗎？」

「請示他們幹麼？」任武昀還轉不過彎來。

阿桔和阿桃四人心中都有些擔心，魏清莛看著興致勃勃的兩人，咬牙道：「兵來將擋，水來土掩吧。」

任武昀翻了一個白眼。「說的好像要上戰場似的，不就是去和魏家說一聲嗎？放心好了，他們不敢不同意。」

阿桔和阿桃更加擔心了，姑娘和姑爺說的好像不在一個點上。

魏清莛也沒糾正過來，將任武昀推出去。「那你快去和他說，我們先收拾東西。」

讓阿桔幾人下去收拾東西，魏清莛將桐哥兒拉進房間，問道：「桐哥兒，咱們的東西都裝進裡面了嗎？」說著用手摸了摸手鐲。

桐哥兒點頭。「都裝進去了，姊姊說過不給他們留下一點東西的，姊姊，我能不能把衣櫃的衣服也全都帶走。」

魏清莛猶豫道：「全都帶走不好吧，就帶幾件自己喜歡的吧，幸虧你的衣服都習慣自己穿，不然還瞞不過去呢。」魏清莛打開衣櫃，拿了幾件桐哥兒最喜歡的，就對著剩下的道：「沒關係，到了平南王府我們再做新的。」

魏清莛不知道任武昀是怎麼和魏志揚說的，雖然他表情有些不對，還是笑盈盈地送姊弟倆上了馬車，而阿桔幾個更是跟隨魏清莛一塊離開了，可以說，魏清莛在魏家已經沒有什麼可牽絆的東西了。

馬車從正門而入，王府的二管事屁顛屁顛的跑過來，實在是奇怪得很哪，四公子去拜見岳家，走的時候是兩輛馬車，結果回來變成了四輛馬車。

等見到從裡面跳出來的魏青桐，二管事就是一挑眉，不過想到府裡一向很少管四公子的事也就沒怎麼在意，上前躬身道：「請四公子，四夫人，舅老爺安。」

任武昀點點頭，問道：「大哥在家嗎？」

「王爺才從衙門裡回來正在書房呢。」

任武昀雖然不覺得有和自家大哥報備的需要，但既然清莛堅持，他跑一趟就是了。「我去找大哥，妳先帶桐哥兒回去安置一下，然後我們再去給母親請安。」

魏清莛趕緊搖頭。「讓阿梨帶阿桔他們先過去，我帶桐哥兒去見老王妃。」雖然魏清莛對有些規矩不懂，但這是最基本的常識，她竟然比任武昀這個原居民還要通，心裡驕傲了一下，又覺得有些心酸，好像都沒人教過任武昀呢。

任武昀胡亂點頭，就起身往平南王的書房而去，魏清莛則牽著桐哥兒的手去老王妃的院子。

任武昀在拐角處遇到任武晛，笑嘻嘻地叫了一聲「二哥」。

任武晛笑道：「你今天不是陪著莛姊兒回門嗎？怎麼這麼早就回來了？」

任武昀想到魏志揚鐵青的臉，哈哈一笑，道：「我把岳父給氣到了，清莛也沒心思在那裡吃飯，我們就回來了。」

任武晛微微皺眉，雖然他也很討厭魏志揚，但他畢竟是莛姊兒的父親，要是當場給對方沒臉，那莛姊兒的威望也會受損的。「你怎麼惹他了？」

任武昀撇撇嘴。「什麼惹他？我不過說讓桐哥兒過來和我們住罷了。」

「那現在桐哥兒在哪兒？」任武晛瞳孔一縮，心裡有不好的預感。

「清莛帶著他去給母親請安了，我來給大哥說一聲，本來我覺得沒必要的，清莛非要我來報備一聲……」

任武晛就好像被人戳破的氣球，拉著任武昀轉身就快步走。「你們這兩人，真是，這日子以後怎麼過？你怎麼能讓她一人帶著桐哥兒過去見母親？」魏清莛可是剛嫁過來三天啊，就算母親原先不打算管他們的事，但在母親對魏清莛已經沒多少好感的情況下……任武晛腳下的步伐更快了。

兩人趕到松齡院的時候屋子裡一片寂靜，王妃和陸氏靜悄悄地低頭站著，魏清莛也低頭站著，可要是仔細看就能看到魏清莛眼裡閃過疑惑。

任武晛腳步不可察覺的一頓，看來他還是來晚了。

任武昀看到魏清莛，就衝她眨了眨眼。

坐在上面的老王妃正好看到，一口氣就堵在胸中，轉頭去看魏清莛，卻正好看到她對著任武昀微微一笑，眼中帶著柔意，而任武昀卻是眼睛一亮，也咧開嘴笑了笑，然後才跟著二兒子上前請安。

老王妃心中的氣瞬間就平復了，既然不喜歡，那就眼不見好了。她來回看了兩眼這對新婚夫妻，還有那個聽說癡癡呆呆卻眼神清澈的孩子，揮手道：「西邊的園子本來就是要分給你們夫妻的，你們自己作主就好了。正好，你媳婦也沒管過家，就從西邊的園子開始管起吧，稍後王妃就把西邊的帳冊分出來，那些僕婦的賣身契也給你三弟妹送去，等她學會怎麼管西邊的園子了，以後再管其他的。」

魏清莛微微覺得不對，卻沒有多想。

任武晛卻是臉色一變，張嘴就要反對，任武昀卻笑著謝道：「謝謝母親，您放心，清莛很厲害的，她一定管好家。」

老王妃不置可否地點頭，揮手道：「好了，你們也累了一天了，回去吧，還要招待小舅爺呢。王妃和陸氏留下，我有事要和妳們說。」

任武晛臉上難看，王府的事都是交給王妃管的，然後各房單管自己院子的事，但小到小廚房的採買、丫鬟、僕婦的月錢，大到主子們的月例支出，還都是走王妃那邊的帳冊，母親將帳冊交給魏清莛，又把西邊的園子分出去，就相當於單單把任武昀給分了出去。

任武昀拍了一下二哥的肩膀，擠眉弄眼道：「二哥，我先回去了，回頭我去找你和大哥喝酒。」

任武晛靜靜地看了幼弟半晌，沈默地點頭。

走回去的路上幾人都有些沈默。

魏清莛將桐哥兒送去書房，讓他先在那裡住下，就趕緊回到任武昀的身邊，見他冷著臉坐在榻上，就將噤若寒蟬的幾人揮退，自己坐在任武昀的身邊抱住他的胳膊，問道：「是不是桐哥兒的事讓你為難了？要不我回去和老王妃請罪，其實我覺得才新婚就讓桐哥兒住進來的確挺過分的，不然我們就在隔壁給桐哥兒買個房子……」

「不用，」任武昀眼裡沒有溫度，手臂緊緊地抱著魏清莛，低聲道：「不是因為桐哥兒。」任武昀摸摸她的頭，真是傻丫頭，要真是因為魏青桐，那母親就該大罵清莛一頓，然後罰他，而不是將他分出來單過，那樣一番安排和分出來還有什麼區別？

其實是自己連累了清莛吧？

任武昀知道，母親並不是小氣的人，她甚至很大方。別說他只是在回門的時候把小舅子接過來住，就憑王公的情分，他就是在沒成親前把魏青桐接過來養著，她也不會說什麼的，說不定還會處處維護魏青桐呢。

可他不確定母親為什麼突然就不喜歡魏家姊弟了，以前他剛知道這門親事的時候，母親還囑咐過他要對清莛和桐哥兒好呢，是因為他嗎？因為他的關係，所以清莛和桐哥兒都不受待見了。

松齡院裡，任武晛不贊同地看著母親。

老王妃閉上眼睛，道：「你們下去吧，我想休息了。」

「母親！」

「行了，你要覺得他委屈，以後你們兄弟就多照顧他就是了，我不攔著你們兄友弟恭，只是不喜歡就是不喜歡，難道我臨老了也不能照自己的好惡行事一下嗎？」

任武晛頓時無言以對。

任武晛和王妃、陸氏一起離開，等和王妃分開後，任武晛就不免抱怨道：「這幾年母親行事越發乖張，就算是不喜歡昀哥兒，可昀哥兒也是母親的親生兒子，要不是……」要不是親眼看著昀哥兒是從產房裡抱出來，知道的確是母親親生的，他說不定會懷疑昀哥兒是從哪裡抱來的。

陸氏嘆了一口氣，身為女人，她有些理解婆婆，婆婆為人強勢，對上公公的時候是寸步不讓，任武昀是矛盾爆發後的產物，當年要不是皇后挺著肚子跪下求婆婆，婆婆不一定會留下這個孩子，現在又對王公有了意見，遷怒了魏清莛，自然更不喜歡任武昀了。

屋裡，老王妃面無表情地看著門口，問自己貼身的嬤嬤韋嬤嬤。「妳是不是也覺得我做得很過分？」

韋嬤嬤嘆道：「太妃何必想這麼多，幾位公子會理解的，要怪也是怪興榮街的那位，和您有什麼關係？」要說苦，誰又有自家小姐苦呢？

平南王從王妃那裡聽到消息，沈默了半晌，道：「明天妳送帳冊過去的時候多送一些錢過去，昀哥兒向來是有一文花兩文的性子，就算是弟媳有錢，也不能讓昀哥兒吃弟媳的嫁妝吧？」

雖說各房管各房的帳，但任武昀房裡沒個人，平南王關心幼弟，自然會關心他的私庫，王妃也就知道一些情況，任武昀現在私庫裡都是那些珠寶首飾、古董刀劍的多，帳戶上幾乎都飄紅了。

「不如我們按時每個月撥銀子過去，不然一次給他們一整年的銀子，只怕三弟妹新人臉薄不敢說，倒讓三弟胡鬧了。」

平南王點頭道：「這個法子好，正好約束他。」

王妃就下去清點梧桐院的帳本了，除了任武昀的小廝和在他書房伺候的人，就是梧桐院和他們隔壁小院的人，這些人的賣身契都要交給魏清莛保管，還有各種帳冊她都要理出來。

第二天一大早王妃習慣的早起，聽管事們回稟完事後就讓人捧著帳冊去找魏清莛，而此時的魏清莛還窩在任武昀的懷裡呼呼大睡。

蘇嬤嬤在外面徘徊了兩下，魏清莛的耳朵動了又動，心裡告訴自己，要快點起床了、快起床了，只是痠軟的身體讓她依然緊閉著眼睛。

任武昀翻了個身，半個身子都壓著魏清莛，嘟囔道：「誰在外面走來走去的，真討厭！」

魏清莛眼睛也不睜開道：「是蘇嬤嬤。」

任武昀唰地睜開眼睛，亮晶晶地看著魏清莛，問道：「妳是不是還能聽出走路的是誰？」

魏清莛依然閉著眼睛道：「熟悉的人才可以。」

「那也不錯了，」任武昀羨慕道。「妳的耳力真好，到底是怎麼練的？」

天生的。魏清莛在心中回道。

蘇嬤嬤嘆了一口氣，正要放棄叫醒兩人的打算，凝碧就急匆匆地從外面進來，低聲回道：「嬤嬤，公子和夫人還沒起床？王妃帶著人過來了，都走到園子的一半了。」

蘇嬤嬤眼睛圓睜，轉身就輕聲問道：「夫人，夫人，您醒了嗎？」

任武昀頓時冒火，他可是才躺下重新有了睡意的，不悅地道：「喊什麼？有什麼事妳們自己作主就是了，主子養妳們是幹麼的？」

魏清莛睜開眼睛，正要起身，就被任武昀壓下，惡狠狠地道：「不許起床。」

蘇嬤嬤無奈道：「回四公子，是王妃過來了，現在都已經過園子了，再一刻鐘該就進院子了。」

蘇嬤嬤只覺得屋內一靜，然後「砰」地一聲巨響，蘇嬤嬤嚇了一大跳，四公子該不會對夫人做什麼吧？心裡這麼一想，蘇嬤嬤就趕緊推門進去……

魏清莛這才知道任武昀這廝晚上睡覺竟然不關門。

蘇嬤嬤一進來就看見四公子赤身裸體的摔倒在地上，而自家的姑娘則蓋著被子坐在床上，蘇嬤嬤大驚，立馬轉身，悄無聲息地又出去，她身後的凝碧什麼也沒看到便被推出去了。

出去的蘇嬤嬤還驚魂不定，姑娘的膽子怎麼這麼大，竟敢把四公子踢下床。

任武昀沒發現有人進來過，連忙從地上爬起來，魏清莛自然不會去提醒他，眨眨眼，關心道：「你沒事吧？是不是我占的位置太多了？」

任武昀正為自己起床竟然會掉下床而羞惱，聽魏清莛這麼一說立馬點頭，板著臉道：「妳睡出來太多了，我都沒留意在床邊緣了。」

魏清莛立馬道歉。「那以後我睡進去一些。」

任武昀滿意地點頭。

魏清莛也顧不得和他說廢話了，連忙道：「大嫂快到了，我們快點。」

魏清莛前世讀書的經歷養成了她五分鐘快速打理好自己的習慣，這個習慣在古代慢慢地消失，但是要撿回來也快得很。

她快速地給自己套上衣服，但任武昀比她還快，要知道，在戰場上別說穿衣服了，就是吃飯上廁所這些都要很快的，所以任武昀比魏清莛還快了不少。

沒兩分鐘，魏清莛就過去打開門，阿杏等人早端了臉盆等著，一見門開立馬進去，任武昀好說，到時魏清莛出去接待王妃，任武昀自己在屋裡就是，所以大家的重點是魏清莛。

魏清莛快速地洗臉，阿梨的眼睛就在魏清莛穿的衣服上一掃而過，立馬過去打開衣櫃，對比了兩下，就選中了一件大紅色十樣錦妝花褙子和一條緋紅蹙金海棠花鸞尾長裙，大喜的日子穿紅總是沒錯的。

阿杏也手腳快速地給魏清莛梳了一個既簡單又端莊的髮型，為了顯得鄭重還在頭髮上插了點翠鑲紅瑪瑙鳳頭步搖。魏清莛才鬆了半口氣，阿梨立馬將衣服送過來。「夫人，奴婢伺候您更衣吧？」

魏清莛只好和阿梨進裡間去。

等魏清莛才弄好坐下喝了一口茶，外面就有人進來說王妃到了，瞪了一眼看戲看得幸災樂禍的任武昀，魏清莛起身去迎王妃進門。

任武昀等魏清莛出去後才想起昨晚上他忘了和她說什麼，拍了拍腦袋，心情有些陰鬱，就趁著魏清莛招待王妃的時候溜出去，沒想到出了院子迎面就碰上桐哥兒。

任武昀有心和小舅子搞好關係，就盛情邀請桐哥兒去他的練武堂走走，桐哥兒對王府有些好奇，但更多的是陌生帶來的恐懼，見到還算熟悉的姊夫，就勉為其難地答應了。

# 第七十九章　送錢

魏清莛看到王妃身後的帳冊有片刻的疑惑，這是怎麼了？

王妃見了不免有些心焦，昨天婆婆都說得這麼清楚了，這孩子怎麼竟像是不懂的樣子？唉，看來以後真的要多多照看這兩口子才行。

王妃笑著指了指丫鬟手上的帳冊道：「這是西邊這邊的帳冊，盒子裡的是在三弟和妳這邊當差的人的賣身契，妳看看，要是有什麼不懂的就問我。」

魏清莛「哦」了一聲，翻了翻道：「大嫂，我回頭再仔細看看，這些我也不太懂，不如讓蘇嬤嬤陪著她們下去核對？」

「也是，那妳就把蘇嬤嬤叫來吧。」王妃本來也沒打算親自來核對的，自然都是交給僕婦。

蘇嬤嬤是個全能型人才，魏清莛立馬將人叫來，還讓阿梨和凝碧在一旁幫忙。

阿杏看著兩人的眼睛都不由帶出些羨慕嫉妒。

阿梨心中暗自搖頭，阿杏還是這麼不長記性。

王妃就拉著魏清莛進屋說體己話，兩人也不大熟，王妃只能照著王爺的吩咐多叮嚀他們一些，又說些以後兩邊的開銷分開記之類的事情，末了拿出一個盒子塞在魏清莛的懷裡，嘆道：「他大哥心疼昀哥兒，只是母親畢竟是長輩，他大哥也只能私底下幫襯昀哥兒，以後你們夫妻倆有什麼為難的就去找他大哥，能幫的他大哥一定會幫，這裡面的東西是妳大哥留給昀哥兒的，他那孩子花錢不知輕重，以後妳看著他些，省著點花應該夠一段日子了。」

魏清莛立馬把銀票推回去，道：「嫂子這是做什麼，四公子他有自己的俸祿，府裡又還撥著銀錢，又不缺吃少穿的，怎麼能拿大哥、大嫂的錢呢？」

王妃就笑道：「那是妳還沒查看過你們的私庫吧？」

魏清莛眼睛微瞇。

王妃笑道：「那孩子花錢不知道個節制，在邊關七年，送回來不少好東西，只是回來沒多久那些東西又去了一大半，而且原先他在邊關拿的那些金銀也全都花光了，那孩子看到一把喜歡的刀，千金萬金就這樣甩出去，也不管那刀值不值那個價。」

魏清莛猶豫著問道：「做武將很有錢嗎？」

「那要看是什麼武將了，能上前線打仗的武將和負責軍需的武將自然要肥一些，軍需那一塊就不用說了，就說昀哥兒他們，三年前回鶻打過來，昀哥兒就帶了人一路把回鶻攆回去，還帶著人進了城，那些回鶻貴族怕死，扔下家業就跑了，進城的士兵可以肆意地掠奪，聽說昀哥兒光那一次就分得了六萬七千多的銀兩，還不算各種古董珠寶之類的。」

魏清莛張大了嘴巴，原來任武昀是強盜嗎？她竟然不知道。

王妃笑道：「打仗都是這樣的，不然妳以為四王是怎麼在朝廷處處剋扣軍餉的時候還能養得起這麼多兵馬？也就是昀哥兒的身分特殊，他帶著的人才沒有要求上交，不然他們是得不到這麼多的，數目起碼要減去三分之二。」

那也很多了好不好？

「這樣不怕激化矛盾嗎？」

王妃冷笑道：「怕什麼激化矛盾，我們和回鶻本來就有重重矛盾，每年冬天他們都會南下劫掠，有的甚至會屠村屠城，連一些孩子都不放過，相比昀哥兒對他們做的，昀哥兒簡直就是菩薩的存在了。」

魏清莛默然，她不是養在深閨的女孩，在十里街的時候也接觸過從北邊下來的人，的確有不少人為此而喪命。

「唉，可惜沒有一個永遠解決的辦法。」

「哪有這麼容易？非我族類其心必異。」王妃不想再繼續這個問題，拍著魏清莛的手道：「行了，妳也不用擔心，只要安北王還在，回鶻人就闖不下來。」

此時，任武昀正拿著一把銀槍在練武堂耍，一個回身直直的將銀槍刺到桐哥兒的面前，挑眉問道：「你看這把銀槍如何？」

「好看！」桐哥兒肯定地點頭。

任武昀自得道：「那是自然，這可是我在北地花了五千兩銀子買下的，這把槍原是關外蕭家的銀槍，只是他家子孫不肖，拿了老祖宗的東西出來賣，正巧被我看到，花了大價錢買回來，當時還有一個人妄想和我搶呢。」

桐哥兒更加羨慕。「能讓我試試嗎？」

「喏，給你。」任武昀也不吝嗇，將銀槍遞過去。

桐哥兒和任武昀的關係進了一步，桐哥兒又回到了想見見姊姊，便能見到姊姊的狀態，放下心，和任武昀更能玩到一起去了，每天也就願意回到書院去安心念書了，當然那是之後的事。

現在任武昀正滿面笑容的從平南王手裡接過一個盒子，一打開，滿滿的二萬兩銀票讓他眼睛一亮，平南王搖頭笑道：「又不是沒見過這麼多的銀子，你要是能靠譜點，我們也不至於這麼擔心，這些錢是我私底下給你的，完了可就沒了。」

任武昀連連點頭，大哥給了錢，二哥還會遠嗎？所以他是不愁錢的，而且清莛有那一手的好本事，他更不愁了。

果然，任武昀在回去的半路上就被任武晛叫到了自己的書房，也給了他一個盒子，剩下的就是說教，任武昀老老實實地聽完，轉身就心情燦爛的轉去找魏清莛，開心地將兩個盒子拿出來，志得意滿道：「妳看，才一中午我們就有了三萬兩。」

魏清莛把王妃的一萬兩也拿出疊在上面道：「是四萬兩，不過我可不會給你拿去胡鬧了，以後是要留著養孩子的。」

任武昀點頭。「我知道，我現在和以前不一樣了，以前我是一人吃飽全家不愁，現在我有了老婆，以後還有孩子，自然要為你們考慮，這些錢妳就留著吧。」

任武昀這樣說，魏清莛自然高興，一高興就撲上去獎勵地親了他一口，任武昀眼珠子一轉，看了一眼靜悄悄的外面，打橫一抱就把魏清莛給抱床上去了。

只是夫妻倆根本就沒保密多久，任武昀在和四皇子、竇容炫耀的時候大嘴巴的把那些錢都說了出去，四皇子知道了任武昀現在光銀票就有五萬兩，兩、三句話就騙去了三萬兩。

任武昀耷拉著腦袋回來找魏清莛拿錢。

魏清莛又不缺錢，何況，既然承諾出去了就要做到，自然不會為了這個和他吵架，但是該說的還是要說的，所以一邊把錢找出來給他，一邊道：「我們是夫妻，你要借錢給四皇子我沒意見，只是以後這麼大宗的銀子你得回來找我商量，不能再自作主張了，不然我和你一樣，也不跟你商量就把錢借了出去，那回頭我們是借給四皇子好呢，還是借給我這邊的朋友好呢？」

任武昀一聽說這個就急了，嚷道：「誰讓妳把錢借給王廷日的，他的錢還少嗎？用得著妳借？」

魏清莛不悅道：「我什麼時候說過要借錢給表哥了？我只是打個比方，我這邊的朋友又不是只有表哥一個。」

任武昀撇撇嘴。「除了王廷日，誰還會找妳借這麼多的錢？別以為我不知道狀元樓就是他借了妳的錢開起來的，哼，以後不許妳再把錢借給他。」

「那為什麼你就可以把錢借給四皇子？」

夫妻倆都沒找著重點，本來還抓住重點的魏清莛也被任武昀帶偏了。

「我打小就吃喜哥兒的口糧，用喜哥兒的玩具，花喜哥兒的錢，還打喜哥兒的人，現在我長大了給他兩個錢花怎麼了？先前我在邊關的時候往回寄給妳的錢也是找他要的，我們要感恩。」

「我們要感恩」這句話從嚴肅的任武昀嘴裡說出來，總是讓魏清莛有一種不真實的感覺。

夫妻倆吵了半晌，最後還是魏清莛先回過神來，逼著任武昀發誓，以後有大事得先找她商量過後再說，不許擅作主張。

任武昀在得到魏清莛不借錢給王廷日的承諾後，毫無心理壓力地發誓了，夫妻倆重歸於好。

在外面聽牆腳的蘇嬤嬤就鬆了一口氣。

魏清莛拿了帳冊後，第二天就見了她所有的員工，簡單地說了幾句話，就交給蘇嬤嬤，工作安排包括員工培訓等，她和任武昀都沒多大的事要做，生活簡單了，處理的事情也簡單，身邊又有蘇嬤嬤提醒，魏清莛很快就上手，到最後，她只隔天正午在偏廳聽管事們回事就行了。

閒下來後外面的事也紛至沓來，蘇嬤嬤拿了禮單進來，笑道：「夫人，這是給耿家的禮，您看如何？」

魏清莛看了一下，問道：「這件事和王妃說了嗎？王妃怎麼說？」

「王妃說咱們王府還沒分家，禮單自然是整個王府出，只是夫人和耿家親厚，自己添上一些也沒什麼。」

魏清莛點頭。「那回頭妳把禮單和東西都送過去王妃那邊，到時和王府的禮一塊送過去。」魏清莛嘆道。「本來是表姊先訂的親，當時還想著直接從書院出來就去給表姊送嫁，誰知道我比她還要先嫁人。」

「世事無常，誰又能料到皇上會突然給您和四公主賜婚呢。」

魏清莛不在意的一笑，她和任武昀的婚事是從小定下的，只是可惜，知道這件事的沒幾個，大家都以為這門親事是皇上賜的。

「最重要的還是王家的禮，再過幾天就是素雅姊姊成親，上次我讓你們從庫房裡找的那個沉香木雕的四季如意屏風找到了嗎？」

「是，已經搬出來了。」

「素雅姊姊送妝的時候把這個添上，上次舅母還說找不到好木的屏風，現做的話又嫌棄不夠厚重，這座屏風是母親當年的陪嫁，留有許多年了，正好可以用上。」

蘇嬷嬷欲言又止，添妝向來只送一些小物件，比如金銀首飾什麼的，很少有這種大件的。「只怕耿家那邊會有意見。」表姊妹一前一後出門，要是添妝禮差太多也不好。

魏清莛不在意地道：「秦姨不是小氣的人，更何況，耿表姊那裡秦姨都安排好了，到時禮物是直接抬進去的，誰會特意去注意這些？」

蘇嬷嬷想到王家畢竟是夫人親親的外祖家，也就不再言語。

魏清莛攔了要出門的任武昀問道：「後天你有空不？」

「幹麼？」

「陪我去一趟耿家，也不用你做什麼，去喝兩口酒，坐煩了你也可以先走，只要露一下面就行。」魏清莛知道任武昀最討厭和文人打交道了，可耿相是文臣，來往的幾乎沒有武將，就是平南王府和耿家也只是點頭之交，要不是有魏清莛這層關係在，只怕平南王府只是送禮過去，不會上門喝喜酒的。

任武昀歪著頭想了一下。「後天我要和金吾衛的同事們喝酒，不過到耿家去轉轉也行。對了，妳給耿家送了什麼禮？」

魏清莛好奇地看著他。「只是在府裡的禮單上多添了幾樣東西而已，怎麼了？」任武昀什麼時候對這個感興趣了？

任武昀理直氣壯地道：「竇容也快要成親了，當時我們成親他是單獨送了一份禮，所以到時候我們就別和王府的一塊兒了，我們也單獨送一樣好不好？」

「好啊。」魏清莛可有可無。

「那這件事交給我，我去準備禮物。」

魏清莛還是點頭，任武昀就看著她不說話。

「你不是要去找四皇子嗎？怎麼還不走？」魏清莛好奇地看著他。

任武昀伸手道：「妳還沒給我錢呢，置辦禮物可是要很多錢的。」

魏清莛微張著嘴巴。「不是從庫房裡面選嗎？」

「我那私庫裡都是刀劍，古董都是長輩和皇上送的，不能拿出來用，竇容是文人，他就喜歡那書硯之類的，我們得重新找。」

魏清莛眉頭一挑，難道是她記錯規矩了，那些東西都是可以拿來送人的吧？「我的庫房裡倒是有不少……」

「那怎麼行？那是妳的嫁妝，不能動。」

「那你要多少銀子？」

「怎麼也要……二千兩吧？」

魏清莛定定地看了任武昀一眼，對阿梨道：「去告訴帳房，給四公子提二千五百兩的銀票。」

任武昀結巴道：「不，不用這麼多，二千兩就夠了。」

魏清莛就笑道：「二千兩是給你買東西的，你在外跑總要使喚人打賞什麼的，五百兩是給你流動的，去吧。」

任武昀頓時笑容滿面，拍著胸脯道：「妳放心，這件事就交給我了。」

等任武昀一走，魏清莛就疑惑地問阿梨。「阿梨，外頭一個男人一個月要花多少錢啊？」

阿梨垂下眼睛，回道：「那要看什麼人了。」

「官員。」魏清莛又道：「需要應酬的官員。」

「一般的官員每個月二十兩算夠用了，在珍饈樓裡一個包廂得要十兩銀子，好一點的要二十兩，只是並不是所有人都有錢去那裡的，有的清貴一個月二十兩都沒有，一般應酬比較多一些，經常叫了朋友一塊喝酒的怎麼也要五十兩左右。現在府裡給四公子的月錢就是每個月五十兩。」阿梨看了一眼若有所思的夫人，繼續道：「但四公子這樣的，每個月怎麼也要花費個一百五十兩，當然，前提是每次出去都是四公子花錢。夫人，昨天四公子拿回來的陳記的點心就要二兩銀子。」

魏清莛想到這幾天每天都會收到的一點小禮物，嘴角抽抽，揮手道：「告訴咱們這邊的帳房，以後四公子的月錢從每月一百兩提到二百兩吧。」這樣任武昀拿到手上的就有二百五，呃，這個數字好像有些不大好，好在是分開兩邊拿的。

魏清莛說完又低聲抱怨道：「真是工資還沒有支出高啊，這還只是他自己的零花錢，還不用養我們的呢，這要是放現代早就財政赤字了。」

# 第八十章　私房

才出門的任武昀將一千五百兩銀子收起來，笑呵呵地吩咐小廝日泉。「打開庫房找找看，有什麼竇容可能會喜歡的東西拿一些出來，我們再去東街那邊淘點東西。」

日泉想到自家爺的眼光，打了一個寒顫，低聲建議道：「四公子，庫房裡有不少好東西，不如都從裡頭挑吧？」

「這怎麼行？從庫房裡挑一大半，剩下的我們自己去買。」他要是不能從東街買一些東西回來清莛還不懷疑啊？那這一千五百兩銀子也不用捂熱了。

上次在床上他怎麼就糊裡糊塗地說把家裡所有的錢都交給清莛管了呢？甚至還從衣櫃底下把自己多年的積蓄——其實就是十二歲之前的壓歲錢，當時沒帶去邊關的，都給拿出來了，現在他身上是一文錢都沒有了。

任武昀情緒低落了一下就高興起來，這次趁著竇容的婚事多拿了一千五百兩，等到八月的時候喜哥兒成親，肯定又能得到一筆，這樣想想，他也不用擔心沒錢花了。

任武昀很高興，東街賣古董的也很高興，今天來了一傻帽，竟然花錢全都買了假的。

日泉跟在後面幾乎要哭出聲來，現在他滿心思都是回到魏家後如何跟夫人解釋，一千兩啊，就買了這些東西，只是任武昀的下一句話就讓日泉連死的心都有了。

任武昀將買來的東西一一擺在桌子上，道：「現在我們來對一下說辭，這些東西總共花了二千兩，這個，這個瓶子是五百兩買的，記住了嗎？還有這個硯臺是三百兩買的……」

日泉張大了嘴巴。「公子，這個花瓶是二百兩買的，這個硯臺不是只花了一百兩……」

「我們要把這些東西加成二千兩……」

日泉這才記起出府前公子寶貝似的收起來的銀票，欲哭無淚。爺，我的好爺，您什麼時候竟然缺錢缺到這個地步了？

日泉苦著臉捧著東西，跟在興高采烈的任武昀後面回去，才將東西放下就從帳房那裡得知了自己月錢漲了的事情，任武昀高興地打賞了帳房五十兩銀子。

帳房高興得說了一堆吉祥話退下。

任武昀對下人一向很大方，日泉也得過很多打賞，並不眼紅，只是這時看著帳房那麼輕易就得了五十兩的打賞有些不爽。

任武昀完全不介意，捧著花瓶屁顛屁顛地跑去找魏清莛。

魏清莛只懂玉，對古董一點也不懂，她拿著手上的東西聽任武昀說，時不時地驚奇一下，外面的日泉幾乎要哭出聲來，徘徊了良久還是不敢在這時候進去。

蘇嬤嬤見了不免好奇，問道：「日泉，這時候了還不回去，怎麼，是出什麼事了？」

日泉看到蘇嬤嬤，再顧不得什麼，噼哩啪啦地將任武昀今天是怎麼買的古董全說了，當然，將四公子加價騙夫人的那件事隱去了，日泉這點眼色還是有的。

但蘇嬤嬤還是著急了。「二千兩的東西全都是假的？」

日泉點頭。

蘇嬤嬤就板著臉道：「東街的那些人膽子也太大了，我們平南王府的也敢騙，你在後面，既知道，怎麼也不勸勸？」

日泉苦著臉道：「好嬤嬤，怎麼沒勸？只是公子就聽他們的，而且小的雖然有些眼色，但要小的說出個所以然來，小的卻是說不出了，您說四公子會信誰？您是不知道，那些販子能把天都給說開花嘍，要不是小的會看人臉色，小的也信。」

「行了，這事我知道了，我會告訴夫人的，你也盡力了，跑了一天也累了，快回去休息吧，今天的事不要告訴其他人了。吶，這點銀子拿去買點零食吃，以後再有這樣的事就來告訴夫人。」

日泉連忙應下，告辭下去。

蘇嬤嬤看了他的背影一會，轉頭看任武昀還拿著那個硯臺在吹這是哪朝、哪代誰製作的，蘇嬤嬤就嘆了一口氣。

等任武昀終於說完要去梳洗後，蘇嬤嬤才進來，看著桌上擺著的亂七八糟的東西，湊在魏清莛的耳邊低聲說了幾句，魏清莛愕然道：「全都是假的？」

蘇嬤嬤沈重地點頭，卻安慰道：「不過到底是四公子的一番心意，只是要是拿著這些東西送去竇家，只怕於兩家的關係不好。」

魏清莛卻看著桌上的東西問道：「那它們本身的品質如何？」

蘇嬤嬤仔細看了看道：「它們既然能仿古董，連爺身邊受過培訓的小廝也看不出個所以然來，自然是好的，只是仿的到底是仿的。」

魏清莛頓時放下心來，不在意地揮手道：「只要品質好就行，收在庫房裡吧，我和四公子說換一些東西就是了。」只要品質好，千年以後不就是古董了嗎？二千兩買這麼多的古董也不錯了，真要能傳到她的後代去轉手就不只能賣這些錢了。

蘇嬤嬤張張嘴巴，她還以為夫人會和四公子鬧呢，畢竟夫人平時表現得挺愛錢的，基本上是能省就省，最近還打起了西邊園子裡花的主意，要想把園子裡的花賣出去，要不是她說現在王府還沒分家她還作不得主，夫人也不會改了主意，可就是這樣，夫人還是讓人將花園裡能用得上的花瓣都曬乾了，或是做成花茶，或是做成胭脂，或是做成香薰，就是最次的也要曬乾了回頭泡澡用。怎麼現在卻突然大方起來？

魏清莛完全不知道她充分利用資源的本性被蘇嬤嬤當成了吝嗇，不然要傷心死了。

夫妻倆躺在床上，魏清莛就提起原先買的那些東西。「……我很喜歡，不如留下給我，竇容的禮就從庫房裡面選吧？」

任武昀跑了一整天了，累得不行，抱了妻子往懷裡按，打著哈欠不在意地道：「妳看著安排吧！」

魏清莛狐疑地看著他，這麼好說話？早上不是還堅持要親自給竇容選禮物嗎？

只是沒等魏清莛問清楚，任武昀就小聲地打起呼來，魏清莛只好閉上眼睛睡覺，打算明天再問。

所以，當第二天任武昀坐在飯桌前從桐哥兒手裡搶過一個饅頭時，魏清莛就問他。

任武昀邊指使桐哥兒喝粥，邊道：「妻子和兄弟自然是妻子重要，妳要是喜歡，以後我就常買回來給妳。」

那還是算了吧，雖然千年之後那些東西都能變成古董，但她也沒必要現在花古董的錢去買普通的東西，當然，這話是不能和任武昀說的，所以魏清莛就道：「你有這個心就好了，我們庫房裡的古董多得不得了，買不買都不要緊。」

任武昀也點頭，手又從桐哥兒手裡搶過一個饅頭。「桐哥兒，你姊姊不是說了你不准吃饅頭嗎？怎麼老是伸手過來？」

桐哥兒吃饅頭就會喝很多水，魏清莛覺得不好，就不讓他吃。

桐哥兒本來就是個孩子，你越是不讓他吃，他越想吃。

魏清莛就趕緊道：「偶爾吃一些也沒什麼的。」想到明天的喜宴，魏清莛就囑咐桐哥兒。「你明天就和你姊夫過去坐一下就回來吧，不用等姊姊。」

「我明天要和小黑一塊兒去見一位先生，姊夫要送我去。」

「沒問題，」任武昀一口應承。「我先送你去，再回去和金吾衛的人喝酒。」

「你也少喝一些酒，要是你敢喝到吐，我就讓你在書房睡一個月。」

任武昀的壯志就被打壓了下來。

桐哥兒眼睛流轉間露出笑意，喝著小米粥笑嘻嘻地看了一眼姊夫。

任武昀瞪了他一眼，當著他的面咬了一口大大的饅頭。

對兩人的幼稚行為魏清莛淡定的裝看不見。

吃完飯，該去金吾衛的去金吾衛，該去書院的去書院，魏清莛送走兩人，轉身回屋看書。

雖然嫁為人婦，但除了屋裡的丫頭多一些，多了一個任武昀，她的生活幾乎沒怎麼改變，不，應該說她終於有時間來看自己喜歡的書了，不再像以前一樣到處奔波。

蘇嬤嬤出現在魏清莛的身後，建議道：「夫人，您也該去和王妃與二夫人走動走動，畢竟是住在一個屋簷下，妳們又是妯娌，從您成親到現在，除了王妃過來看您和二夫人過來，您都沒有去看過她們。」

魏清莛愕然道：「王妃和二夫人肯定有很多事要做，我們還是別打擾她們了吧。而且每個月初一、十五我們不是都要見面的嗎？」

蘇嬤嬤恨鐵不成鋼。「您那是去給太妃請安呢，其實我覺得您還應該每天到太妃那裡去看看，雖然太妃說平時不用過去，但您畢竟是新媳婦，樣子總是要做做的。」

魏清莛搖頭，要是老王妃很喜歡任武昀，她為了盡孝和以後的日子過得好些自然會去做樣子，但很明顯，老王妃不喜歡任武昀，她要是出現在老王妃面前，老王妃不僅不會喜歡她，還會更加的討厭她，惹得人家心裡厭惡就是不孝，而且她也不想把任武昀拖入這樣的生活中，現在他們就過得很好不是嗎？除了中間沒有圍牆隔開，他們四房幾乎已經算是分出來了。

蘇嬤嬤見說不通，也只好無奈地離開。

魏清莛說得沒錯，老王妃的確滿意魏清莛的識時務，難得地和韋嬤嬤道：「她能看清最好，本來我還想可能要經過一些事情才能讓她看清現狀呢。」

韋嬤嬤苦笑，哪有兒媳婦不奉承，婆婆卻開心的道理？

作為新婦的第一次應酬，魏清莛很重視，她不想在外面給人留下不好的印象，所以即使是去秦姨家，魏清莛也沒有擅自行動，而是跟在平南王府和陸氏的旁邊與她們熟識的人打招呼。

耿家是世家，也是書香門第，平南王妃和陸氏認識不少人，她們也有心想讓魏清莛的人際關係好些，紛紛介紹她們的朋友給她認識，陸氏還和魏清莛低聲說道：「我們任家認識的多是勛貴，倒是世家這邊少些，所以這次來的人不多，下次竇家辦喜事，去的人才更多，和我們任家在一個圈子的人家應該都會去，到時再介紹些人給妳認識。」

魏清莛點頭。含笑跟在陸氏身邊，對著那些問候的人低聲寒暄幾句，然後靜靜地站在那裡看她們說笑。

那些貴婦見任家的四夫人竟然這樣安靜心中吃驚，有膽大不拘束的就笑著問平南王府和陸氏。「不是說妳這弟媳和四公子一樣武藝高強嗎？怎麼這麼靦覥？難道是成親了的緣故？」

陸氏就笑道：「妳以為誰都跟妳似的，有什麼事就嚷得天下皆知？我這弟妹可文靜著呢，可不許妳們欺負她。」

這話一出，不少人都面帶疑惑，有些人已經半信半疑了，只是還有一些人面色古怪，她們都是當初去參加圍獵的，對魏清莛可是記憶深刻，那個站在龍椅邊上面色堅毅寒冷的女孩靦覥？文靜？

陸二夫人紀氏帶著兩個兒媳和雙胞胎女兒過來，陸氏見到她喊了聲「二嫂」，摸了摸雙胞胎，道：「怎麼到這兒來了？到前面去玩好不好？」

「母親讓我們來謝謝莛姊姊。」雙胞胎儒慕地看了一眼魏清莛。

魏清莛笑道：「妳們早就謝過我了，不用再謝了。」

雙胞胎眼睛亮晶晶的，不捨得離開，其中一個就拉了拉魏清芍的手。

魏清芍笑道：「三妹妹，不如我們到一邊去坐坐？」

「姊姊累了就去吧，二嫂說要帶我去見個朋友，等一下我再去找妳說話。」

魏清芍笑容不變，應了一聲，就哄了雙胞胎和她出去玩，轉身之間，心卻微沈。

紀氏在和陸氏說話，好像沒注意到這邊的情況。

魏清莛和眾人說了幾句，阿梨在她耳邊低語幾句，魏清莛就笑道：「大嫂、二嫂，我去看看我表姊。」

「快去吧，不然這一出嫁就是別人家的媳婦了，到時要見面可就難了。」

「王妃又再打趣人，誰做了媳婦不是外出的機會就變多了，難道老王妃拘了妳在家，不讓妳出門？」

魏清莛笑笑，和阿梨出了屋子，見身邊沒人了才問道：「妳看清楚了？是舅母身邊的人？」

「是，奴婢不會看錯的。」

魏清莛皺眉。「舅母不喜歡到這邊來，她怎麼跑到這兒來了？我們到表姊那裡去看看，說不定舅母在那裡。」

耿少丹屋裡一片喜慶，耿少丹含笑坐在梳妝檯前，看到魏清莛進來，點頭道：「多謝妳送我的首飾，我很喜歡。」

「表姊喜歡就好。」

耿少丹旁邊的一個老太太就瞇了眼睛道：「這位夫人長得倒是福氣，只是老婦人多年不回京城，人都不認識了，不知是哪家的媳婦？看上去比我們丹姊兒還年輕。」

魏清莛還在新婚內，但為了避開新娘子的大紅色，特意穿了褐色撒花金團花領的衣服，看上去喜慶，卻不會喧賓奪主，但好在它用料講究，頭上的首飾也不菲。

魏清莛這才發現一直默默坐在一邊，眼含滿意看著耿少丹的老太太，心中已經大概猜到了她的身分，屈膝行禮道：「老太太，我是魏家的三姑娘，現在是平南王府四公子的妻子。」這話說得很不客氣。

耿少丹臉上的笑容一滯，抬頭卻看見魏清莛面色無異，想到隱約聽到的話，以為魏清莛只是單純的回話，並不是故意如此，就對老太太笑道：「祖母，這是三姨的女兒，也是表妹。」

老太太臉上的表情卻寡淡了不少，她不喜歡王家。當年王家竟然嫌棄她兒子，想要替秦氏退婚，在她看來，這是最不能原諒的。

魏清莛也不介意，看了看道：「表姊，表妹呢？我舅母沒有來嗎？」

「表舅母來了，母親帶她去見幾個客人，少紅也陪著一塊去了。」

魏清莛起身道：「那我去看看舅母。」

耿少丹點頭，對丫頭吩咐道：「送表姑娘過去。」

老太太不屑地撇嘴。「不過是個四品官的女兒，有什麼好得意的，他們魏家連百年都算不上，也就是三、四代的事。」

耿少丹垂下眼眸，可她父親卻只是個世子，連一個實權的官職都沒有。

不過想到即將嫁入安北王府，耿少丹嘴角微翹。

秦氏滿臉疲憊，她也就只敢在這時露出一絲軟弱來。

謝氏給她按了按額角，道：「過了今天妳就能歇一歇了。」

秦氏苦笑。「只怕以後更不能歇息了，嫂子，丹姊兒這兒我是顧不上了，但少紅這兒，我要仔細地給她挑選，不求她大富大貴，只求她平安順遂。」

「少紅這孩子聽話，自然值得更好的。」

魏清莛才找過來，外面就聽得一陣喧譁，有人叫道：「新郎官到大門外了。」

秦氏就立馬起身。「我得到前邊去看看。」

「那妳快去吧，我替妳去丹姊兒那兒看著。」

秦氏就有些猶豫，她婆婆不喜歡謝氏，只怕會拿臉色給謝氏看，謝氏一看就知道她在顧慮什麼，笑道：「我不怕她，誰吃虧還不一定呢，不過今天是丹姊兒的好事，我不和她計較，妳快去吧。」

「多謝嫂子。」秦氏一轉身就看到魏清莛，拉著莛姊兒的手道：「莛姊兒？妳這孩子怎麼跑到這裡來了？快走，跟我到前邊去，後面的事妳不懂。」

魏清莛只是想問問王素雅有沒有來，出嫁的事宜準備得怎麼樣了，看這樣子是問不成了，只好隨秦氏到前面去，說起來她還沒看過古代結婚的熱鬧呢，上次是她成親，只一心不要出錯，外面實際如何就不知道了。

# 第八十一章　相鬥

魏清莛拉著阿梨站在人群後面，熱鬧地看著耿家的子弟為難新郎官那邊的人。

陶拓的迎親隊自然不能和任武昀的相比，但規模也不小，他大哥正好從邊關趕回來，所以請了不少武將來幫忙撐場面，而且陶拓將他們半個年級的同窗都請來了，正好，耿家子弟都是讀書人，出的也都是文謅謅的題目，隔著一道門，門裡門外的人就開始鬥起詩和典故來。

那些本來摩拳擦掌想大展身手的武將頓時沒了興趣，只是乾站著看他們門裡門外的搖著扇子，用他們聽不懂的典故對句。

有幾個心粗的不免暗罵，迎親都是熱熱鬧鬧的，就沒見過這樣的，從大門到二門全都是文鬥，上次任將軍娶的不也是讀書人家的閨女，那才叫熱鬧呢！

陶揚在一旁站著，看弟弟志得意滿的樣子，再看看安靜的武將，嘆了一口氣，不怪老爹說安北王府比不上平南王府，看看他家的兄弟，再看看他的兄弟。

魏清莛看了一會兒，也覺得無趣，道：「我成親那會聽著外面挺熱鬧的呀，怎麼這跟開詩會比賽似的？」

前面一個太太聽了就噗哧一聲笑出來，回過頭來，兩人對視一眼，都不認識對方，那位元太太放下心來，道：「人家陶公子可是天上文曲星下凡，迎親自然也要弄得別開生面些。」

雖是誇獎的話，但魏清莛和阿梨都聽出了對方語氣中的譏諷，阿梨連忙道：「夫人，說不定舅太太找您了。」

魏清莛忙和阿梨離開。

耿少丹一出門，平南王妃和陸氏也沒心情待下去了，秦氏還要忙著招待客人和送客，魏清莛也不願意麻煩她，說了一聲，就和王妃、陸氏一同離開，才上車，日泉就趕緊過來請安。「給王妃、二夫人、四夫人請安，四夫人，爺叫您過去呢。」

王妃皺眉。「你家爺跑到哪裡去了？怎麼也不過來，叫你家夫人過去哪裡？」

日泉縮了縮脖子，道：「回王妃，爺說沒趣，就出來透口氣，誰知這麼巧就遇到了四皇子和竇公子，三人就去了珍饈樓，中間不知道爺想到了什麼，就叫小的過來等四夫人，四夫人一出來就請四夫人過去珍饈樓。」

王妃就知道這些都是藉口，只怕昀哥兒早就和四皇子等人約好了，就對魏清莛道：「妳去吧，順便把他帶回來，他成了親就不能再像以前一樣胡鬧了，也不是不讓他和四皇子來往，只是他現在在金吾衛當差，妳看他，三天兩頭的往外跑，皇上不說是寵他，但也不能這樣不知好歹。」

魏清莛從王妃說教開始就低著頭，聞言立馬表白。「清莛一定會轉告給爺的。」

「好在妳是個懂事的。」王妃滿意地點頭，這才放魏清莛離開。

日泉就大鬆一口氣。

魏清莛瞪他。「你家爺不是去和金吾衛的同時喝酒嗎？怎麼突然和四皇子一起了？」

日泉苦著臉道：「四夫人，出大事了！」

任武昀本來是和金吾衛的人一起去喝酒的，只是走到半路上遇見了四皇子，這哥倆一向好，自然要一起，金吾衛也樂得和一個皇子交好，還是皇上現在唯一的嫡子。

四皇子自從河南安徽的旱災之後又成功預防了雪災，在百姓中的威望進一步提高，再加上他本人在北地的戰功，可以說現在四皇子是太子呼聲最高的人，就是朝中一些搖擺不定的大臣也悄悄地投誠了。

而先太子留下的人也漸漸地對四皇子心悅誠服，開始認同他，不再因為他是太子嫡親的兄弟而站在他這邊，而是因為他是四皇子。

這一切都讓徐家和六皇子有深深的危機感，原來倒還罷了，徐家一直避著和任家及四皇子發生正面衝突，打算暗地裡拿下。

只是去年任武昀一個人就敢把徐家的人給打了，包括現在徐家最大的官徐勝——六皇子的舅舅。而皇上並沒有責罰任武昀，這讓徐家意識到，原來這麼多年來都是他們自認為高人一等，其實不過一個小小的任武昀，就可以舉起拳頭揍他們。

這讓徐家的行事越發激烈，而今天這件事就是六皇子忍不住挑釁四皇子形成的。

萬壽節快到了，四皇子這幾日一直在找禮物，這不，正要和任武昀等人去喝酒呢，路過通德銀樓的時候看見有一行人寶貝的捧著個盒子進門，而裡面的人不小心撞出來碰掉了盒子，好在捧的人有點功夫底子，很快就穩住，只是上面的蓋子掉了，在那人訓斥下人的時候，四皇子就看到了盒子裡面的東西。

兩尺高的通體白玉雕成的麒麟，麒麟懷裡抱著個紅色壽桃。麒麟是瑞獸，雖然他沒見過麒麟抱桃，但這不表示不行，關鍵是這個寓意好，四皇子腳步一轉，就和任武昀等人進去了。

盒子裡面的東西本來是主家打算拿來送給上玉閣章家家主的壽禮，但見是四皇子要買，他們也不大敢得罪，還沒來得及委婉地拒絕，早就注意到四皇子的六皇子也隨之跟了進來，一看到盒子裡的東西就猜到了四皇子的用意，當即就開起價來，得，通德銀樓現在不敢說不賣了。

本來是可有可無的東西，現在兩個皇子相爭，不僅他們下不了臺，通德銀樓也沒辦法了，等通德銀樓的東家聞訊趕過來，這個麒麟已經賣到了二萬兩了……

魏清莛坐在馬車裡很奇怪地問道：「他們爭他們的，叫我過去幹什麼？」

坐在車架上的日泉結巴道：「四、四公子和四皇子帶的錢不夠，叫小的來找夫人要錢。」

魏清莛頓時呆住了，忍住要掏耳朵的衝動，問道：「你說他叫你來找我幹麼？」

日泉閉著眼睛道：「四公子叫小的來找四夫人要銀子。」

馬車裡頓時靜默一片，阿梨看了看魏清莛，笑道：「夫人，其實這是好事，要是四公子遇事卻想不起夫人那才糟呢。」

魏清莛撇撇嘴，道：「到前面的錢莊就停下吧。」

日泉鬆了一口氣，高興地應了一聲。

魏清莛和阿梨從錢莊裡面出來後，日泉就一迭聲的催車夫快一些，要知道他在外面等夫人也去了一段時間了。

因為是競爭關係，魏清莛從沒進過通德銀樓，這是第一次進去，她好奇地看了看，發現大堂的布置和盛通銀樓差不多，大堂裡站著幾個人，看來是來買東西的，在一邊心不在焉的夥計看到魏清莛進來精神一振，連忙迎上來問道：「夫人，有什麼需要小的幫忙的？」

魏清莛的目光很快就將大堂看了一遍，看來通德銀樓的東家怕影響生意，將人請去包廂裡了。「我要找四皇子他們，他們在哪個包廂？」

夥計一愣，懷疑地看向魏清莛，日泉就上前一步擋住道：「看什麼看？這是我們家四夫人，再看，小心我們家將軍把你的眼珠子挖下來。」

「日泉！」日泉連忙退到魏清莛的身後，魏清莛道：「我是來給他們送錢的。」

夥計的臉色就怪異起來，這，竟然還叫外援？

夥計帶魏清莛到包廂門口的時候她就聽到裡面任武昀的大嗓門。「這是我們先看上的，憑什麼讓給你？老六我告訴你，別以為你是皇子我就怕你！我還是你舅舅呢！」

六皇子的臉色很不好看，六皇子身後的徐通臉色也很不好看，任武昀就吊起眼睛看了他一眼，流裡流氣道：「怎麼，你還不服氣啊，你是不認我這個舅舅怎麼的？」

屋裡的金吾衛和通德銀樓的東家和掌櫃都低著頭假裝沒聽見，只有四皇子還優哉遊哉的坐在一旁喝茶。

六皇子冷哼一聲。「價高者得，你是我舅舅也不能不講理，只要舅舅和四哥出得起價，難道我還能硬搶不成？我現在出三萬兩，就看小舅舅和四哥有沒有更高的價錢了。」

論總資產，四皇子甩了六皇子十條街，論資產的餘額，六皇子反過來甩四皇子十條街。因為六皇子透過徐家結交的多是讀書子弟，可四皇子是要養兵的，他手底下養著一群兵，現在還要養謀士，總之要養的人越來越多。

以前他都是用在戰場上的錢和皇后、太子留給他的錢，再後來就用任武昀和竇容的錢，再在後來就用王廷日的錢。王廷日很有錢，可他是個小氣的人，他給四皇子撥的錢都是讓對方先做了預算，然後他照著預算撥的，就算是有結餘，結餘到四皇子身上的也很少，所以四皇子很窮。

聽到六皇子叫囂著讓他們出更高的價錢，四皇子和任武昀都是一僵，而門後的魏清莛則抽抽嘴角，撩開簾子問道：「是什麼好東西竟然要三萬兩？」

眾多男子中突然聽到一個女聲，大家都是一驚，大家一起回頭看去，所以沒人發現四皇子和任武昀幾不可見地鬆了一口氣。

四皇子有些窘態地看向魏清莛，其實他本來是可以放棄這個禮物的，麒麟抱桃雖然難得，但也不是什麼不可替代的禮物，但相爭開始時他是憋著一口氣，要爭一口氣，到最後卻是騎虎難下，這次他要是輸了，不管別人會不會笑話他，反正他心裡就是不舒服。

其實要是竇容在的話，他一定會把局勢圓過來，說不定還可以塑造成四皇子友愛兄弟的典型，因為他足夠冷靜，很可惜，他不在。

六皇子看到魏清莛，眼裡閃過陰霾。

通德銀樓的東家和掌櫃看向魏清莛，當日疤五在玉石街裡喊破魏清莛女扮男裝的身分，他們這才知道原來王莛是女的，再派人去打聽，對方竟是平南王府四公子的新婚妻子。

玉石街的人都吃驚不已。

任武昀趾高氣揚地道：「誰說我們沒銀子的？哼，有本事我們就繼續。」

眾人都驚疑地看了一眼任武昀，目光轉到魏清莛時眼裡閃過了然。

雖然不知此人是誰，但任武昀的小廝日泉跟在她身後進來，看來是任武昀去搬的救兵，幾個金吾衛就擠眉弄眼地看著任武昀，行啊，竟然認識一個有錢的女人，可憐了那位四夫人，才剛成親呢。

魏清莛給四皇子和六皇子行禮，四皇子讓開半步，半回禮道：「小舅母怎麼過來了？」

六皇子冷哼一聲。「不是有些人錢沒帶夠，回去找的靠山嗎？」

魏清莛就好奇地問道：「我是參加完我表姊的婚禮正要回去，想著過幾日我另一位表姊也要成親，便到這邊來給她買些首飾的，誰知我聽外面的人說四公子和人吵起來了，我們四公子一向溫和，怎麼會和人吵起來呢？我擔心四公子被人欺負了，這才急急地上來的。沒想到四皇子和六皇子也在這裡，要是知道兩位皇子在這裡我就不上來了，有兩位皇子在，誰敢欺負你們的小舅舅呢？是不是？」

眾人的臉色頓時怪異起來。

任武昀溫和？

任武昀會被人欺負？

就是四皇子也忍不住嘴角抽搐起來。

任武昀卻咧開了嘴，揮手道：「沒人欺負我，只是我和老四看上了一件玉器，老六也看上了，非要和我們搶，這不，在開價呢。」

「哦。」魏清莛不贊同地看向六皇子，卻什麼話也沒說，只是那眼神赤裸裸地控訴著，身為皇子，竟然會搶舅舅和哥哥要買的東西，真是不孝不悌啊。

六皇子臉色更難看了，陰寒地看著魏清莛道：「舅母這是帶了多少錢來？」

魏清莛為難道：「其實也沒有多少，只是今天不僅要為表姊買首飾，我自己也想給自己添置一些，所以帶了五萬兩，四公子，你那裡有多少？要是不夠，錢莊也不遠，我們轉個彎就到了，這麼漂亮的麒麟到底是四皇子的一片孝心，多少銀子都是使得的。」

任武昀臉上的笑容更燦爛了，就連四皇子都忍不住嘴角微翹。

六皇子收拾了一下心情，拱手道：「既然四哥這麼志在必得，那六弟就不爭了，掌櫃的，現在就開始交易吧。」竟是要親眼看著雙方銀錢兩訖。

魏清莛嘴角抽抽，她還真想等六皇子走好再把錢壓下來呢，眼角的餘光瞥見任武昀要掏銀票，連忙阻止道：「四公子，我這兒有整的。」

連忙拿了荷包上前，卻是先將盒子合上丟進四皇子的懷裡，這才從荷包裡拿出幾張銀票遞給通德銀樓的掌櫃。

通德銀樓的掌櫃數了數，面色怪異，六皇子挑眉道：「怎麼，數目不對？」

「這？」

「哦，這兒還有。」魏清莛接過阿梨的荷包，從裡面拿出一兩銀子給掌櫃的，笑道：「六皇子出三萬兩，四皇子和四公子就出三萬零一兩，掌櫃的，沒問題吧？」

掌櫃看向東家，通德銀樓的東家連忙點頭道：「價高者得，這個自然是照著規矩來。」剛才四皇子他們的確沒有說要出多少錢，只是……東家小心地看了一眼六皇子，心內一嘆，真是神仙打架凡人遭殃！

四皇子和任武昀都呆了呆，那些金吾衛更是直接看著魏清莛發愣，任武昀見了不悅地擋住眾人的視線，敵意地看了眾人一眼。

金吾衛們都莫名其妙地縮了縮脖子，五月的天，就是還有一些涼也不會涼到脖子吧？你以為誰都和你一樣的品味？幾乎是任武昀肚子裡蛔蟲的四皇子，在心裡翻了個白眼。

六皇子拂袖而去，四皇子卻笑盈盈地起身感謝魏清莛。「多謝小舅母了。」

魏清莛很想把那麒麟摔在他臉上，就算是難得也沒必要花這麼多錢來買吧？只是在外人面前魏清莛很給任武昀面子，同樣笑盈盈地道：「這都是四公子的吩咐。」為任武昀掙足了面子。

打贏了六皇子是一件值得慶幸的事，雖然金吾衛不想摻合進皇子之爭中，但平時喝喝酒還是可以的，眾人勾肩搭背的去了珍饈樓。

魏清莛是女子，自然不可能和他們一起去，所以魏清莛坐車回去平南王府。

通德銀樓對面的一家酒樓上，六皇子正滿臉陰霾地看著魏清莛離開。

事情好像就是從遇到魏清莛後才開始變壞的，明明之前他把老四都逼到了絕路，就連回京也是身受重傷，可自從碰到魏清莛後，父皇就開始不願讓他在跟前承歡膝下了，到今天，他明明可以贏過老四，魏清莛卻偏偏跑出來……

魏清莛卻在想晚上要怎麼和任武昀算帳，他們還真以為她的錢是大風吹來的不成？

現在她哪一樣不花錢，任武昀花錢是個沒節制的，桐哥兒也好不到哪裡去，看來她也不能坐吃山空了，不知道買地怎麼樣？要說最穩妥的還是多置地。

# 第八十二章 彆扭

魏清莛回到平南王府就去給老王妃請安，老王妃沒有見她，只是叫韋嬤嬤來說了兩句話就讓她走了，魏清莛一點也不在意，高興地走了。

阿梨皺起了眉頭，但想想四夫人的脾氣，還是嚥在了心裡，魏清莛見了更是高興。

晚上任武昀回來之後就被趕到書房去睡覺了，什麼時候能把三萬零一兩的銀子拿回來，什麼時候可以進房。

任武昀摸摸鼻子，在門外小心地求了半天，還是無奈地抱著鋪蓋去了書房。

蘇嬤嬤急得團團轉，連稱呼都給忘了。「我的好姑娘，您和姑爺才成親不到半個月，這事要是傳出去成什麼樣子？而且，只有把丈夫拴在屋裡，哪有往外趕的？您快去把四爺請回來吧。」

魏清莛哼了一聲。「要是不給他些教訓瞧瞧，他動不動就幾萬兩銀子的花出去，妳供得起啊？」

蘇嬤嬤不知道魏清莛有多少銀子，聞言也覺得任武昀做得過分，但魏清莛也不該把人往外趕，有什麼話可以撒嬌，可以苦惱，怎麼能把人往外趕呢？

「就算姑娘不讓姑爺進屋，在旁邊睡下就是了，您幹麼非要把他往書房趕啊，而且還讓他帶著鋪蓋，這不是打姑爺的臉嗎？」書房一直有人伺候著，又不是沒有鋪蓋，幹麼多此一舉啊。

魏清莛撇撇嘴，要是不帶鋪蓋，那還叫搬出去睡嗎？這可以表示她的決心。

蘇嬤嬤只好撂下狠話。「四夫人就不怕院子裡的人有心思，到那時姑娘哭也哭不出來。」

魏清莛眼裡冒出寒光。「他要是敢，我就廢了他。」

蘇嬤嬤以為魏清莛說的是「她」，嘆了一口氣，轉身出去，將全院子的丫頭都聚在一起，冷笑道：「誰要是敢往外傳什麼消息，分不出妳的主子是誰，我們梧桐院也留不下她，只管把妳主子的名字說上來，我送妳過去，至於四公子那裡，書房一向是日泉他們在伺候著，要讓我知道誰起了不該起的心思，」蘇嬤嬤冰寒的看了她們一眼，冷笑數聲，不說話，卻讓眾丫頭打了一個寒顫，包括阿梨。

晚上，魏清莛抱著被子舒舒服服地睡了一覺。

任武昀卻抱著被子睜著眼睛到天亮，一聽到梧桐院的動靜，任武昀立馬爬起來，簡單地用水拍拍臉就跑去了梧桐院，拿著毛巾的日泉張張嘴，還是很淡定地合上，腹誹道——也不知道那臉濕了沒有。

魏清莛和以往一樣，任武昀和她說話她也說，任武昀逗她笑她也笑，任武昀要抱她，她也不拒絕，任武昀臉上的笑容越發明顯，以為雨過天晴，興高采烈地出去找竇容玩，晚上回來依然被趕出去。

任武昀張大了嘴巴，扭頭問靜立在一旁的蘇嬤嬤。「爺今兒又做錯什麼了？」

蘇嬤嬤低眉垂眼的道：「四公子，四夫人還在生氣呢。」

任武昀就垮下肩膀，洩氣似地往外走，如此三、四天，任武昀終於在一個夜黑風高的時候爆發了，他老實地回書房躺下，只是日泉前腳一走，任武昀後腳就偷偷地溜回了梧桐院。屋裡的魏清莛聽到動靜，剛想起身去拿匕首，聽到熟悉的腳步聲和呼吸聲，又閉上眼睛躺了回去。

任武昀摸上魏清莛的床，得逞地笑了笑，掀開被子就躺進去，一雙胳膊就緊緊地抱著魏清莛。

魏清莛生氣地掙扎，她都已經要假裝看不見了，怎麼還得寸進尺？

少年貪歡，任武昀剛嘗了夫妻之間那種美好的滋味，這幾天被趕出房門已經算是極限了，這時魏清莛在自己的懷裡扭來扭去，任武昀身子一僵，就手腳快速地將魏清莛反過來對著自己，一張嘴就急急地親上去……

然後，妖精就和妖精打架了。

正要來勸說魏清莛的蘇嬤嬤走到門口，耳朵動了動，就伏在上面聽了聽，待聽到魏清莛帶著些惱意地道：「任武昀，你敢！」

「妳看我敢不敢？」任武昀嘿嘿一笑。

魏清莛低呼一聲，之後就只能聽見兩人隱約的喘息聲。

蘇嬤嬤眼裡閃過笑意，悄悄地退下了。

好在此時魏清莛沒心思聽外面的動靜，不然她明天一定會沒臉見人的。

第二天，夫妻兩個都睡到了日上三竿。

任武昀和魏清莛說話，魏清莛不再給他好臉色看，晚上卻肯讓任武昀進屋了。

任武昀鬆了一口氣，知道他再努力一把就好了，天天出去買了新奇東西回來送魏清莛，沒幾天任武昀就偶爾聽魏清莛好奇地問了一句——

「四爺哪來這麼多的錢？」

任武昀的冷汗就滑下一滴，之後再不敢隨便亂買東西送魏清莛，將懷裡剩下的銀票藏得死死的。

夫妻兩個關起門來鬧矛盾沒人知道，就是和他們同住在一個屋簷下的平南王府眾人也沒想到夫妻兩個鬧了一陣又和好如初了。

只是有一人卻從頭看到了尾，深宮裡的皇上笑著搖頭。「這小倆口也真是的，朕記得庫房裡有回鶻進獻上來的皮草和好刀，你再到皇后那裡拿上一些東西給他們小倆口送去。」

魏公公迷惑道：「皇上，那用什麼理由呢？」

皇上不在意地揮手道：「做姊夫的送小舅子些東西需要什麼理由？只管送去吧，那小子不會在意的。」

任武昀的確不在意，聽說皇上賞了他東西，任武昀習以為常的從中挑出屬於自己的那份，笑道：「這下子我的兵器庫又多了一把刀。」

魏清莛疑惑道：「皇上怎麼想起賞我們東西？」

「這有什麼？」任武昀不在意地道。「想起來了就賞了唄。」

魏清莛見任武昀不在意，想想沒找出理由也就丟開了，可能是皇上看見任武昀的時候心情變好然後就賞了呢。

魏清莛讓人將東西收回庫房，任武昀正打算纏著魏清莛和他一塊兒出去賭石，松齡院的一個丫頭就急急地跑來。「四公子，四夫人，不好了，你們快去看看吧，松齡院鬧起來了。」

任武昀和魏清莛對視一眼，魏清莛急忙問道：「把話說清楚，誰鬧起來了？為什麼鬧起來了？」

丫頭擦了下汗，苦著臉道：「是老王爺，老王爺來找老王妃，說要分家，松齡院就鬧起來了，現在王爺、王妃、二公子、二夫人都在呢，四公子和四夫人也快過去吧。」

魏清莛趕忙和任武昀趕過去。

說起來，魏清莛還是第一次正面見到老王爺呢，以前，一點印象也沒有。

老王爺長得威武，臉有些圓，要不是正滿臉寒霜，年輕些倒是和任武昀有六分相像，魏清莛的目光在父子四人臉上一掃而過，說起來，王爺和任武晛都長得像王妃多一些，只有任武昀長得最像老王爺。難怪老王妃不喜歡他，那為什麼老王爺也不喜歡他呢？

任武昀見到老王爺很冷淡，帶著魏清莛行了一禮，就坐在任武晛的下首，垂眸聽著，他雖然愛咋呼，卻知道這樣的場合並不是自己說了算的。

老王妃睜開眼睛，手裡快速的轉著佛珠，淡淡地道：「現在人也齊了，有話你就說吧。」

老王爺皺眉，不贊同的道：「什麼人齊了？任琅還沒來呢！」

老王妃定定地看了他半晌，將老王爺看得有些心虛，老王妃突然笑問：「任琅是誰？」

老王爺一口氣噎在胸中，堵著氣道：「妳說他是誰？他是我兒子！」

「你兒子？我怎麼不知道我什麼時候多生了個兒子？」老王妃緊緊地盯著他問的。

老王爺惱羞成怒。「他是徐氏生的，妳不要假裝不知道！」

「哦——原來不是我生的。」老王妃手下的佛珠越來越快，話語卻無比的緩慢。「可我記得當年有人跪在我爹面前說過，這一生只有我一人，也只會讓我生孩子，任戚，那你說那孩子又是怎麼來的？」

雖然早知道當年的事幾個孩子早就知道，但在幾個孩子面前被人這樣問到臉上，老王爺難堪無比。「譃」的起身，甩袖道：「這平南王府還是我的，我說分家就分家，我來也不過是通知妳一聲罷了。」

平南王眼裡閃過黯然，低著頭不語，任武昫嘴角冷笑，冷冷地看著父親。任武昀卻一直低著頭，不語。

魏清莛看看眾人，突然伸手握住任武昀的手，任武昀一愣，繼而更大力地回握住。

對面的王妃看見了眉頭微皺，看了一眼上面，見沒人注意到，也就當看不見了。

老王妃不在意地道：「我不介意和你上乾清宮去打官司，當年你寫的保證書可還在，這平南王府只能是我兒子的，現在你是老王爺，可不是平南王爺。」

老王爺頓時脹紅了臉，胸脯起伏不定，指著老王妃說不出話來。

老王妃冷笑一聲。「我是不介意丟臉的，就看你還有沒有臉來丟。」當年那件事鬧得不小，老王妃甚至能逼著老王爺壯年時將爵位讓給年輕的兒子，要知道，現在其他三王可都還穩穩的坐著呢，只有他，每一次宴會，明明是和其他三王同輩，卻被叫做老王爺，看著他們天天去上朝會，老王爺眼裡總是忍不住閃過羨慕和寂寞。沒有哪個男人會不愛權力，更何況，還是一個曾經擁有過的人。

老王妃見了心裡冷笑，這才是她想要的呢！曾經擁有，卻一直以為是自身一部分的東西突然遠離自己，甚至在一天天的遠離，那種滋味她一定要他好好品嘗品嘗。

老王爺看了一圈沒有一個為他說話的兒子們，有些心灰意冷，看著嘴角冷笑的老王妃，突然就更不願認輸。

老王爺最後還是拂袖而去，只是留下了話，他不會放棄的，平南王府一定要分家，不是分任武昀三兄弟的家，而是分平南王府和興榮街的家。

任武昀拉著魏清莛回梧桐院，阿梨和凝碧等人遠遠地跟著。

魏清莛見他情緒低落，就晃了晃他的手道：「你不是想去賭石嗎？我明天陪你去。」

任武昀搖頭。「父親要鬧起來，我們這幾天都不得空了，還是不去了。」

魏清莛懷疑道：「父親不至於鬧起來吧？」老王爺看著是個很好面子的人，怎麼會想鬧起來呢？

任武昀一針見血道：「父親已經不是平南王了，母親還是很在意我們兄弟幾個的。」

魏清莛有些吃驚的看著任武昀，任武昀說的是「我們兄弟幾個」。

任武昀笑道：「這有什麼好驚訝的？母親雖然不喜歡我，但那也是和大哥他們相比，在外人面前，母親自然是會維護我的，怎麼說我也是她兒子。」

魏清莛默然。

「我小的時候也怪過母親偏心，只是後來習慣了，加上在宮裡有那麼多人寵著我，我也就不在意了，後來有一次我在外面聽到任琅說母親的壞話，我二話沒說就衝上去打了他一頓，只是那時候任琅比我大，最後倒是我的臉還腫些，其實是任琅他不會打架，只會往臉上招呼，我打人可專挑著疼的地方打，只是這樣母親也氣壞了，讓人堵了任琅打了一頓，末了還把任琅送回興榮街，告訴那邊是她打的……清莛，妳不知道，那時我的心裡暖暖的。」

任武昀最後笑道：「所以，為了我們，母親一定會同意分家的。」不然以任琅的為人處事，藉著平南王府的勢，遲早要惹出事來，到時說不定反而會連累他們。

魏清莛鬱悶無比。「那不是讓外人占了便宜？」

「那倒不至於。」任武昀頓時神清氣爽起來，冷哼道：「父親多年不管王府的事，哪裡知道這幾年王府的花費？只怕興榮街這次是偷雞不成蝕把米了。哼，那人不是為了權勢才嫁給父親的嗎？看她沒了權也沒了錢會怎樣。」

魏清莛知道他說的是興榮街的徐氏，好奇地問道：「這個徐氏真的是苗人？怎麼和宮裡的徐貴妃同姓？我原先還以為她們是一家呢。」

「天下同名同姓的人多了去，不過她原先的確不姓徐，她們苗人的姓比較特殊，就是母親也是嫁給父親後才取了一個相似的韋姓，她們在苗族的時候用的是本族的語言文字，這些都是諧音。」

先帝爭皇位的時候需要平南王牽制其他三王，那麼南邊就不能再駐守兵力了，那時嶺南悍勇，而平南王恰巧就喜歡上了嶺南土司的大女兒，也是唯一的女兒。

先帝竭盡全力撮合了兩人，換得嶺南土司出兵鎮守南邊，幫先帝和平南王鞏固了後方。

當年，平南王為了能順利娶到王妃，就照著苗族人的規矩立下誓言，和王妃一生一世一雙人，甚至在土司質疑的時候立下了字據。

# 第八十三章 分家

徐氏在興榮街等得有些著急，頻頻派人出去查看，看到老王爺背著手走進來，鬆了一口氣，揚了一個大大的笑容迎上去。「老爺回來了，琅兒，還不快去給你爹倒杯茶。」

「老爺，老王妃怎麼說？」徐氏有些忐忑地問道。

老王爺並沒有瞞她，道：「她不答應。」

徐氏見他就沒了後話，著急道：「那老爺就同意了？老爺，不是我非要王府分家，只是琅兒只在襁褓中的時候住過王府，現在琅兒和琅兒媳婦出去應酬，別人問起是哪個任家，他們說是平南王府不是，說不是也不是，外頭的人可都看著笑話呢，如今咱們的孫子都十二了，再過幾年就要說親了，到時怎麼說？當初說琅兒媳婦的時候我就已經很對不起她了。」

老王爺冷哼一聲。「不過是一個願打，一個願挨，有什麼可委屈的？」

旁邊的三太太臉上的神情有片刻的凝滯，徐氏卻是修煉到家了，最重要的是她早就習慣了老王爺的說話方式，臉色不變的道：「那老爺現在怎麼說？到底要不要分家？要是不分，以後琅兒和琅兒媳婦在外面少不得用王爺弟弟的名頭行事，到時只怕老王妃更生氣呢。」

老王爺不在意的道：「我已經和她說了，一定要分的，過幾天再看吧，她要是還不同意，我就進宮去找皇上談談，讓宗室幫忙分了。」

徐氏一呆，連忙搖手道：「老爺，不過是分家，哪裡要驚動皇上和宗室，我們好好的和老王妃說一聲就是了，老王妃最疼惜王爺，不定不忍心他夾在中間為難的。」
老王爺煩躁起來，起身道：「說分的是妳，現在說不能找皇上的也是妳，妳到底要如何？指望老大去說服她？妳作白日夢呢！老大雖然有些老實過頭，但最聽她的話，她有什麼好顧忌的？總之就這麼說定了，過兩天再派人去問一遍，不行我就進宮去找皇上。」
徐氏臉色有些蒼白，她實在沒想到事情會鬧得這麼大，在她看來，只要在外面放出平南王苛刻庶弟的流言就一切都搞定了，哪裡需要鬧到皇上那裡去？
皇上疼任武昀是疼出名的，要是由他主持，只怕他們這邊就要倒楣了。而且，琅兒在皇上面前要是有那樣的印象，以後他還能出仕嗎？會不會影響到孫子？
徐氏一時思緒萬千。
可她實在是沒辦法，雖然她的嫁妝是多，但這幾十年都花得差不多了。
徐氏一向果決，一個晚上過後她就咬牙勸老王爺不要分家了，他們不介意尷尬地生活著。與其被皇上厭棄，不如放棄眼前的機會，這樣的機會雖然難得，但不是沒有，而一旦被皇上厭惡，琅兒一輩子就難出頭了。
老王爺看了低眉順眼的徐氏一眼，手上停滯的動作繼續流暢起來。老王爺細細地擦洗自己的兵器，淡淡地道：「那妳就自己去告訴老王妃吧。」
徐氏震驚地看著老王爺，老王爺從不會對她說這樣的話。
別人不知道，老王爺應該知道，當年為了皇后的事，老王妃發怒，揮著鞭子幾乎打殺了她，她一直害怕見老王妃，老王爺怎麼會對她說這樣過分的話？

老王爺寶貝地將自己的兵器放好，盯著徐氏道：「我是妳的丈夫，妳的天，不是給妳指使著做事情的。出爾反爾不是男人所為，我已經說了要分家，那就必須要分家。」

徐氏本來想求饒的話頓時說不出口了，要不是她一向理智，現在幾乎要揚起眉毛嘲笑對方，出爾反爾？這個男人最擅長的不就是這個嗎？果然，阿嬤說得對，這天下最不能信的就是男人了。

徐氏靜靜地看著老王爺拂袖而去，打算等他先冷靜一下再安慰對方，這世上，沒有誰比她更瞭解這個男人了，就是老王妃也比不上，她知道如何做會讓對方改變行為，什麼出爾反爾不是男子所為的話，過了今天他就不記得了。

徐氏轉身淡定地去處理府中的事情。

老王爺的確有可能明天就不記得今天說過的話了，但他今天一定會記得自己早上才說過的話。徐氏沒有想到，老王爺會走著走著就突然惱怒起來，然後怒氣沖沖地衝進皇宮見了皇上。

那時候任武昀正在皇上跟前纏著他將前朝一位書法大家的一幅字送給他。

皇上詫異地盯著他道：「你什麼時候不喜歡兵器改喜歡書法了？難道成親真有此種威力？」

以前任武昀在金吾衛的時候都是三天打漁兩天曬網的，金吾衛是保護皇宮的中堅力量，皇上本來是想將任武昀培養成金吾衛第二把手，這樣他可以更放心些，只是任武昀一心念著要上前線，對守門一點也不感興趣，好在他是副官，主官下還有好幾個副官，他的工作幾個副官分了也沒增加多少工作量。

幾個猜到皇上打算的主官、副官不僅不怪任武昀，見他毫無興趣的樣子反而更加開心，要知道金吾衛可是很吃香的，任武昀的工作能力且不說，他的後臺就先甩了大家好幾條街，沒人喜歡強大的競爭對手。

可自從任武昀的婚假過後他就能每天準時上班，當然，也會很準時的下衙。皇上見他上進，自然樂見其成，現在聽他來求字，卻覺得驚悚了一些。這改得也太多了吧？

任武昀笑嘻嘻地道：「皇上姊夫，您就送給我吧，反正您留著也沒用。」

皇上板著臉道：「你要不說你拿去幹什麼，休想從我這兒拿走一樣東西。你可知你小的時候在我這兒撕了多少好書、好畫、好字？現在長大了還想禍害它們不成？」

任武昀摸摸鼻子，道：「我不是自己用的，我小舅子喜歡收藏這些東西，先人不是說了書畫不分家嘛，好畫我暫時找不著，但我記得姊夫這兒有幾幅不錯的字。」

皇上抽抽嘴角，還幾幅？

皇上揮手道：「回頭讓魏公公帶你一塊兒去拿，只許拿一幅，你要是敢多拿，一個月內你就不要進宮了。」

任武昀嘀咕了一聲「小氣」，皇上聽到了正想拿案桌上的奏摺扔他，外頭就有小太監報說老王爺來了。

整個京城，不，是全國範圍內，能叫得上老王爺的也就只有任武昀的爹、他的岳父了——其他王爺都是在他們的爹死了以後才繼承的爵位，只有這位在壯年時將王位讓出來給兒子。皇上看了任武昀一眼，將奏摺扔在桌上，道：「請老王爺進來。」

皇上抬頭正要囑咐任武昀等一下和老王爺說話軟一些，就見任武昀面無表情的立在那裡，心裡的疑惑一閃而過。

任武昀和他爹雖然互相看不順眼，但任武昀大大咧咧的，平時雖然會避著他走，但真遇到了，也頂多是板著臉問安，像現在面無表情倒是第一次見。

看來回頭他得去問問暗衛了，這幾天他不注意的時候發生了什麼事。

皇上很快就知道發生什麼事了。

皇上忍住想掏耳朵的衝動，再一次問底下的老王爺道：「老王爺，您剛才說要朕主持平南王府分家？」

老王爺點頭。「皇上，幾個孩子都大了，琅兒的兒子都快要說親了，反正老四也成親了，不如就分開各過各的吧。」

皇上看了一眼任武昀，頓時不說話了。

但看著孤零零的立在一旁，自從老王爺進來之後就一言不發的任武昀，心有些發軟，這孩子的請求他只駁回過一次，而那一次也是他這一生最後悔的一次。

太子早熟，宮裡的其他孩子也都被他們的母妃教得聽話無比，不管他們在外面是什麼樣子，反正在他跟前就乖巧得不像個孩子。

老四倒是調皮，但那孩子自立，小的時候就不喜歡依賴大人，偶爾撒嬌也是衝著太子。只有任武昀，小的時候還不知事，逮著他就叫父皇，還總是喜歡在他懷裡睡覺，看不見他時就會嚎啕大哭……

太子的事情過後，所有的人都怪他、恨他，只有這個孩子氣得罵了他一頓，之後又反過來安慰他……

皇上想了想，道：「赤那王子和四公主的婚事也要開始準備了，朕今天下午還要見他，怕是不能幫忙，不如老王爺從宗室裡選幾個德高望重的人，讓他們主持如何？」

老王爺也沒想皇上會親自去主持，只是想在這兒過了明路，就算是領了聖旨，老王妃自然也不會拒絕了。

老王爺謝了皇上就要離開，轉頭看見任武昀還呆呆的立在那裡，眉頭一皺。「我現在就去找人，你怎麼還在這裡？還不快回去和你大哥、二哥說一聲，難道讓宗室的幾位長輩去坐冷板凳嗎？」

皇上立馬道：「朕找昀哥兒還有一些事情，老王爺就先去吧，等一下朕就放他回去。」

老王爺只好先離開，他本想借著任武昀的嘴將消息傳回平南王府的，現在看來只有讓他的小廝走一趟了。

皇上嘆了一口氣，老王爺怕是搬起石頭砸自己的腳了。

皇上對盯著自己腳尖的任武昀道：「分家了也好，你們小倆口關起門來過自己的日子豈不更好？」

任武昀撇撇嘴，一屁股坐在龍椅前的臺階上。

魏公公眼睛微微一閃，悄悄地退了下去，將外面的人打發離開，自己守著門口。

皇上見了就起身坐在任武昀的旁邊，見他鬱悶的樣子，笑問道：「怎麼？覺得成親不好了？」

守在門外的魏公公低眉站在外面，聽著裡面傳來淡淡的抱怨聲，然後皇上就會開導他，但是到最後抱怨的反倒成了皇上，四公子偶爾大聲地咆哮，偶爾大聲地哈哈大笑。

魏公公知道，這是皇上難得的放鬆時刻，以前四公子還小的時候，皇上就喜歡抱著四公子坐在臺階前抱怨朝上的大臣不懂得體諒他，抱怨四王和世家的權勢……

四公子不在的那七年時間裡，皇上將自己逼得太狠，以至於那幾年昏招頻出，直到現在才沈穩些。

魏公公正胡思亂想，就見四皇子遙遙的走來，魏公公連忙笑著迎上去。

四皇子好奇地問道：「不是說小舅舅在這裡嗎？魏公公怎麼守在這兒？」任何人在裡面，魏公公都可能被要求出來守著，唯有他的小舅舅不用吧？

魏公公笑道：「四公子有心事呢，皇上正在開導他，奴才怕以後四公子想起來捉弄奴才，這才避出來的。」

四皇子就冷下來，繼而又微笑著問道：「不知小舅舅有什麼心事？」

魏公公左右看了看，低聲道：「剛才老王爺來過了，鬧著要分家呢。」

四皇子眼裡閃過詫異，四王之中根本沒有分家這一說，因為四王都掌有兵權，大多尚武，自然是子嗣越多越好，就是庶子，年滿十二後也大多放到軍營裡歷練一番，就算是沒有出息，家族也會養他們一輩子，怎麼可能分家，這不是徒惹笑話嗎？

四皇子想到外祖父和外祖母的為人，冷下臉來。「那老王爺有沒有說這家怎麼分？」

「這？」魏公公為難道：「這個奴才也不知，老王爺過來是請皇上過去主持，只是皇上讓老王爺去宗室裡請人了，皇上下午還要見赤那王子呢。」

四皇子知道父皇不願意摻和進去，理解地點點頭，看了一眼緊閉的大門，道：「那本殿下就先走了，辛苦魏公公了。」

「不苦、不苦，奴才不過是守個門，有什麼苦的？」話雖這樣說，但四皇子遞過來的荷包還是照收不誤。

四皇子轉身出宮，他打算到前門大街晃一下，然後路過平南王府一下，他倒要看看平南王府是怎麼分家。

大舅和二舅自然不會虧待小舅舅，但有興榮街那邊的人攪和，外祖母又偏心，回頭不一定小舅舅就吃虧了。

魏清莛低眉順眼的站在任武昀的旁邊，老王爺和老王妃分坐一邊，明明是夫妻，如今卻像敵人一樣對峙著。

老王妃這邊站著平南王三兄弟和魏清莛三個媳婦，老王爺後面則站著一個年紀和任武晛差不多的中年人。

魏清莛知道，其實他比任武晛要小好幾歲，但看上去比任武晛還要年長的樣子，已到中年，偏偏目光閃爍，不敢直視人，讓人很沒有好感。

被請來的幾個宗室坐在上首，看了一眼老神在在的四皇子，輕咳一聲，道：「既然人齊了，那就開始吧。」

老王爺以為老王妃會反對，誰知道老王妃轉頭對韋嬤嬤吩咐道：「去，把王府的帳冊搬進來。」

屋子裡的人就見幾個婆子一疊一疊地往裡搬帳本。

老王爺皺眉，幾個宗室對視一眼，老王妃淡淡地道：「要是不算過帳冊，這家又怎麼分？還是先把帳房叫來算清楚再說吧。」

老王爺皺眉道：「哪裡這麼麻煩？直接將產業分成幾份就是了。」

老王妃冷笑一聲。「難道他們只想分平南王府的產業就行了？要是這樣，不如讓老大把平南王的位置讓出來，誰樂意去做誰就做。」

老王爺控制不住脾氣，問道：「妳什麼意思？」

「什麼意思？我的意思很簡單，既然要分家，那就所有的都分，不僅是產業，還有債務。」

老王爺眉頭一跳。「什麼債務？」

老王妃似笑非笑地看了他和任琅一眼，任琅膽怯地低下頭，老王妃笑道：「你也做過王爺，你會不知道做平南王要做什麼？」老王妃眼明手快的將桌上的一大本帳冊扔過去給他。

老王爺一把接過，翻了翻，臉上頓時黑了。上面記的不過是一些柴米油鹽之類的東西，但做過平南王的老王爺知道，這些其實是在南邊養兵的費用，平南王府將封地換了個地方，原先的兵沒有減少，但收入卻少了很多，所以這些年來都有些入不敷出，王府積攢下來的產業自然就要投到這裡去，所以仔細算下來，平南王府其實也沒多少錢了。

平南王黑著臉放下帳本，無可奈何。

老王妃卻對宗室道：「就照著規矩分吧。」

幾個宗室面面相覷，看向老王爺。「老王爺，你看是否還要請帳房來核算一下？」

老王爺知道老王妃驕傲，她雖然會和他大吵大鬧，但還不屑於用這種事欺騙他。

老王爺搖頭道：「就照著現在的產業分吧。」

任琅張張嘴巴，在老王妃的面前到底不敢張口。

總是拿過那本記錄著平南王府產業的帳冊微愣，繼而宣佈道：「照規矩，這王府自然是由平南王繼承，祭祀的田地也屬於平南王，二公子和四公子是嫡子，在平南王繼承五成之後，剩下的五成拿出四成，由二公子和四公子平分，剩下的一份就是任三公子的了。」

幾個宗室劃拉了一下，面面相覷，這樣分下來，二公子和四公子連一座宅子都買不到，更別說任琅了。這樣一來，任琅可能還會失去興榮街的房子的使用權，要知道那宅子也是屬於平南王府的。

任琅鐵青著臉，偏他在老王妃面前不敢放肆，即使心中不甘，也不敢說出來。

真是窩囊廢！老王爺不悅地瞪了他一眼，道：「今後我就住在興榮街，那房子留下給老三，算是他孝敬我的。」

這話說的，誰也沒攔著不讓你在王府住，這是在說王爺和王妃不孝順嗎？

王妃張嘴就要反駁，老王妃抬手止住她的話頭，道：「可以，只是以後他和平南王府再無干係。」

老王爺惱怒道：「我還沒死呢，妳別忘了，他也是我兒子。」

老王妃不為所動道：「這是我的要求，不然鬧得再大我也不介意，這世上除了你把他們當成寶，誰還會稀罕他們？我要給我的兒子們預防好，免得以後他們惹禍累及我的兒女。」

這話說得相當不客氣，魏清莛略微詫異的偷瞄了一眼老王妃。她雖然知道老王妃脾氣硬，但不知道對方竟然硬到這個地步。

老王爺卻早已習以為常，不過他覺得老王妃太過杞人憂天了，徐氏雖然精於算計，但為人謹慎，不會行差踏錯。而任琅膽子小，能做出什麼禍事來？

老王爺不願意讓興榮街徹底脫離平南王府，現在他活著還好，他死後平南王府還會照顧任琅一家嗎？答案是否定的。

兩人就此問題討論了一個下午，魏清莛以為兩人會各退一步，沒想到老王妃讓也不讓，語氣強硬地道：「要麼分家，以後大路朝天各走半邊，要麼不分，現在怎麼過，以後還是怎麼過。」

老王爺和任琅都靜默下來。

老王爺分家只是為了賭一口氣，而任琅卻是因為利益，可現在不管分還是不分，他都得不到自己想要的利益，這麼大的陣仗就像是要嘲笑他們一樣。

而在興榮街，徐氏聽說老王爺帶著任琅去王府分家嚇了一跳，再聽說老王爺求皇上讓宗室過來主持，徐氏就癱坐在凳子上，她今天剛打算幫幾個人走走路子賺些錢，這樣說不定能把任琅買官的錢弄到手，可現在……徐氏呆呆地坐在原位，良久才嘆了一口氣。

而等到老王爺和任琅從王府帶回來的消息和那一紙地契的時候，徐氏終於忍不住晃了晃身子，手腳發軟地扶住牆壁，緊緊地盯著老王爺問道：「難道平南王府就只剩下這麼點兒錢了？」

老王爺皺眉。「這些事情不是妳該管的，老三有手有腳，難道還指望著我們養活他嗎？」

老王妃雖然偏心，但這種身外之物她向來不在意多少，將嫁妝平分成了四份，一個孩子一份，雖然如此，任武昀的也是最差的，但至少從價值上是看不出來的。

平南王張嘴就要和弟弟換過來，王妃就拉了拉他的衣袖，王爺皺眉，王妃並不是在意這些錢財的人，怎麼？這樣想，平南王爺就沒張口，打算等散了再私下問王妃。

四份，皇后也有一份，正好四皇子就在，他替自己的母親接過，心中卻沒有多少歡愉，瞪了一眼笑得燦爛的魏清莛一眼，外祖母還是這麼偏心，雖然田莊一樣大，但大舅、二舅的就是水好田肥，而小舅舅的卻是在山區，有的甚至是旱地，這魏清莛不知道安慰小舅舅也就算了，竟然還笑得這麼開心。

事情一完，平南王和任武晛與四皇子將幾個宗室的人送走，才回過頭來要找任武昀，任武昀已經拉著魏清莛回去了，三人對視一眼，平南王道：「小四，不如你去找你小舅舅說說話？」

任武昀卻道：「有什麼話明天再說吧，有莛姊兒陪著他呢。」

以往每次老王妃明顯的偏心過後，任武昀都有一些情緒低落。

而此時他們以為情緒低落的任武昀，正興致勃勃地拿出地圖指給魏清莛看。「這就是那片山，當年我外祖擔心母親在京城被人欺負，就在京城附近置辦了很多良田，最後多出來的錢就買了這幾座山，連著山下的田地莊子都給買下來了。」

魏清莛眼睛亮晶晶地道：「我曾經到過這附近，那時候桐哥兒要到這邊河裡采風，我就跟著一起了。」魏清莛指指地圖上的河流，道：「就是這兒。」

任武昀挺著胸膛道：「這條河就經過咱們的山。」

魏清莛就渴望地看著任武昀。「要是能在山上建別墅就好了。」

任武昀咧開嘴笑道：「這有什麼難的，回頭爺就給妳建。」

魏清莛立馬喜笑顏開，看著地圖上的幾座山樂得笑開了花。

良田她有的是，但風景這麼好的山真的是非常難得啊，對於一個從二十一世紀過來，對別墅有一種別樣喜歡的人來說，擁有一座山頂別墅是一個很大的誘惑。

即使現在魏清莛每天住的地方就相當於別墅，甚至比別墅還要更像別墅。

# 第八十四章　生辰禮物

五月，京城紮了堆似的舉辦婚禮，王素雅成親過後，竇容的婚期也到了。

等魏清莛和任武昀去喝完喜酒回來，赤那王子和四公主的婚事也提上了日程，回鶻的使臣早就回國了，只是赤那王子和娜布其公主等人要留在岷山書院念書，所以沒有回去。

而這次赤那王子和四公主的婚事也將在京城舉辦，赤那王子會搬到公主府去住，等他結束在這邊的學業，才會帶四公主返回回鶻。

而娜布其公主的婚事卻擱置下來了，在京城熱火朝天地討論赤那王子的婚事時，安北王府的大姑娘陶萱也到了京城，陶萱是安北王的胞弟安北大將軍的嫡長女，也是唯一的女兒，她雙眼發亮地看著皇宮的方向，嘴角微翹。

魏清莛癱在床上，捲著被子道：「下次誰要再給我們家發帖子，直接回說我病了，這幾天光喝喜酒喝得我都想吐了，偏偏他們還鬧著要舉辦什麼宴會，不知道煩啊。」

這幾天魏清莛沒時間束縛任武昀，任武昀正過得滋潤，見妻子疲憊的樣子，任武昀左右搖擺了一下，道：「要不，妳休息一天、出去一天吧。」

魏清莛翻著白眼道：「那豈不是誰都知道我在裝病了？哪有前一天還病著，第二天就活蹦亂跳的去參加宴會了？我看不如一直病著好，要是遇到重要的，實在不能推的再去，其他的送禮就行了。」

「話說這兩天你都去哪兒了？我怎麼沒見你去接我？」魏清莛爬起來，目光炯炯地看著任武昀。

任武昀面不改色地說謊。「喜哥兒叫我幫忙呢，這幾天姊姊叫了好多人進宮給喜哥兒相看，喜哥兒推託不過，就讓我和竇容幫他轉移注意力。」

魏清莛重新癱在床上，睜著眼睛看蚊帳頂，毫無誠意地道：「竇容真可憐，這才成親第四天呢，那位盧氏更可憐。」竇容和盧氏才成親，新婚時間就被四皇子給占去了。

任武昀閉緊嘴巴，就怕魏清莛再問出什麼話來。

四皇子不知道他成了任武昀的擋箭牌，他現在正吃驚的看著坐在下面的陶萱。

皇后笑道：「這是安北大將軍的嫡長女。睿兒，還不快見過。」

陶萱連忙起身，低頭恭敬的道：「臣女給四皇子請安。」

四皇子就想起了他和陶萱的第一次見面，那時候他們剛到北地，隨行的人死了三分之一，不管是誰心情都很不好，他和小舅舅不聽勸，騎了馬就跑到大草原上打獵，有一個十歲左右的女孩就騎著馬在趕一隻鹿。

如果魏清莛的箭能讓人窒息，那麼陶萱的騎術就能讓人炫目。

四皇子沒想到會這樣和陶萱在皇宮裡見面。

陶揚正守在平南王府外面，見任武昀晃晃悠悠地出來，連忙上前堵他。「你可真夠慢的，知道我等你多久了嗎？」

任武昀吃驚道：「你等我幹麼？」

陶揚翻著白眼道：「自然是找你有事了，話說你到底什麼時候搬走啊？每次來找你都好麻煩。」老王妃威名赫赫，陶揚不敢進去找任武昀，而且，他要是去了，平南王要是在，一定會見他，那樣也很麻煩。「你們不是分家了嗎？趕緊搬走，我以後找你也方便多。」

任武昀瞪了他一眼，道：「我們兄弟三個就住在一起，我一人搬走算怎麼回事？」而且清莛很喜歡西邊的花園，每天都要到那裡走走，摘摘花、採採草，每天他們的臥室都會換上一束花，他不認為他們有搬走的必要。

陶揚不願在這個問題上與他多做討論，直接道：「我大妹回來了，現在在宮裡呢，估計過不了多久四皇子的婚事也要定下來了。我找你問問，皇上到底是什麼意思？」

就算四皇子喜歡陶萱，皇后也滿意陶萱，但四皇子的婚事還是要皇上點頭的，這可是涉及到朝堂之爭，皇上應該不願意皇室和四王過多的接觸，更何況，現如今的太后，也就是四皇子的祖母也出自安北王府。

任武昀哪裡知道，揮手道：「回頭我幫你問問皇上就是了。」

陶揚拉住悶頭往裡衝的任武昀，好奇地問道：「你這幾天怎麼老是往東大街跑？」

任武昀眼珠子一轉，拉著陶揚就往玉石街走，道：「我帶你去玩一個好玩的。」

再過不久就是清莛的生日，任武昀本來打算送一塊藍田玉給她，只是市場上好的玉都被人買走了，剩下的清莛肯定看不上，所以他就想著自己來賭，這幾天他都在研究，畢竟他的資金有限，花一分錢也要注意，不然錢花光了還是解不出藍田玉，他又沒有錢買其他的禮物，那才倒楣呢。

所以這幾天任武昀的吝嗇度成幾何比率上漲，現在甚至已經不再打賞小廝了。日泉跟著任武昀油水不少，心裡雖然明白，並不是特別介意，但梧桐院其他人就不一樣了。先前任武昀那樣大方，他們嘗到了甜頭，工作熱情正高漲，誰知道任武昀突然就小氣起來了。

任武昀打算拉著陶揚入夥，要是解開了好的藍田玉他就搶過來用，要是解開不好的就賣掉，要是裡面什麼也沒有，陶揚一定會和他分擔風險的。

任武昀滿頭大汗地拉著陶揚擠在人群中，興致勃勃地摸著一顆又一顆石頭，立在一旁的陶揚合上嘴巴，懷疑地看著任武昀，他真的懂賭石嗎？

盛通銀樓的三樓裡放了幾個冰盆，即使是炎熱的六月，屋裡依然清涼如絲。王廷日的手指劃過了一塊又一塊藍田玉，最後停在一塊最小的上面，問道：「任武昀還去玉石街嗎？」

任六低著頭回道：「是，今天他還拉了陶揚作陪。」

王廷日嘴角微翹。「看來莛姊兒對他的零用錢管得很嚴嘛，不然怎麼會拉上陶揚分攤風險？」

任六低著頭不語，王廷日也不指望他回答，將那塊最小的藍田玉遞給他，道：「讓師傅雕刻成小飾件，她雖然也喜歡大件的，但小的卻可以隨身攜帶，她現在身上戴的玉不是和田玉就是藍田玉，而那些大塊的藍田玉她又不捨得拿來做首飾，讓師傅小心些，儘量將東西做得合適她。」這樣她才會時時戴著。

任六看了桌上一溜的藍田玉，對還擠在玉石街的任武昀掬了一把同情淚。

任武昀躡手躡腳地進房，黑暗中，魏清莛睜著眼睛好奇地想看他到底要做什麼。

任武昀站在衣櫃前良久，小心地看了一眼魏清莛的方向，見床上被子的隆起處一動不動，鬆了一口氣，就小心地打開衣櫃，手在裡面摸了摸，摸出一個盒子。任武昀心虛地又看了一眼妻子的方向，就小心地打開盒子，從裡面抽了一張銀票出來，想了想，又抽了一張。

黑暗中，魏清莛看得一清二楚。她嘴角抽抽，看著任武昀將那兩張銀票藏進懷裡，再小心地將盒子塞進衣櫃。

魏清莛閉上眼睛，裝作什麼都不知道的樣子，之後兩天，魏清莛就好奇地看任武昀時常清爽地跑出去，然後滿頭大汗、臉色疲憊地回來。

第三天，魏清莛終於忍不住換了男裝，悄悄地跟在任武昀身後進了玉石街。魏清莛眉頭微皺，任武昀並不是很喜歡賭石，他怎麼會把這麼多的時間精力浪費在這兒？以她對他的瞭解，他是寧願在練武堂待十二個時辰，也不願意跑到這裡來的。

跟在魏清莛身後的阿梨眼睛微閃，湊上前低聲道：「夫人，您看四公子選的都是同一種的石頭，不知有什麼講究？」

魏清莛的目光就落在那藍田玉石上，嘴巴微張，問阿梨。「再過不久就是我的生辰了吧？」

「是，還有十八天。」

魏清莛頓時不說話了，轉身離開。

魏清莛拐了幾道彎就在一個鋪子前停下，走進去在一塊藍田玉石前面停下腳步，對阿梨道：「將這塊買下來。」

店老闆正好認識魏清莛，見魏清莛竟然進他這個小店，興奮地湊上來殷勤地問道：「王大師，有什麼在下可以幫忙的嗎？」

「有。」魏清莛指著這塊藍田玉道：「你讓人抬著這塊原石從上玉閣門前經過，想辦法讓那人買下這塊原石。」要等到任武昀買中有玉的玉石不知道要到什麼時候呢，還不如她助他一臂之力。

老闆頓時為難起來。「王大師，這，怕是會惹得上玉閣不快。」

「這是你的事，老闆不會連這點手段都沒有吧？你要是把這件事辦好了，我就答應到你的店裡來買三次原石，並且當眾解開。」

老闆眼睛一亮，雖然只是三次，但這三次帶來的利益是龐大的，只要他應用得好。「王大師放心，我這就讓人安排。」

這位老闆也是位妙人，他花錢請了個人抬著石頭過來退貨，路過上玉閣門前的時候絆了一下摔倒在地，那人氣急了，直接丟下原石跑到老闆店中，將老闆拽到原石前面大罵老闆騙人。

這下老闆算是找到正當藉口，讓自己和原石光明正大地出現在上玉閣門前了。

任武昀正沮喪著，見地上那塊原石竟然也是藍田玉原石，就好奇地上前看了看。

那個老闆就乘機抓住任武昀，任武昀自五歲開始習武，哪裡是別人說能抓就抓得到的，身子微微一偏，那老闆就抓空了，他也不介意，苦著臉道：「這位公子評評理，我這原石可是上好的品質，憑什麼就說我的原石是假的？」

魏清莛見任武昀被纏上，嘴角微微一翹，轉身離開了。

阿梨疑惑地跟魏清莛回王府，兩人剛換下衣服，蘇嬤嬤就進來了，蘇嬤嬤皺眉看著魏清莛丟在床上的男裝，嘆了一口氣，回道：「四夫人，陸家二夫人送了請柬來，七月初二是她的生辰，請四夫人過去聽戲。」

「派人送一份禮過去就行了，就說我的病還沒好。」

蘇嬤嬤不贊同道：「四夫人，您和陸家的二少奶奶是姊妹，陸二夫人的身分也不低，更何況，您是初八的生辰，要是不去，那到時候您出現豈不是說不過去？」

魏清莛好奇道：「誰說那天我要出去了？」

「難道您不辦宴會嗎？這怎麼說也是您嫁進王府來的第一個生辰，怎樣也要好好地辦一場才是啊。」

魏清莛搖頭道：「我年紀還小呢，不著急。」

蘇嬤嬤還要再勸，見她態度堅決，只好退下。

晚上任武昀雙眼明亮，興高采烈地回府，魏清莛好笑地看著他問道：「什麼事這麼開心？說出來讓我也聽聽。」

任武昀立馬收斂住笑容，搖頭道：「沒有，我沒有什麼事。」只是眼角眉梢間的歡喜怎麼也去不掉。

魏清莛只覺好笑。

晚上任武昀就抱了魏清莛，滿頭大汗地低聲道：「清莛，妳真好！」

魏清莛喘息低應著。

魏清莛的生辰並沒有多少人知道並記住，平南王府裡陸氏提前一天讓人送來了生辰禮物，秦氏和謝氏與王素雅也送了禮物過來。

魏清莛看著滿桌子的禮物，笑道：「那些過生辰要辦宴會的，還要擔心宴會上這樣那樣的事，也不過是收了那麼幾份禮，而我舒舒服服地在家裡讓人伺候也能收到禮物。」

桐哥兒也拿出了自己的禮物，一幅差不多一人高的畫像，畫中的人正站在落英繽紛處含笑看著不遠處的一隻兔子，肩上揹著弓箭，紅色的短衫羅裙，好不英姿颯爽。

魏清莛喜歡不已。「這是什麼時候畫的？真好看！」

桐哥兒抿著嘴笑。

任武昀就在旁邊指點道：「桐哥兒應該在旁邊畫上我，這樣姊姊、姊夫就都有了。」

桐哥兒愣了一下，就仔細地看了看畫面，鄭重地點頭道：「姊夫說得對，那回頭我再給姊姊和姊夫畫一幅。」

任武昀本來只是隨便說說，現在聽可以畫夫妻像，立馬開心地圍上去問道：「真的？那要畫妳姊姊在花叢裡，然後我抱著她的樣子。」

桐哥兒面色微紅。「不行，先生不給畫，說傷風敗俗，但我可以畫姊夫牽著姊姊的手。」

抱自己的妻子有什麼傷風敗俗的？任武昀雖然很不樂意聽到這樣的解釋，但想到他能和清莛在一幅畫上也就不計較了。

任武昀以一種吾家小孩的眼光看著桐哥兒，家裡有一個擅長畫畫的就是好。短短的時間內，任武昀就想到了不少他和魏清莛依偎在一起的畫像。

梧桐院準備了豐盛的午餐，桐哥兒吃飽之後習慣性地回了自己的院子休息。以前他過生辰的時候，姊姊就是給他做好吃的東西，在他看來，現在姊姊的生辰也算是過完了。

# 第八十五章　有孕

桐哥兒才剛走，任武昀就將院子裡的丫頭都打發出去，將一直寶貝的盒子拿出來。

魏清莛打開盒子，一對通透溫潤的藍田玉手鐲，邊上是兩對玉耳環。魏清莛抿嘴，知道對方可能是將所有的玉都利用起來了。

「喜歡嗎？」任武昀有些忐忑地問道。

魏清莛狠狠地點頭。「喜歡。」

任武昀就高興地將魏清莛抱起來，魏清莛低呼一聲，任武昀更加興奮，一下就將魏清莛壓在床上，魏清莛卻突然臉色微變，抱著肚子呻吟一聲……

任武昀一愣，不知道剛剛還好好的氣氛怎麼突然變了，待看到魏清莛蒼白的臉色頓時大驚，想抱又不敢抱的在旁邊團團轉。「妳，妳這是怎麼了？我壓壞妳了？」

魏清莛只覺得肚子一抽一抽地疼，說不出話來，只能微微的搖頭又點頭。

任武昀連忙高聲叫道：「大夫，快來人！」半晌不見人來，任武昀氣得踹開門。「人都到哪裡去了？爺叫你們去找大夫沒聽見嗎？」

幾個丫頭看著暴怒的任武昀噤如寒蟬，低低地縮在一旁，還是蘇嬤嬤先反應過來，衝進屋裡，見任武昀回身抱著臉色蒼白的魏清莛，臉色微變，轉身鎮定的吩咐丫頭。「快去叫大夫來，阿杏，妳去燒熱水，阿梨，妳進來搭把手。四公子，您先出去吧。」

任武昀沒理她，直接對跑出去要找大夫的丫頭喊道：「去叫太醫，讓大管事親自去請，一刻鐘人要是不來，爺宰了他！」

丫頭跌跌撞撞地跑出去。

蘇嬤嬤急得團團轉，也顧不得任武昀還在一邊，關了門關切的問魏清莛。「四夫人，您是不是肚子疼？」

魏清莛還沒來得及點頭，任武昀就怒道：「妳不會看嗎？」

蘇嬤嬤直接略過他的話，柔聲問魏清莛。「四夫人，您上個月和這個月的小日子都沒來，您覺得和往常的疼有什麼不一樣？是不是墜痛？」

魏清莛和任武昀都是一愣，魏清莛呆呆地看著自己的肚子，任武昀更是僵直了手臂，滿眼恐懼地看著魏清莛的肚子。

魏清莛張張嘴，低聲道：「嬤嬤，我覺得現在沒有那麼痛了。」

蘇嬤嬤眼裡有了淚意，心中後悔不已，魏清莛沒有人教，她應該更注意一些的，但因為魏清莛的小日子從來都不準，加上她本身年紀就小，所以她也忽略了這個問題。

「夫人不必擔心，」蘇嬤嬤安慰夫妻倆道：「要是真有了，說不定是孩子月分淺，在裡頭鬧騰呢，您放鬆一下身子，不要太累著，我給您擰了熱毛巾敷敷。」

任武昀信了，趕緊輕柔地抱好魏清莛，討好的道：「我抱著妳，妳靠在我身上，不要怕。」

魏清莛強笑一聲，她不是什麼都不懂的小女孩，她知道，兩個月的孩子還只是血塊，怎麼可能會頑皮？她心中後悔不已，她怎麼就沒有早點發現呢？

蘇嬤嬤用熱毛巾給魏清莛敷肚子，又指點了魏清莛幾個呼吸方法，但大夫沒來，她也沒什麼好辦法。

好在任武昀的凶名很好用，御醫被拉著飛奔而來，任武昀也不等人坐穩，直瞪著他看，中年的御醫咽了一口口水道：「這個，下官還是先為夫人把脈吧。」

任武昀還保持著抱魏清莛的姿勢，他不敢隨便動彈，就怕他一動就出什麼意外。

魏清莛見他這樣，心中的難受倒是去了一些。

御醫左右手換了一下，道：「四公子，四夫人是動了胎氣，下官現在給四夫人扎一針，然後給開個方子，只要休息半個月就好了，不過前四個月還是要小心些，四夫人有些體寒，以後都要注意一些。」

任武昀眼睛一亮。「你是說我們的孩子沒事了？」

那御醫第一次見任武昀這副緊張的樣子，聞言笑道：「沒事，沒事，四夫人雖有些體寒脾弱，但骨骼強健，倒躲過了一劫，以後萬不可劇烈的運動。」

任武昀鬆了一口氣，滿口答應，小心地將魏清莛放倒在床上，然後跟著大夫出去，將懷孕期間的事打聽清楚，最後連御醫都忍不住道：「四公子，下官專屬內科，對婦科只是有所涉獵，要說精通，當屬御醫院的吳太醫，四公子不如去請吳太醫解惑。」

任武昀若有所思地點頭。「你說得沒錯。」

御醫眨眨眼，在心中疑惑地問道——我說什麼了？

任武昀回身去吩咐蘇嬤嬤好好照顧魏清莛，對臉色雖然有好轉，但依然蒼白的魏清莛道：「妳等著我，我給妳請吳大夫去。」

魏清莛點頭，低聲道：「要是太難請，你也別發火，好好的和人家說，不然就是強迫了他來，他也不真心給我們的孩子看。」

任武昀點頭，心中卻想著——他要是敢，我就拆了他全家！

只是跑到皇宮後，任武昀還是擔心吳太醫有異心，腳步一轉就去找了皇上。他不能要求太醫，但皇上總行吧？剛才那御醫也說了，清莛有些體寒，正好讓吳太醫給清莛補補身子。

皇上聽完了任武昀的請求，高興地問道：「這麼說你要當爹了？」

任武昀愣住了，他這時才真切的體會到自己要當爹了，之前幾乎全部心神都在魏清莛上，現在才仔細的回味那種即將為父的感覺。

眾人看到任武昀這個表情，心中都為那位魏姑娘捏了一把汗，紛紛同情地扭過頭去。

皇帝也微微一愣，繼而好笑地搖頭。「你這孩子，想來是激動的忘了，行了，吳太醫就借給你帶回府裡去吧。」

任武昀趕緊謝恩，道：「那皇帝姊夫你們先忙，我先帶吳太醫回去了。」說著就快步走出御書房，一下了臺階還小跑起來。

皇上和眾大臣看得目瞪口呆。

「這孩子，還是這麼不穩重。」皇上既是羨慕又是嫉恨地搖搖頭。

任武昀將吳太醫接到府上，承諾會好吃好喝的供著，而且還有豐厚的答謝，只要他能讓魏清莛母子平安，並且調理好魏清莛的身體，任武昀絕不會吝嗇。

吳太醫苦笑一聲，生孩子本來就是一隻腳踏進鬼門關，吳太醫怎麼可能有信心從鬼門關那裡拉回那一條腿，更何況，四夫人現在才兩個月還不到，孩子能不能長到瓜熟蒂落還不一定呢。要是孩子出什麼問題，到時只怕第一個沒命的就是他了。

吳太醫苦笑著被任武昀拉進主臥，桐哥兒聽說姊姊病了，正跑過來守在魏清莛的身邊，見姊夫帶著一個花白鬍子的人進來，連忙急急地問道：「姊夫，這個就是御醫嗎？」

任武昀點頭，示意吳大夫趕緊給魏清莛看看，拉過桐哥兒小聲的問道：「桐哥兒，你姊姊的肚子還痛不痛？」

桐哥兒也擔心的看著姊姊的肚子，搖頭道：「姊姊喝了藥就睡了，但我覺得一定還痛，不然姊姊幹麼皺著眉頭，臉色還這麼難看？姊夫，姊姊怎麼會突然肚子痛的？」問得任武昀一陣心虛。

幸虧吳太醫剛好把完脈，任武昀連忙湊上去問道：「如何了？」

吳太醫摸著鬍子道：「下官先用針及藥將胎穩住，等四夫人將胎坐穩後再看看她的身體情況，要是可以，下官會為四夫人調理身體的。」

「那快用針啊。」

吳太醫噎了一下，道：「還請四公子去請一位醫女過來。」

任武昀這才反應過來，先前那御醫給魏清莛施針是因為情況的確緊急，而且那針也只是在魏清莛的手腕處扎了幾下，不算什麼，但現在吳太醫要施的是大針，也就是說可能還要脫魏清莛的衣服，那樣就不能是吳太醫親自下針的了，必須得請醫女代勞。由吳太醫報了穴位，醫女施針。

等魏清莛從昏暗中醒過來已經是大晚上了，任武昀怕擠著她，又不放心她一個人，就自己和衣躺在床邊，中間和魏清莛的位置可以放下兩個成年人。

魏清莛看了看他，手慢慢地摸上腹部，這孩子應該還好吧？她差點就失去他了。

現在一點風吹草動任武昀都會醒來，魏清莛的呼吸一亂，任武昀就立刻睜開眼睛，緊張的看著她，見她睜著眼睛，臉上沒有痛苦的神色，這才稍稍放心一些，立馬問道：「是不是有什麼不舒服的地方？」

魏清莛搖頭，抓過他的手輕輕地放在自己的肚子上，神奇地道：「真是奇怪，我們竟然做父母了！」

要知道她昨天才過了生辰，前世將近三十歲都沒談過戀愛，這輩子卻早早的嫁人了不說，還當了母親。

魏清莛覺得新奇無比。

任武昀的手僵了一下，慢慢地放鬆身體，摸了摸，道：「妳的肚子好軟啊。」

魏清莛斜睇了他一眼。「你是嫌棄我太胖了嗎？」

任武昀趕緊搖頭。「我還覺得妳太瘦了呢，再胖一些就好了。」

魏清莛懷孕之後任武昀又開始了曠工生涯，皇上從吳太醫那裡知道魏清莛「不小心撞了肚子」之後，就睜一隻眼閉一隻眼當沒看見。

任武昀也學乖了，不再像以前一樣曠工之後還跑到皇上面前晃蕩，所以他的日子過得不錯，每天一大早起來守著魏清莛起床，吃過早飯後就小心地護著她去散步，然後就圍著她轉，時不時的問她想不想吃酸的，話梅、橘子之類的一直在魏清莛一伸手就能碰到的地方。

害怕魏清莛初次懷孕有疑難的王妃和陸氏來看過一遍，看到魏清莛半躺在榻上，而任武昀滿頭大汗的在一旁剝橘子，兩人對視一眼，只坐了一下就甩帕子走人了。

她們才坐了一刻鐘，任武昀問的問題她們也只回答得上前面的幾個，剩下的要問她們身邊的嬤嬤才知道了。

兩人沒想到小霸王一樣的任武昀在魏清莛面前竟然是這樣的，兩人心中羨慕不已，就是一向大度的王妃都難得的生出了嫉妒之心。

認真說起來平南王府的這三個媳婦都是整個京城羨慕的對象。四王之中安北王和平南王家的家教最嚴，因為害怕庶子亂家，雖然沒有明文規定不能納妾，但也對此限制多多，加上四王不像其他朝代掌權的藩王一樣要鎮守邊關，然後家眷留守京城。

一般都是王爺帶其家眷留守京城，由王爺身邊的心腹鎮守邊關，每年可到邊關巡視。

平南王府就是任武晛在南邊，後來將兩個侄子培養起來這才回了京城，說不定過一段時間還要回南邊去。而安北王府則是安北王的弟弟安北大將軍鎮守邊關，而安北王世子一直和他叔叔待在邊關，也是去年才回來的。

可就是這樣讓人羨慕的王妃和陸氏，以為一輩子都不會羨慕別人的王妃和陸氏卻羨慕起魏清莛來了。

王爺和任武昀是不可能為她們做這種事的，她們懷孕的時候，她們的丈夫也就是柔和了表情問她們是不是還好，孩子鬧不鬧騰，別說會為她們去問太醫那種羞人的問題，就是桌上的這些吃食也沒見他們給自己備過。

在魏清莛面前，她們先前堅持的幸福好像就算不上幸福了。兩人趕緊告辭離開，同時在心裡想到——傻人就是有傻福，昀哥兒這樣也太沒有出息了些。

魏清莛不覺得任武昀沒有出息，她覺得這樣才算得上一個好男人，孩子又不是她一個人的，憑什麼要她一個人生養？只是對任武昀以此為藉口曠工很不滿，這要是在現代，任武昀的工資早就被扣光了，說不定他們連吃飯都成問題。

所以魏清莛對任武昀不去上班提出了嚴正的批評，任武昀聽太醫說，孕婦的情緒總是有些怪，所以不能逆著對方，要順著，不然氣到孕婦會動了胎氣的。

任武昀想也不想就認錯道：「我知道錯了，我明天就去金吾衛衙門。」

這麼簡單？魏清莛懷疑地看向他。

任武昀板著臉道：「我說的是真的，我明天就去衙門。」但會不會好好辦差就是我的事了。當然，這句話任武昀沒有說出口。

魏清莛放下心來，拉著任武昀的手笑道：「我這也是為了你好，你年紀輕輕的就做了將軍，若老是曠工，那些大臣會有意見的，雖然他們不能拿你怎麼辦，但總是讓他們在耳邊吵吵也不好。」

魏清莛說什麼就是什麼，任武昀老實地點頭。

魏清莛看了就決定晚上獎賞他一下，所以晚飯的時候竟然有任武昀最喜歡吃的大紅燒。

任武昀挾了一筷子，快速地扒拉到他的碗裡來，見魏清莛沒有要吐的跡象，心裡鬆了一口氣，開始心滿意足地吃起來。

任武昀一大早的就出現在乾清宮門前，幾位大臣都稀奇地看了任武昀一眼，想到最近相爭越發厲害的四皇子和六皇子，心中一突，難道是發生了什麼他們不知道的大事？

提前到場的人心中都忐忑起來，開始仔細地回憶昨天是不是遺漏了什麼事。

不怪眾人想歪，就是踏進乾清宮的四皇子也不由偏頭想著，難道是出了什麼大事，竇容把小舅舅給叫來助威來了？

四皇子是頭兒，任武昀喜歡動手，竇容喜歡計謀，所以三個人在一起時，向來是四皇子指明了大致的方向，然後竇容制定計劃，任武昀去執行。

事情要是鬧出來，一般都是四皇子和竇容去解決的，要是這兩人也解決不了的，一般都是鬧到皇上跟前而他們又不占理的，這時候就是任武昀出場的時候了。

皇上疼任武昀是原因，還有另一個原因是任武昀非常的固執，他向來是聽四皇子最初的解釋，然後就會認定這個解釋，不管別人怎麼向他解說他都能歪到利於他們這邊來。加上皇上的偏心，最後事情都是大事化小小事化了，就是當年的太子也哄著任武昀出面過。

四皇子以為是宮外出了什麼事，竇容傳不進來消息，所以才去找的任武昀，懊惱道：「早知道昨晚我就不歇在宮裡了，就是再晚我也要回自己的王府。」四皇子走到任武昀的身邊，問道：「小舅舅，竇容是怎麼和你說的？」

任武昀正想和四皇子打招呼，聽到這句沒頭沒尾的話，正要問個清楚，淨鞭就響起來了，四皇子無奈，只好站到一邊，他和任武昀的位置隔了三個人。

皇上讓眾大臣起身，看到立在諸位中年大叔中間的任武昀，神情微微一愣，第一個想法是，難道老四和老六又做了什麼事？

皇上朝左邊幾個看去。

幾個皇子也有些緊張，只希望老四和老六的戰火不要燒到他們身上。老六陰寒地看了任武昀一眼，低下頭，神情卻戒備得很。

魏公公唱了一句——「有本早奏，無本退朝。」

本來準備好摺子的幾位臣子頓時都沒了動靜，他們覺得那些事也不是很急了，好像大家商量商量也是可以拿個主意的，就不用煩勞皇上了。

皇上瞇著眼睛看眾人，好一會兒才道：「既然無事，那就退朝吧。」

所有的人，包括皇上，都隱晦地看向任武昀。

任武昀卻是眼睛一亮，沒想到早朝這麼簡單，話說他也有好長一段時間沒上早朝了，先前都是賴床然後直接去金吾衛報到的。

四皇子攔住任武昀，好奇地問道：「剛才在朝上你怎麼不說話？阿容到底是怎麼跟你說的？」

竇容的官職太小，今天只是小朝會，所以他沒有資格參加。

任武昀摸著腦袋道：「阿容跟我說什麼？我這幾天沒見到他啊。」
四皇子就瞪大了眼睛道：「不是阿容叫你來的，那你來早朝幹麼？」
任武昀理所當然的道：「我是大將軍，當然要來上早朝了。」
四皇子一噎，問道：「那你以前怎麼沒來？快說，你到底來幹麼？不說你讓我找的金桔就沒了。」
任武昀就硬著脖子道：「我現在要當爹爹了，當然要給我兒子做個好榜樣了，所以以後我都要按時上班，行了喜哥兒，要是沒事我還要去陳記給清莛買點心呢，她這幾天雖然沒有吐，但是吃的東西卻不多，胃口不大，她喜歡吃陳記的點心，我去給她買幾份回家。」
四皇子頓時氣得說不出話來，只能看著任武昀跑跑跳跳地離開，在心中大罵，這叫什麼好榜樣？以後表弟肯定和小舅舅一樣。
這可真是惡毒的詛咒。
皇上本來派人去叫任武昀來問話的，結果任武昀跑得太快，皇上沒抓住他，但是他和四皇子說的話卻傳到了他的耳邊，皇上在書桌前坐了半晌，最後還是翻開奏摺，將心中的心思丟掉。
他本來是想下令讓任武昀每天都按時上下班的，讓他好好地給他的後代做榜樣，但是，皇上看向了桌上的幾份奏章，現在已經夠亂的，還是不要讓任武昀再攪合在裡面了。
任武昀開開心心地去買了點心就回家。

# 第八十六章 妻管嚴

任武昀回來的時候魏清莛剛伸了懶腰起床，看見任武昀進來愣了一下，問道：「你怎麼還在這兒，不去上朝嗎？」

任武昀看了看已經昇起來的太陽，理直氣壯地道：「早朝早過了，我還給妳買了陳記的點心呢。」

魏清莛心虛地看了一眼亮堂堂的屋子，道：「都這麼晚了啊。」

任武昀連連搖頭道：「不晚，不晚，吳太醫說了，孕婦嗜睡，妳應該多睡一些才是。」

魏清莛想想也是，也就不再糾結了。在阿梨的服侍下洗漱好。隨口問了一句。「你只要去上早朝就可以了？不用去金吾衛嗎？」

任武昀不在意地揮手道：「金吾衛裡面很多職位都是虛設的，僧多粥少，我就不去跟他們搶了。」

魏清莛想想也是，也就沒多做要求。

從此後，魏清莛雖然天天醒來都能看到任武昀也就不好奇了，因為阿梨說了，任武昀的確是穿著朝服一大早就出去的。

而朝中的臣子和皇子們也習慣了早早來上早朝卻一言不發的任武昀，而要是哪天哪個大臣太過囉嗦，任武昀就會站出來指出他工作效率太低，廢話一連篇，抓不住重點，浪費了諸多大臣和皇子及皇上的寶貴時間，該罰！

皇上眉眼也不抬，就點頭道：「任將軍說得不錯，以後奏本不得花哨，語言要精練。」於是，已經習慣了華麗辭藻和諸多修辭的文臣們都是眉頭一皺，而向來不喜歡東拉西扯的武將卻是咧嘴一笑。

下朝後，皇上將任武昀提拉進御書房，語重心長地教育他，有時候妻管嚴未必是好事，男子漢大丈夫還是應該有一些男子氣概的，最起碼，不能婦人說什麼就做什麼吧。

任武昀深以為然地點頭。「就是啊，姊夫，我們本來就是頂天立地的男子漢，怎麼能聽女人在那裡瞎說八道呢？」

皇上看著毫無所覺的任武昀，突然覺得壓力很大，正想挑明了說的時候，外面就傳來腳步聲，皇上眉頭一皺，還沒來得及喝問，就聽到魏公公的聲音道：「皇上，十萬里加急！」

皇上和任武昀臉色微變。「拿進來。」

任武昀也端正了神色退到一邊，關切地看著，但皇上絕不會錯認，這孩子眼裡明明閃過激動和志在必得。

皇上只覺得這孩子實在是給自己添堵，這時候不擔心也就算了，竟然還激動成那樣，還是那種帶著點喜色的激動。

皇上拆開信，快速地瀏覽一遍，吩咐道：「去把幾位首官叫來，還有幾位皇子。」到最後咬牙道：「還有平西王。」

「皇上，到底怎麼了？是西邊打仗了，那些韃子膽子也夠大，先帝的時候不是把他們直打到了大漠裡了嗎？他們跑回來了？」

要是這樣就好了，不對，皇上搖頭，他怎麼這麼想，那些韃子也不是好對付的。

皇上咬牙道：「不是，是平西王的封地有人造反了，事情波及到了周邊的地方，反賊正往京城而來。」

任武昀眨眨眼，疑惑道：「好端端的怎麼造反了？今年也沒什麼天災啊，難道是西邊大旱或者大澇了？」

皇上也很想問問到底是怎麼回事，可信上只說了平西王的駐地有人造反，而造反隊伍正一天天壯大，一直朝著京城來了。

這件事只能問平西王才知道。

十萬裡加急，這信件非同小可，皇上還沒派人去叫，就有幾個大臣急匆匆地趕過來了，和傳信的小太監一起急匆匆地往御書房而來。

四皇子本來就要找任武昀說事，此時也來得很快。

皇上沈著臉坐在上面，因為人還沒來齊，皇上也沒開口說話，氣氛很是壓抑。

四皇子給任武昀使眼色，問他到底出了什麼事。

任武昀卻在低頭沈思，壓根兒沒看見，他在想，他到底要不要出征呢，清莛還懷孕呢，而且太醫也說她身體不好，任武昀有一千一萬個擔心。

四皇子的眼色白使了，鬱悶地看著小舅舅，以前小舅舅不是這樣的，他使的眼色一般他都能看到並理解，最近小舅舅到底是怎麼了？

任武昀糾結了半晌，還是拿不定主意，決定等一會問問皇上和喜哥兒的主意，所以他抬頭就對皇上道：「皇上，那我們是派朝廷的兵馬去，還是只用平西王手底下的兵？」

這一開口就是關鍵，眾人「唰」地抬頭，幾人急切地問道：「皇上，是西地出事了？難道是韃子闖了進來？」

皇上看著趕過來的平西王冷哼一聲。「要是韃子就好了，偏偏是窩裡橫。」

平西王的封地在西邊，雖然有河道平原，但和富庶的東邊與南邊是沒法比的，而當年先帝又著重照顧過那邊的韃子，造成西地的人偏安一隅，卻沒有足夠的物質生活。

平西王府和官員為了錢，盤剝嚴重，大家都已經習以為常了。但今年就出現了一個有反骨的人。

他在西地挑撥一番，被欺壓多時的百姓就受不了，大多扛了鋤頭跟著那人反了，等消息傳到京城的時候，那人已經快要從西地打出來，往京城這邊來了。

平西王一直瞞著消息，如今見也瞞不住了，只好跪在地上請罪。

皇上狠狠地瞪了他一眼，道：「諸位愛卿有何主意就快說吧。」

在場的人當即分成了三派，這是歷朝歷代遇到戰事後最常見的場景，有要招安的，有要派兵攻打的，也有中立的，這類人說白了就是左右搖擺，怎麼做都行的牆頭草。

任武昀斜眼瞄了瞄四皇子，四皇子就眨了眨眼，任武昀立馬跳出來道：「皇上，臣看還是打吧，那什麼陳志既然煽動了這麼多人可見是早有預謀，就是招安他也不會答應的，到時只怕是給對方爭取了時間，還不如即刻派兵過去，還可以打他們一個措手不及。」

任武昀一發言，御書房靜了一下，就有一個白鬍子老官顫顫巍巍地出來反駁，新一輪的辯論又開始了。

而此時，從床上爬起來吃完早餐的魏清莛見任武昀還沒回來，就好奇地問道：「四公子怎麼還不回來？」

蘇嬤嬤的手一頓，道：「估計是到金吾衛那裡去了，夫人，您也該勸勸四公子才是，這樣整天往家裡跑，只怕四公子在其他同僚那邊印象不好。」

魏清莛不在意地道：「妳放心好了，我問過他了，那些人巴不得他不去呢，不過妳說的也對，怎麼也要和同僚的關係搞好，回頭妳們多做一些吃食，讓他去金吾衛的時候帶去給他的同僚們用，拉進一下關係也好。」

魏清莛記得以前任武昀曾抱怨過衙門的午膳很難吃，他自由慣了，隨時就可以跑到外面去吃飯，但那些當值的官員可不行，任武昀帶著東西去看他們，應該能提升一下印象吧？

四皇子拉著任武昀道：「這是一個機會，只怕父皇不會放棄，不過你到底是平南王府的四公子，要是有朝臣說讓你去平叛，你一定不要答應下來，就是父皇提出，你也不要答應，這件事交給我來做。」父皇一定會趁此機會在西地埋下人手，所以前去平叛的人不僅會得罪平西王，有可能還會讓其他三王忌憚，四皇子不希望任武昀捲入這種紛爭中。

任武昀有點糊塗。「我沒說我要去平叛啊，我還得先回去問問清莛呢，她現在正懷孕不能受大刺激，所以我得先問過她。」

四皇子一噎，他這樣擔心害怕小舅舅腦子一抽，喊著吵著要去平叛是為哪般？

四皇子甩開任武昀的手，氣呼呼地走了，更氣人的是，任武昀竟然還不知道四皇子為什麼要生氣。

他歪著腦袋想了一下想不通也就不想了，他還得趕緊去陳記排隊買點心給清莛呢。

皇上的確覺得這是一個機會，當天他就將四皇子叫進了書房，沒人知道他們說了什麼，但是第二天上朝的時候，皇上就讓四皇子做了平叛大將軍，竇容做了軍師，兩人即刻啟程去西地平叛。

平西王張張嘴，還是沒說出自己去平叛的話，這次四皇子將軍隊拉進西地，他的勢力肯定受到衝擊，但他們在西地也算根深蒂固多年，四皇子短時間內是抽不出空來對付他們的，最重要的是四皇子並不會在外地多待，要知道，六皇子可還在京城虎視眈眈呢。

得知四皇子和竇容都要去平叛，任武昀到底忍耐不住跑回去找魏清莛，煩躁地在魏清莛跟前走來走去。

魏清莛吃了一顆葡萄，看著煩躁的任武昀就嘆了一聲，道：「你要真想去，那就去吧。」

「真的？」任武昀眼睛一亮，繼而一黯。「可是妳有身孕了。」

魏清莛翻著白眼道：「我就在王府裡，大門不出、二門不邁的能出什麼事？更何況，不是還有大嫂、二嫂在嗎？你放心好了，我會天天給你寫信的。」

任武昀就笑容滿面地道：「我回來給妳帶好東西。」

「你去打仗，能帶什麼好東西？」

「妳可別小看打仗，打仗可是能得到很多好東西的，妳喜歡什麼，我回頭都給妳找來。」

「只要是你送的，我都喜歡。」

任武昀喜歡聽這句話，笑得更開心了。想到四皇子和竇容明天就要離開，任武昀趕緊連夜進宮找皇上。

皇上對任武昀進宮的原因驚了一下，沈默半晌道：「你想要去打仗的事你大哥、二哥還不知道吧？」

任武昀迷惑道：「我還沒來得及告訴大哥、二哥呢，姊夫，您先給我下旨吧，然後我回去再告訴他們，我還得讓大嫂、二嫂多照顧照顧清莛呢，姊夫，您也幫我留心一些，可不能讓人欺負她，她每天都給我寫信的。」

皇上滿心的思慮就在任武昀的念叨中奇跡般地消失了，想到這三人一直在一起互相配合，搖頭笑道：「那你就去吧，我封你為平叛副將軍，只是這一去要小心些，你妻兒可還在京城等你呢。」

任武昀點頭。他喜歡戰場上那種熱血沸騰的感覺，現在他又有了重新上戰場的機會。

等四皇子收到消息趕過來的時候，任武昀已經屁顛屁顛地離開了，四皇子忍不住跺腳。

皇上道：「這樣也好，以後你身邊起碼有一員大將，昀哥兒心思單純，用起來不必太費心神。」

四皇子臉色很不好看。「父皇就不怕小舅舅沒機會長成嗎？」

皇上淡然地笑道：「於打仗上，朝中能與他匹敵的沒有幾個，你太小看昀哥兒了，而且，我對他的疼愛並不亞於你。」

四皇子頓時不語。

皇上揮手讓四皇子離開了。

老王妃知道了這件事後克制不住脾氣地砸壞了一個茶杯，扭頭對韋嬤嬤吼道：「你們說我不疼愛他，他這樣子讓我怎麼疼愛他？他知不知道他被皇上算計了？他知不知道他會拖累整個平南王府？他知不知道這會把他大哥和二哥推到風口浪尖上？他就是個蠢貨，就是個傻子，和他父親一樣，一樣的沒腦子！」

韋嬤嬤大急，急促地喊了一聲。「老王妃！」

老王妃鐵青著臉停下，雙眼如電的朝門口看去，看門的丫鬟渾身發抖的跪在地上，以頭搶地，不敢說話。

任武昀已經青白著一張臉快步離開了。

老王妃神色莫名地看著門口，韋嬤嬤嘆了一口氣，輕柔地道：「老王妃，咱們歇下吧。」

老王妃頷首。

任武昀滿臉寒霜的往梧桐院走，沿路的丫頭、婆子遠遠的看著都退避到一邊不敢言語。

任武昀在走到院門口的時候突然停下，整理了一下面部表情，努力的擠出一個笑容，這才踏步進梧桐院。

魏清莛正和蘇嬤嬤等人整理任武昀明天的行李，衣服鞋襪，還有藥材之類的東西，林林總總收拾了五個箱子。

魏清莛看著地上擺著的五個箱子，皺眉道：「怎麼這麼多？我都已經儘量縮減了，再看看還有什麼可減的，西邊風沙大，又是在馬背上，鞋子和衣褲肯定要多準備一些，這幾樣都不能再減了，這箱子裡是藥材，我聽說西邊窮得很，就連大夫都很少，這些常備藥可一定要隨身帶著，回頭讓日泉看好了，還有那株人參，要貼身帶好，那可是救命的東西，嗯，這個也不能少了……」

魏清莛在行李裡撥弄了一下，實在是不知道還有什麼可減的。

任武昀就這樣站在門口看著魏清莛滿頭大汗的在箱子間轉悠，到最後還是蘇嬤嬤看不下去，扶著魏清莛到一旁坐下，道：「四夫人放心吧，這些東西又不是讓四公子帶著，都是放在馬車上的，帶多少都沒問題。」

魏清莛皺眉道：「那也就是說我們還得單獨清理一份出來讓日泉揹著？不然萬一四公子和軍隊失散了怎麼辦？」魏清莛越想越覺得有這種可能，趕緊叫了阿梨進來幫忙將要緊的東西選出來縮緊一下，等明天要日泉貼身揹著。

任武昀就傲嬌地仰頭進門，嫌棄地看著地上的五個箱子，道：「這都是什麼呀，我這是去打仗呢，可不是去遊玩，哪有去打仗帶著五個大箱子的？那樣我還怎麼打仗？」

魏清莛趕緊道歉，表示會盡快縮減出一份最好的行李的。

考慮了半晌，魏清莛拿出一套換洗衣服和一套鞋襪單獨放好，又從盒子裡摸出一沓銀票，在任武昀好奇的目光中指揮著阿梨和凝碧等人將任武昀的袖口和衣角的線頭全都挑開，將那些銀票捲捲塞進去再縫好。

這是魏清莛的習慣，每次桐哥兒出門魏清莛都要這麼做。因為從小看電視，這種防範意識已經根深柢固了。

任武昀張大了嘴巴看著她們動作熟練地做著他無法理解的事。

任武昀還沒來得及發問，就有小廝過來請任武昀去平南王的書房，平南王和二公子有話要對任武昀說。任武昀面色一冷，一瞬間後又馬上笑開，甩著袖子跑出去。「我去找大哥、二哥說話。」

「知道了。」

弟弟出征，兄長告誡一番是很正常的事，魏清莛不疑有他。「你晚上可得早點回來。」

蘇嬤嬤卻瞇了瞇眼睛，看了阿梨一眼，阿梨笑著起身道：「夫人，我去廚房看看晚餐準備得怎麼樣了，今晚可得吃好一些。」

「那妳快去吧，對了，把日泉叫進來，我有話要吩咐他。」

「是。」阿梨應了一聲，就疾步往外走去。

凝碧低著頭好像什麼都沒察覺，只一個勁兒地低頭將銀票小心的捲進油紙裡包好，然後塞進衣服裡縫好。

# 第八十七章 平反

平南王和任武昀並沒有怪任武昀應下戰事，安慰他道：「你只管去做你喜歡做的事，京城的這些事不用你多想，母親的脾氣你也知道，她向來是有口無心，你不要和母親生了嫌隙才好。」

任武昀低著頭坐在那裡，不言不語。

平南王和任武晛對視一眼，就嘆息一聲，這個心結由來已久，只是以往昀哥兒都是嘻嘻哈哈地當不知道，這次也是母親過分了，竟當著他的面說那些話，小弟一時想不過來也是有的。

這個念頭才一閃過，誰知道任武昀就笑開來。「只要大哥和二哥不怪我就好，我也不懂那些彎彎繞繞，先前喜哥兒也說不讓我插手，只是我喜歡打仗，在我看來，有仗打，上了就是了，你們的心思只能你們自己解決了，不過誰要是因為我對平南王府起了什麼不好的心思，我也不會放過他們就是了。」

平南王和任武晛張張嘴，到底沒說出什麼，昀哥兒雖然謀略上差些，但並不是傻子，也就是反應比別人慢一點，想來他現在也有所感覺了吧，等過幾天說不定他就能想通其中的彎彎繞繞了。

朝廷是一定要派人去平叛的，以前也不是沒有先例，只派遣在西地附近的駐軍前去就好，而這次皇上是從朝中選派了得力的親軍前去，又是四皇子領兵。

皇帝一直想削藩，大家都知道，他肯定不會放過這次機會，只怕西地平叛下來，西地也不再是平西王的西地了，所以前去平叛的將領很重要。

如果是其他人，最多也就是依附皇帝的將領，可去的人卻是任武昀，只怕其他三王要多想了，覺得平南王府是站在皇帝那邊的。

所以老太妃才會說任武昀把平南王府推到了風口浪尖，可任武昀是什麼性子，兄弟倆最清楚不過，知道他並沒有想到這點。

任武昀的確沒想那麼多，他是有事要拜託平南王和任武晛的，他到底不放心魏清莛，鄭重其事地請兩位哥哥幫忙照顧魏清莛，最後提到魏家時道：「要是我不在的時候魏家有人找上門來一律打出去，不管他們說什麼也不要讓他們見到清莛，哼，魏家人的心思太多，清莛只會蠻幹，對上他們會吃虧的。」

平南王的臉色就有些微妙，這個弟弟竟然知道一味的蠻幹是不行的？

不管平南王怎麼想，總之任武昀交代完後就神清氣爽地回了梧桐院。

桐哥兒也正好趕上吃晚飯的時間，見姊夫滿臉笑容的進來，就問道：「姊夫，你要去打仗，那侄子出生的時候你還能回來嗎？」

「當然能回來了。」任武昀捏捏小舅子的臉，道：「我兒子出生我能不回來嗎？」

魏清莛掀了一下眼皮，涼涼地道：「說多少遍了，不許叫兒子，是男是女還不知道呢，你要是敢重男輕女試試。」

任武昀立馬屁顛屁顛地跑過去道：「女兒我也喜歡，不過我們還是先生一個兒子。」生了兒子後清莛的壓力就減輕了。

魏清莛卻覺得這就是任武昀重男輕女的佐證，要不是顧念這人明天就要離開去打仗，她非要和他理論一番不可。

一家三口和和樂樂地吃了一頓晚飯，桐哥兒臨離開前鄭重其事地道：「姊夫，聽說明天有人要送大軍出城，那我明天也去送你吧。」

任武昀點頭道：「好啊，把阿力帶上，別讓人衝撞了你。」

桐哥兒因為又和姊姊住到了一起，而且任武昀是真心疼他，魏青桐算是正式接受任武昀了，這段日子，兩人相處融洽。

魏清莛也正想提出明天自己也去，任武昀就趕在她前面揮手道：「明天妳可不能去那麼危險的地方，那些人熙熙攘攘的，萬一擠到了怎麼辦？等以後我得勝回來遊街時妳再去接我吧。」

「難道到那時就不擠了嗎？」

「妳可以讓阿梨提前包下一個客棧啊。」

魏清莛雖然滿心的不樂意，但還是不得不妥協，畢竟她現在月分淺，先前又動了胎氣，魏清莛的確不太敢出去擠。

晚上，任武昀就小心地趴在魏清莛的肚子上聽了半晌。

魏清莛推著他的腦袋道：「孩子還沒成形呢，你能聽出什麼來啊，快起來睡覺，明天一大早你還得進宮向皇上辭行呢。」

任武昀就起身將妻子抱進懷裡，承諾道：「回來我就給妳掙一個超品誥命。」

魏清莛含糊地應了一聲，摸摸他的胸口，想問他今天怎麼情緒起伏這麼大，到底沒有問出口，只是親親他的眼角，窩在他的懷裡，低聲道：「我和孩子在家裡等你回來！」

任武昀心中就湧現一股熱流。

第二天，任武昀和四皇子竇容在皇宮裡相見。

竇容無視四皇子的黑臉，笑容滿面道：「行啊，阿昀，這下子你可以一展身手了。」

任武昀就咧開了嘴笑，自信滿滿地道：「那是自然！」

在滿朝文武的見證下，皇上將帥印交給四皇子，一行人就從南門而出。

王廷日立在十里街邊一個酒樓的二樓裡，平靜地看著四皇子帶著任武昀等人出城。

王六立在王廷日身後靜靜地等待吩咐。

良久，在王六以為他不會有什麼吩咐時吩咐道：「傳令下去，從今天開始，悄悄地收購糧食，往太原那邊搬運，這件事怕是不會這麼容易就結束。」

王六低聲應下。

王六很擔心。「公子，我們手上沒有太多的錢了。」

王廷日笑道：「急什麼，我們本來就是要把所有的錢都花光的。」當皇帝的人都是會變的，不管現在四皇子如何大方、心胸寬廣，誰知道他當了皇帝之後會如何？當年祖父還說過當今皇上老實善良呢。

所以他要將所有的錢都花出去——你不是忌憚我嗎，那我就打消你的顧慮，你欠下的大人情，不會什麼表示也沒有吧？

魏清莛扶著腰憂愁地看著樹上慢慢往下飄的落葉，問隨侍在一旁的阿梨。「公子有信回來嗎？」

阿梨忍住翻白眼的衝動，還是恭敬地道：「估計傍晚就到了。」阿梨實在是不能理解兩個主子為什麼會有那麼多的話說，明明只隔了一個晚上，前一天才寫了兩張紙，今天就會寫三張紙過去。

四公子也是，回的信不說一天比一天多，反正每次的信都不會少於兩張就是了，雷打不動，只是可憐了來往送信的人和馬。

魏清莛自然沒有那麼兒女情長，只是良好的溝通是夫妻感情生活保鮮的必要手段。她和任武昀是臨時組成的家庭，現在又有了孩子，老王爺的前車之鑑，魏清莛可不願意他回來的時候身後還跟著一擡小轎子，轎子裡坐著個小嬌客。所以魏清莛要時時刻刻地提醒他，他家中有老婆、孩子在等著他，敢對別的女人下手，老王爺就是他的前車之鑑，而他就是他兒子的前車之鑑。

在任武昀還沒意識到的時候就要灌輸一種思想，一旦踏出了那一步，他們兩人的關係說不定比現在老王妃和老王爺的關係還要差。

現在魏清莛對自己取得的成效很滿意。

魏清莛摸了摸肚子，任武昀已經去前線三個月了，西地的叛亂早在一個多月前就平定，只是四皇子一去才發現西地亂得很，在平西王還沒反應過來的時候就把西地犯事的那些官員給砍了大半，百姓是額手稱慶，只是朝中卻亂了起來。

四皇子至少還寫了奏摺回來解釋，裡面羅列了他們的罪狀。任武昀卻光棍多了，直接帶著人衝進去抄家，只要平西王保證以後殺人貪污強搶都不算是犯罪，他立馬將人放了。

平西王不過是個藩王，他哪裡敢做這樣的保證？只是他的理由也充分，那是他的領地，他想怎樣就怎樣，也沒見他平西王對南地指手畫腳的啊。

任武昀不在乎地道：「普天之下莫非王土，率土之濱莫非王臣，就算西地是你的封地，難道還能凌駕在朝廷之上？南地要是有不遵法紀之處，你自然也可以向皇上指出來，我要是吭一聲，我就跟你姓。」

氣得平西王差點吐血，指著竇容道：「任將軍心思簡單，斷說不出前面的話來，也不知是誰挑唆的，那些人你們並沒有確切證據，如何敢輕易抓人？」

任武昀前言太過文雅，後語太過流氓，就是皇上也懷疑是四皇子和竇容教的，平西王不敢對準四皇子，就只好衝著竇容嚷嚷了。

竇容冤枉不已，這話的確是任武昀自己想的。

任武昀橫眉豎目，難道就不許他說話文雅些嗎？清莛說了，老子有文化，兒子也會遺傳到的。

竇容和四皇子都想查到證據之後再下手，只是任武昀沒有那個耐心，西地是平西王的地盤，證據哪裡是那麼好拿的？

這樣慢慢騰騰的，估計到明年都還搞不定，任武昀答應了要回去看孩子出生的，四皇子和竇容不急，他急！

反正他們也知道哪些人有問題，哪些人沒問題，在四皇子和竇容還沒反應過來的時候，任武昀就帶了手底下的人將名單上的人都抄了。

抄了家，證據什麼的還難找嗎？

答案是顯而易見的。

之前任武昀和魏清莛抱怨四皇子和竇容拖拖拉拉，害得他不能回家，那時他就提出了抄家的主意，只是拿不定他們會把東西藏在哪裡。

魏清莛正愁沒話和他說，聽聞立馬以此為假設告訴他平時人家藏東西都會藏在哪裡。

魏清莛有二十年的電視劇齡，長大了不必說，小時候看的電視劇最多的就是類似的場景，所以她把能想到的地方都寫了進去，什麼書房裡有暗室、暗格，花圃的地底下，柴房的磚頭裡，還有大廳的瓦上、樑上之類的。

回信後魏清莛還集思廣益地將梧桐院的丫頭、婆子、小廝、管事都聚在一起，問他們要是想藏東西會藏在哪裡，要是主子藏東西，對方認為會藏在哪裡。

剛開始大家都有些拘束，但銀子一拿出來，什麼都不是問題，各種奇奇怪怪的答案紛至沓來，魏清莛整理一番又給任武昀寄過去了。

任武昀手底下領著兩萬人馬，什麼最多？人！

任武昀拿到信後，心中一激動，也沒和四皇子商量，直接帶著人去抄家了，完了還真的拿到了一些帳本、名單之類的。

就算這是平西王的封地，但律法適用於任何地方，平西王府反應過來跑來抗議的時候任武昀就把一沓帳本扔在那些人的面前，趾高氣揚地道：「都給爺瞧好了，這些東西夠砍他們十個腦袋的。」

任武昀神經粗，見事情完成了個大概就歡喜地跑去找四皇子，無視他的冷氣壓，道：「我們什麼時候班師回朝？」

四皇子張張嘴，竇容笑道：「我們既已進來，哪裡是那麼容易離開的？這次阿昀雖然急躁些，但也省了我們不少麻煩。」

任武昀皺眉道：「你們不會是真想收回西地吧？」

四皇子和竇容看著他，他們都知道任武昀對戰事感覺敏銳。

任武昀不贊同道：「除了西地，你們根本找不到其他三地明面上的錯誤，而且四王雖然相互之間爭鬥，但他們也連成一氣，你們這次太輕率了。」任武昀有些鬱悶，對於皇上和四皇子的志向他向來是知道的，只是他以為這次只是給平西王一個教訓的，畢竟他做得實在是太過分了，他們一路下來，大多數的百姓都沒有鞋子穿，有的家庭甚至只有兩件衣服，沒有衣服穿的人都是蓋著被子待在家裡，然後出去幹活的人回來再把衣服脫下來給其他人出去幹活。

就是一向粗枝大葉的任武昀見了都心酸不已，不然這次他也不會反應這麼激烈。

四皇子道：「我沒想此次就收回西地，只是若能讓平西王的勢力縮減，再安插進一些勢力，對以後我們收回西地有很大的幫助。」

「那我們什麼時候回去？」任武昀不是第一次提這個問題了。

四皇子有些頭疼的扶額。「我十月還要成親呢，我都不急，你急什麼？」

任武昀急了。「清莛可是生孩子，你成親又沒有危險。」

「到十月的時候魏清莛不是才懷孕五個月？就算生孩子危險，也沒有五個月就生的孩子，我記得沒錯，魏清莛是明年二月下旬的預產期吧？」不是四皇子變態到去記一個女人的預產期，實在是自從一個月前平叛之後任武昀就一直念叨著回去，四皇子想記不住也難。

任武昀委屈地撇了撇嘴，到底沒再提，只是每天幫忙收拾那些違法亂紀的人，然後霸王一樣地將抄來的東西分給百姓，聽到外面的人感恩戴德，任武昀眼珠子一轉，第二天，百姓就開始換成為魏清莛肚子裡的孩子祈福了。

四皇子聽說後氣了個倒仰，對竇容道：「盧氏不是也懷孕了嗎？怎麼他就不能學學你？」

竇容低頭悶笑，其實他也挺想盧氏和孩子的，只是和任武昀比起來的確遜色了不少。只是個人表達感情的方式不一樣，他自認為他比較含蓄。

任武昀的不謙虛傳回京城，不少人恨得牙癢癢，留在京城的魏清莛就成了攻擊對象。

女人就是丈夫在後宅的代表，丈夫們在前面對上了囂張跋扈的任武昀，但任武昀不在京城，他們也就只能打打嘴仗，女人們自然要為丈夫出頭。於是不少人雄赳赳地要大幹一場，但是很可惜，任武昀走後，魏清莛推掉了一切應酬，就是秦氏的邀請，魏清莛也推掉了，藉口就是養胎。

眾人這才想起，當時魏清莛初懷孕的時候任武昀好像親自跑到皇宮裡去請了一個太醫，而那個太醫到現在都還住在平南王府，眾人眼睛微閃，幾個心懷惡意的人難免揣測魏清莛的這胎怕是保不住，不然任武昀怎麼會在西地就千方百計的讓百姓為孩子祈福？

就算是魏清莛不見她們，她們也有辦法對付她。流言漸漸在京城裡蔓延開來，很多人都說魏清莛的這胎怕是保不住，而任武昀還殺孽過重，以後任武昀怕是子嗣艱難。

到最後更是越傳越離譜。

有為難魏清莛的，自然也有為魏清莛說好話的，當初圍場刺殺，魏清莛救了不少人，那些人多多少少還是感念魏清莛的恩情，在圈子裡的時候難免就要為她多說一句話。加上有秦氏和平南王妃跟陸氏等人在一旁闢謠，到最後雙方打了個平手。

這些事大家都瞞著魏清莛。

外面的風雨吹不進平南王府，而西地那邊四皇子和竇容也瞞著任武昀，實在是怕他惱怒之下做出什麼事來，只是四皇子也氣得夠嗆，小舅舅對這個孩子有多期望他是看得一清二楚，孩子還沒出生，那些人就這樣作踐，四皇子向來不是個善茬。

他是知道王廷日對魏清莛的心思的，雖然不願意，但還是寫了一封信回去，兩人聯手，沒幾日，京城裡的謠言就被壓下，被另外幾家的謠言給取代了。

京城的人早就習以為常，流言之所以成為流言，就因為它是不定時更新的。

# 第八十八章 惄氣

耿少紅歲數到了要開始說親，秦氏見耿少紅對王廷日不一般，就與謝氏暗示了一下。只是王廷日並沒有成親的打算，謝氏只能婉拒。「那孩子就是太倔，怎麼勸都勸不動。」

秦氏心中一動，低聲問道：「嫂子，妳老實告訴我，廷哥兒是不是心裡有人了？」

謝氏頓時不語了。

秦氏見了，心中難免一驚，了然道：「難怪！我不怪嫂子，是少紅沒那個福氣……」

「什麼福氣？」耿少丹從外面進來就聽到了後一句話，見謝氏也在，就扯了笑道：「原來表舅母也在這兒。」

謝氏收起情緒，含笑的看著耿少丹。「到底是成親的人了，瞧著穩重了不少。」

謝氏又和秦氏說了幾句話，知道耿少丹這時候回來指不定有話和秦氏說，就起身告辭，將空間留給母女倆。

秦氏擔心地問耿少丹。「怎麼這時候回來了？」

耿少丹不在意地道：「姑爺要去參加詩會，我就順便回來看看，我聽說母親正在給妹妹說親，可有了好人家？」

秦氏淡淡地看了她一眼，點頭道：「我心中已有數了，怎麼了？」

耿少丹張張嘴，沒想到母親的動作這麼快，但想到婆婆的暗示，耿少丹還是提道：「母親，妹妹年紀還小，不如再多留一、兩年吧。」

秦氏看向這個大女兒。

耿少丹頂著秦氏的目光硬著頭皮道：「母親，四皇子和我大姑子的婚事已經定下，側妃卻還沒有……」

秦氏未等她說完，一杯茶就潑到她臉上，耿少丹驚愕地看著母親。

秦氏鐵青著臉指著耿少丹說不出話來，屋裡的丫頭頓時噤若寒蟬，紛紛低頭。

「我以為妳不過是不在我跟前長大，所以和弟妹們感情淡薄，可現在看來妳竟是天生涼薄了！別說他只是一個四皇子，就是他登基做了皇帝，八抬大轎來抬妳妹妹，我也絕對不讓她進那吃人的地方。我一心要給妳妹妹找個能過日子的，妳卻一個勁兒地把妳妹妹往那些地方推。妳以為那是富貴榮華地嗎？那就是一個火坑，一個一旦踏進去就出不來的火坑！」秦氏怒目盯著大女兒，恨不得狠狠地甩她兩巴掌。

秦氏做姑娘的時候就以性情豪爽出名，說來耿少紅的性格一大半都承繼於她。

這十幾年來耿家的生活雖然磨得她收斂了不少，但真性情只是被壓抑了，現在聽自己的親生女兒要算計另一個親生女兒，多年的壓抑終於告罄。

秦氏冷冷地看著她。「當初妳選這門親事的時候我就說過，以後妳是好是歹全靠妳自己，現在我再說一遍，還有，不要讓我知道妳算計妳弟弟、妹妹，妳是我女兒，但他們也是我的孩子！」

耿少丹臉色蒼白，不可置信地看著母親。

秦氏冷哼一聲，心中既痛又酸，面上卻不露分毫，冷冷地道：「以後沒事妳就不要回來了。」

耿少丹不顧乳娘的勸誡，就這樣穿著濕透的衣服離開。

秦嬤嬤看著臉色難看的秦氏，難免勸道：「夫人這又是何必呢？好好地和大姑奶奶說豈不是更好？這些年您都對她輕聲細語的……」

「就是因為這麼多年都是這麼輕聲細語的，才養成了她這樣的性子，先前她不聽勸誡，以後吃虧的到底是她，可是現在她竟然開始算計起自己的親妹妹來了，那以後呢？我們這些人，只要她用得上，未必就不會算計。我真是悔啊，當年我就是拚死，哪怕是跪在雪地裡凍死，也不該把她給婆婆教養。」

秦嬤嬤大驚失色，扭頭去看外面，秦氏冷笑道：「到了如今這個地步，難道我還怕她嗎？」

「夫人?!」

「這些年我一讓再讓，她們還真當我是蠢的不成？我倒要看看，誰敢算計我的孩子。」

秦嬤嬤擔憂地看著秦氏。

耿少丹到底沒敢這個樣子回去安北王府，失去娘家的支持會讓她在安北王府更加艱難的。

耿少丹找了個地方換了衣服，這才回去。

安北王府想要找一個好控制的一同嫁進四皇子府，耿少紅身分高，按理說是不應該選她的，但現在四皇子的呼聲太高，以後他七成是登上那個位置的，那樣一來耿少紅的身分就剛好合適了。

最關鍵的是耿少紅性子魯莽，沒有過多的心機，加上耿少丹的身分，再沒有比耿少紅好控制的人了。

耿少丹以為，能有機會進宮，以後可能還是貴妃，這是一個絕佳的機會，她不明白為什麼母親會那樣反感。

安北王妃聽說秦氏已經有了人選，眉頭微皺，問道：「那交換庚帖了？」

「那倒沒有，只是母親心中的想法。」

安北王妃滿意地點頭。「只要還沒下定怕什麼，回頭我再和妳母親說說就是了。」

耿少丹覺得很懸，但婆婆這樣說了，她也不能反對，不然婆婆還以為是她不願意呢。

立在安北王妃身邊的安北王世子夫人張氏，淡淡地看了兩人一眼，就默默垂下頭去。屋裡的人誰都沒在意張氏，因為誰都知道安北王世子夫人張氏是一個沈默寡言的人，只會老老實實地跟在安北王妃身後。

只是老實的張氏回到自己的院子之後就轉身去了世子陶揚的書房，守在陶揚書房跟前的小廝見了畢恭畢敬地行禮，張氏點點頭，沒有經過通報就推門進去。

陶揚正低頭看地圖，聽到聲響抬頭看了一眼，就不在意地問道：「怎麼生氣了，是母親又為難妳了嗎？」

「不是，母親那算是什麼為難？」張氏給他倒了一杯茶，蹙眉道：「先前不是說老二的媳婦是個聰慧的嗎？怎麼是這個樣子？」

陶揚詫異地問道：「她怎麼了？我看著還好啊。」

張氏就將今天聽到的告訴陶揚，末了道：「要不是我今天下午去伺候母親，我都不知道上午耿氏幹了這麼一件蠢事。」

陶揚也冷下臉來。「這件事二弟知道嗎？」問到這裡陶揚也知道自己是白問了，陶拓知不知道又有什麼區別呢？

張氏道：「先不說耿家的底蘊，就是單一個耿相就不是能輕易得罪的，進宮為貴妃聽著好聽，朝中有幾個大臣願意把捧在手心裡的女兒送進宮裡去伺候人？歷來除了皇后，哪一個妃子不是從地方上選上來的？母親要是真向秦夫人提出來，只怕兩家就要鬧翻臉了。我看耿氏那樣子，竟是還不知道自己錯在哪裡了。」

陶揚煩躁地扔下筆。「四個王府，除了我們安北王府，哪一個府上沒有兄弟幫襯？」陶揚說到這裡也覺得沒意思。「行了，這件事我回頭和父親說一聲，讓父親和母親交代一句就完了。」

張氏放下心來，低聲和陶揚道：「我給你熬了湯，等一下回去就喝了吧，你這幾天總是上火。」

陶揚聽到妻子的關心，心情這才變好些，指著地圖上的西地道：「再過不久他們也應該回來了，如今各個世家都緊張起來，四皇子只怕前路艱難了。」

張氏展眉道：「這樣豈不是更好？太過容易的成功往往不會珍惜。」

「可我們也要開始準備了，至少在四皇子登位前攔住各世家，現在還不是他們出來搗亂的時候。」

「皇權和世家之爭都這麼多年了，你到底是怎麼想的？」張氏沒問安北王是怎麼想的，而是問他，陶揚對此很滿意。低聲回道：「我怎麼想不重要，重要的是皇上有多大的能耐，而世家又有多大的本事。」

削藩雖然會讓四王損失很大一部分利益，但陶揚知道，如果一直不做改變，那麼到最後對付四王的就不是皇上，而是百姓了，到那時，只怕前朝就是他們的前路。

但如何削藩卻要看各方的能耐了。

西地的任武昀盼星星盼月亮，終於盼到了四皇子的婚期，在此之前，四皇子和竇容帶著一幫人總算是暫時穩定住了西地，他們班師回朝。

雖然西地還是平西王的領地，但裡面的人已經不全是平西王的人了。

任武昀歡快地回家，四皇子和竇容歡快地躺在馬車上睡覺。

為了表示對任武昀的重視，魏清莛一大早就換好衣服坐馬車去沿路夾道歡迎他。

才出門，金哥兒就從後面追上來，金哥兒雙眼亮晶晶的看著魏清莛。「小嬸，妳要去接小叔叔吧？」

魏清莛點頭。「你要不要一起去？」

「好啊，」金哥兒一溜兒地爬上馬車，魏清莛微張著嘴巴，她真的只是問問而已。

金哥兒歡喜地喊道：「快走，快走，不然我們就占不到好位子了。」

阿梨就道：「金少爺放心，我們家的桐少爺已經提前去酒樓裡預訂位子了，我們只要過去就好了。」

魏清莛大著肚子，總不能站路邊吧？

魏青桐天沒亮就跑出來占位置了，占到了一個臨窗的好位置，看見姊姊上來，連忙跑下去扶她，邀功般地炫耀道：「姊姊，從這裡往下看，軍隊一進前門大街我們就看到了。」

金哥兒左右打量，問道：「那你有沒有準備花和荷包？」

桐哥兒迷茫道：「準備那個幹麼？」

「你真笨，當然是拿來砸人了，戲文上不都是這麼說的，英雄歸來之時，許多的姑娘都給英雄扔花和荷包嗎？我們也要多準備一些，回頭讓小嬸扔給小叔叔。」

桐哥兒眼睛一亮，未等魏清莛說話就蹬蹬蹬跑下樓，邊喊道：「我這就去買來。」

魏清莛見喊不回來了，連忙讓阿力跟緊，然後瞪著金哥兒道：「盡出餿主意。」

金哥兒本來就只是隨口一提，沒想到魏青桐會當真，有些不好意思地嘿嘿一笑。等到魏青桐抱著東西上來時，金哥兒只能目瞪口呆了。

魏清莛也被桐哥兒滿滿一懷抱的荷包和手中兩個籃子的鮮花閃了一下眼，再看到阿力懷裡也抱滿了東西，魏清莛合上下巴，笑問道：「桐哥兒，這花你是從哪兒買的？」

她記得古代還沒有將花摘下來賣的業務吧？桐哥兒是怎麼在短短時間內弄到這麼……鮮

豔欲滴，還帶露珠的花朵的？

阿力苦著臉道：「四夫人，少爺跟賣花的人買下花朵而已，將所有開了花的花都剪了。」

魏清莛就看向不遠處的樓下，那裡有一家賣花的店，但人家賣的是帶花盆的，現在那裡花盆依舊在，枝幹也還在，但上面的花都沒了。

魏清莛嘴角抽抽。「將花放在桌子上，小心些，別弄壞了。」

魏清莛從中選了一朵大紅色的牡丹，讓阿梨給她插在頭上，又賞了幾個丫頭一人一朵，剩下的收拾好來，道：「等一下四公子過來的時候妳們瞅準了就扔，既然已經買來就不能浪費了。」

魏清莛挑了挑那些荷包，質地一般般，但拿來砸人也不辱沒了它們。

魏清莛在這裡安排位置，桐哥兒興致勃勃地抱著一捧花駐守在自己的位置上，金哥兒驚愕的半張著嘴巴，很是心虛地道：「小嬸嬸，其實我剛才是開玩笑的，雖然戲文上是這樣寫的，但好像很少有人這樣做。」其實也不是沒人這樣做，只是人家都很含蓄，一個女孩子最多不過兩個荷包，可……金哥兒目測了一下，魏清莛她們的荷包絕對不少於二十個。再加上那些花，金哥兒打了一個寒顫，他已經可以預見他爹知道這件事之後的反應了。

魏清莛毫不在意道：「那我們可以開一個先河嘛。」前世這樣的情景在電視裡不也時常發生嗎？魏清莛興致勃勃打算等一下要多扔一些下去，好讓人看看誰是京城最受歡迎的男子。

軍隊很按時，巳正一到，軍隊就出現在前門大街的入口處，包廂裡的人都激動地圍在窗前，除了金哥兒，每個人都滿懷渴望地看著慢慢騎著馬過來的軍隊，特別是桐哥兒，他雙眼發亮，半個身子都探出窗外了，魏清莛不得不騰出一隻手來將他往回拉一些。

列隊過後，最先出現的是四皇子的坐騎，落後他兩步的是任武昀和竇容，而再往後則是其他的將領了，魏清莛一個都不認識。

軍隊一出現，街道兩邊就爆發激動的喊叫聲，不少人都喊著四皇子千歲，桐哥兒則激動的喊著「姊夫」，就連鬱悶的金哥兒也不由得將一個丫頭擠開，擠在桐哥兒身邊揮著手臂叫「四叔」。魏清莛見夾道兩邊陸陸續續的有人將花、帕、荷包之類的東西扔下去，心中大定，等四皇子一行人出現在她的射程之內，她就率先朝任武昀扔下了一枝花，低聲道：「快扔！」

魏清莛的花是直直的射進任武昀的懷裡的，任武昀一時反應不過來，還以為是暗器，劍一抽，花就在跟前變成了兩枝。待看清楚是花這才一愣，抬頭去看，就看到魏清莛笑得燦爛的笑臉。任武昀下意識地回了一個大大的笑容，下一刻卻瞪大了眼睛，想起清莛都已經有五個多月的身孕，竟然還往外跑！

還沒等任武昀喝斥出聲，魏清莛已經接二連三的出手，每一枝花都準確的落在任武昀的懷裡，她出手快，那花就好像是連成串一樣落到任武昀的懷裡，周圍的人都看呆了。

桐哥兒見了興奮不已，瞅準了姊夫的方向就一股腦的往那扔，他的準頭不夠，大多扔到了任武昀的腦袋上，不然就是擊中了走在前面的四皇子，那花和荷包嘩啦啦地往下落好似下雨，一時讓四皇子和任武昀狼狽不已。

整條街好像靜了三秒鐘，整場安靜中只聽到桐哥兒興奮的叫「姊夫」。魏清莛不好意思當著這麼多人的面叫相公，就一個勁兒地往下扔東西。

屋裡的人都興奮著，也沒發現街上詭異的安靜了三秒鐘。

任武昀臉色脹得通紅，而後卻又昂首挺胸，好不自豪的跟在四皇子的身後過那家酒樓，過了那家酒樓就沒人再向他扔花和荷包了，反倒是四皇子和竇容多多少少都收穫一些。

卻不是所有人都有魏清莛的準頭的，所以那些東西大多是還未到心儀人的旁邊就掉了，但好在大家還是知道這花和荷包是衝著誰去的。

任武昀有些失望，但想到自己收到的也不比他們的少又驕傲起來。

四皇子看著小舅舅的樣子，眼裡閃過無奈，眼角瞥見要笑不笑的下屬，警告的看了他們一眼，這才收回視線，心裡卻在怪魏清莛作怪，今天說不定又是一場笑話。

# 第八十九章　打趣

今天在京城的確算是一場笑話，外面的人都在傳說魏清莛極愛任武昀，都成親了還當街扔花和荷包給任武昀，你說你扔就扔吧，竟然還一個人扔了這麼多，一個人扔也就算了，竟然還叫丫頭、小廝一塊扔，大家都在取笑兩人。

只是魏清莛幾乎不出門，外面的風聲傳不進來，秦氏等人又警告了耿少紅她們，所以她什麼也不知道。

另一方的當事人任武昀倒是知道了，但他並不以此為恥，反以此為榮，驕傲地仰頭挺胸出現在京城人的視野中，當然，這是幾天後的事，現在的任武昀正和四皇子進宮聽賞。

皇上對此次平叛事件很滿意，四皇子在朝中的威望又升了一些，六皇子陰陰地看著四皇子，坐在上面本來還笑容滿面的皇上見了笑容一滯。

國庫空虛，更何況，皇上也節儉慣了，並沒有舉辦什麼宴會，而是封賞過後就讓人回去休整了，皇上留下四皇子，道：「你的婚期將近，這幾天就先放下手中物事，專心娶親吧，現在先去見過你母后。」

四皇子應了一聲。

皇上看著他的背影沈思良久，魏公公小心地點起燈籠，皇上回過神來，看著外面暗沈的天。「已經天黑了？」

魏公公小心地應道：「是，奴才這就將燈點起來。」

皇上擺擺手道：「不用了，何苦浪費，我們去慈甯宮見見太后吧。」

魏公公更加小心地上前扶皇上的手，低聲道：「奴才這就讓人去準備轎子。」

皇上可有可無地點頭。

自從當年太子被定罪後，太后就幾乎不見皇上了，母子兩個雖然還是會見面說話，太后卻一直表現淡淡，對皇后雖然好一些，但也是表情淡然，太后每日幾乎都是吃齋念佛，不管宮中事物。

太后身邊的嬤嬤聽說皇上到了，難免有些忐忑。

太后睜開眼睛，念了一聲佛號，對著菩薩磕了一個頭，起身道：「走吧。」

皇上一直在外頭站著，見太后出來連忙上前扶住她。「母后。」

太后甩開他的手，淡淡地問道：「皇上怎麼來了？」

皇上苦笑。「母后，兒臣有些事想要和您說。」

太后張嘴就要拒絕，只是看到他這樣苦著臉，心中微軟，面上卻還是冷著，太后沒有說話，轉身往宮裡去。

皇上心中一喜，連忙跟上。

嬤嬤連忙將宮裡的宮女、太監都趕出去，自己守在大殿門口。

太后卻沒有在大殿裡停下，而是直往內室走去。

皇上緊跟其後。

去。

「有什麼事就說吧。」太后坐在榻上，看見皇上的鬢角也已經花白，有些難受的轉過臉去。

皇上就蹲在太后跟前，低聲道：「母后，兒臣怕是撐不下去了。」

太后身子一僵。

皇上將臉伏在太后的膝上，看著門口的方向，不用面對面，好像窩在心中多年的話也能說出口了。

「兒臣知道您怪兒臣，我又何嘗不後悔？只是事情已經發生了，兒子只能一步一步地往前走，往前走，說不定還可能出現一條岔路，可要是往後退，那就是萬丈深淵，可是母后，兒子也走累了，我怕是走不下去了。」皇上自從登基之後已經沒有自稱過我了。

太后低頭看著自己唯一的兒子，眼裡閃過淚光，雙手輕輕地放在他的背上。

這好像給了皇上勇氣。「母后，您覺得老四如何？」

太后一震，仔細地看了皇上良久，道：「不錯。」但比太子還是差了不少。

最後一句話太后沒有說出口，那個孩子是他們心中的痛。

皇上心中一喜，湊到太后耳邊說了一句話，太后驚疑地看著他。「你確定了？」

皇上堅定地點頭。「母后，只有這樣才是最好的法子，更何況，徐家現在越來越出格，兒臣不想再失去一個兒子了。」

太后眼裡閃過怒色，咬牙道：「殺子之仇，不共戴天！我不管你怎麼安排你那六兒子，但徐家我絕對不放過，就是我答應，您以為老四和皇后會答應嗎？」

皇上張張嘴，說不出話來。

太后紅著眼道：「既然你已經決定了，我想老四還是會答應你留下你那六兒子的命的，只是徐家，你最好不要提，我是不會答應的。」

六皇子是她的孫子，她雖然不喜歡他，但他身上也流著她的血脈，可徐家算是什麼東西？不過只是一個鄉紳，竟然敢指手畫腳，甚至對她最寶貝的孫子下手，為了兒子和江山，她忍了八、九年，難道還要因此而放過他們？

太后看著憔悴的兒子，心中既是失望又是心痛。

先帝喜歡她，她父親和母親不止一次的警告過她，帝王的喜歡是維持不久的，但她還是忍不住地喜歡上了先帝。不管外頭傳說先帝有多喜歡莊貴妃和她所出的二皇子，但她就是知道，先帝只喜歡她。

果然，先帝太過能幹，世家和四王都忌諱起下一任皇帝，先二皇子為此不知被多少人帶累壞了，那個聰明的莊貴妃也被勾引的一步步走向滅亡，而她和自己的兒子則在皇上的掩護下，平安低調地在後宮坐著皇后的位置。

先帝喜歡借力打力，她沒想到的是皇上會學他的父皇，但沒有把握好那個度，卻又急躁地下手。太子是先帝選中的皇太孫，那孩子從小就聰明，又心懷天下，皇上曾不止一次的和她炫耀，他這一生除了平定叛亂，減免賦稅，安居百姓之外，最大的成就就是教養了這一個孫子。

先帝甚至因為害怕太子被平南王府教導得和他們親近，而早早地將太子交給王公教養。

王公和皇上有著同一個理想，但他們兩人費盡心思教出來的未來繼承人，卻叫一個小小的徐家給害了。

所有人，包括皇后都相信是皇上想除去太子，但只有她這個做母親的瞭解自己的兒子，這個孩子心軟，他怎麼會想去殺自己的嫡長子？

他只是想將太子囚禁起來，以此為契機拉下平南王府，繼而削藩……

太后低頭看著自己的兒子，嘆氣，當年他還是太過年輕，行事太過魯莽，思慮不周，只想著削藩，想著掙下這千古功業，所以倉促地決定從平南王府開始。

誰知一個不慎卻讓徐家鑽了空子，太后眼裡閃過寒光，這幾年她吃齋念佛不出門，就是不想見著徐家的人，她是安北王府的姑娘，從小就在馬背上長大，以前有先帝寵著，自己的兒子又是皇帝，她的暴脾氣一直沒有改多少，她怕她見了徐家的人，會忍不住舉劍殺了他們。

太后推了推皇上，道：「你既已經決定了，那就開始準備吧，等那孩子大婚之後就宣佈，這件事先不要洩漏出去，只你我二人知道。」

皇上連連點頭，當年他就是一個不慎，太子才被人算計了去的，這次他自然會小心。

想起當年的事，皇帝心還一抽一抽地疼，當時他決定削藩，因為擔心被皇后察覺，他入後宮從來只去徐貴妃那裡坐，沒想到卻讓徐貴妃從他的言語中察覺到了一些。

他以太子意圖不軌為由，將太子羈押在行宮中，想著等削藩事畢再將他放出來。當時太子還未加冠，自己去見太子時，太子並未察覺到他的心思，只以為一切都是誤會，只等著自己查清真相就好。

皇帝現在回想，彷彿還能看到太子滿是信任的眼睛，可他才離開不到兩天，太子就畏罪自盡了。

太子怎麼會畏罪自盡？那孩子樂觀開朗，心胸寬闊，之前又一點徵兆都沒有。當時局勢緊張，他雖然不敢大張旗鼓地去查，卻也暗中查訪。

徐家畢竟才得勢幾年，行事還不周全，很快就被他查到，但當時他不敢，不敢將這個責任攬在自己身上，連帶著，也暫時放過了徐家，只能讓王公去背負。

因為他的急功近利，最後父子相離，夫妻反目，就是母后，也因為最疼愛的太子離世而不願再見他。

皇上從太后那裡離開，心事放下，一覺睡到了大天亮。

而今晚，注定很多人都睡不著。

太后已經很久不願見皇上了，皇上怎麼會這時候跑去找太后？眾人百思不得其解，而不管是誰，都不可能想到那個原因。

而今晚，任武昀也翻來覆去地睡不著，他看著妻子熟睡的容顏，摸了摸她鼓起來的肚子，沒幾下，手上的動作就變調了，越來越往上。

魏清莛遭到騷擾，討厭地拍了對方一巴掌，轉身就要繼續睡。

任武昀咬咬牙，上前抱住魏清莛，咬著魏清莛的耳朵道：「娘子，我難受。」

魏清莛模糊地睜開眼睛，神志不清地道：「那請大夫吧。」

任武昀更加抱緊她，搖頭道：「不用請大夫。」手漸漸往下。

魏清莛一個激靈，徹底醒了，看見任武昀難受的樣子，猶豫道：「這樣不好吧，畢竟懷孕了。」

任武昀低聲道：「我輕一點就是了，我問過太醫，沒事的。」說著就細細密密地吻著魏清莛的臉。

魏清莛心中掙扎不已，只是任武昀的動作快，還沒等她拿定主意，陣地就失陷了。

第二天魏清莛醒來，迎頭就看到任武昀笑嘻嘻的臉。魏清莛迷茫了一下，這才覺得身體不對勁，紅著臉瞪了他一眼，低聲道：「我要洗澡，去叫人打水進來。」

任武昀屁顛屁顛跑出去叫人弄熱水進來。

蘇嬤嬤就臉色不好的帶著兩個丫頭將浴桶的水灌滿，任武昀根本不會看人臉色，他大手一揮，將所有人都趕出去，自己抱著魏清莛去洗澡。

等兩人都臉色紅紅的從內室出來，早就過了早膳的時間，蘇嬤嬤強笑道：「四公子，剛才少爺過來找您，說是要和您去岷山裡狩獵，您看要不要去叫少爺過來？」

任武昀本來還想待在家裡陪魏清莛的，聞言疑惑道：「桐哥兒怎麼想去狩獵？」

「聽說是他們書院的活動，只是少爺不大會打獵，這才過來請您陪著一塊去看看的。」

其實桐哥兒是過來請魏清莛的，因為在他的心裡，再沒有人比他的姊姊更厲害了。只是不說魏清莛挺著個大肚子，就是平時，在魏清莛已經嫁人的情況下，她也很難在沒有任武昀的陪同下跑去和一堆男子狩獵了。

蘇嬤嬤就推到了任武昀身上。

任武昀一聽說是小舅子有令，立馬改口道：「我等一下就去找他，妳有什麼想要吃的，回來的時候我買給妳。」

「我要吃熱熱的糖炒板栗。」

任武昀立馬高興地應下。

等任武昀一走，蘇嬤嬤就板下臉來。「夫人，您已經有了身孕，四公子不懂，難道您也不知道嗎？怎麼能讓四公子亂來呢？奴婢看，您還是給四公子安排一個人吧，等您生了孩子再把人給打發出去……」

聽了前面兩句話，魏清莛還有些臉紅，又有些羞惱，但到後面，魏清莛已經冷下臉來。

蘇嬤嬤見魏清莛臉色變了，連忙收住話。

魏清莛冷冷地看著她道：「這些話我不想再聽到。別說平南王府沒有通房的規矩，就是有，我也絕對不允許任武昀有那個心思，嬤嬤最好把院子給我看好來，不然第一個走的就是嬤嬤。」

蘇嬤嬤張嘴欲言，她本來就沒有給任武昀安排通房的意思，只是怕任武昀忍不住，與其冒著那個危險，還不如給他安排一個通房，反正平南王府沒有那個規矩，等孩子生下來，再把那個丫頭給打發掉就是了。別的人家裡還有妾室一大堆呢，夫人怎麼就這麼想不開？

魏清莛揮手讓她下去，冷著臉躺在躺椅上，阿梨就給魏清莛蓋上一張毯子，低聲道：

「夫人也別怪蘇嬷嬷，她原先是大戶人家裡出來的，那些人家規矩大，卻又有那亂七八糟的習慣，她也是一時改不過來。」

「妳知道我為什麼這麼多的丫頭裡面最喜歡妳嗎？」魏清莛看著阿梨問道。

阿梨聽到魏清莛的肯定，有些羞澀地低頭，搖頭道：「奴婢不知。」

魏清莛就放鬆了身體道：「因為妳最聽話。」

阿梨很聰明，但也最聽話，對於魏清莛的命令不管對錯，她都會不問緣由地去執行，可要是魏清莛在行動間有什麼不合規矩的，她就會隱晦地提及一聲，魏清莛要是在意，她就詳細地說明白，魏清莛要是不在意，她也就不再提，魏清莛不講的規矩，她也在後面跟著。

魏清莛很喜歡她。

# 第九十章　禪位

大家的日子都平靜地過著，但誰也不知道後頭有這麼大的暴風雨在等著他們，皇帝果然才是最任性的人，只一句話就能將所有人砸暈。

因為皇上在朝堂上宣佈，他要禪位給四皇子。

事情發生得很突然，據任武昀轉述，當時百官都驚呆了，就是四皇子也瞪大了眼睛不可置信地看著皇上，看得出來皇上誰也沒告訴。

皇上打了所有人一個措手不及，四皇子當然不可能答應，他就是心裡答應，面上也得反對。

四皇子的態度很乾脆，因為這是有例可循的，他只要固辭三次就好，但百官的反應就耐人尋味了，他們要是反對，那以後四皇子登基是不是會找他們的麻煩？

他們要是不反對，那萬一皇上聽從了四皇子的意見又不禪位了呢？以皇上的不靠譜歷史是會做出這樣的事。

所以朝堂上一時間除了四皇子反對的聲音外就沒有別的聲音了。

六皇子和徐家人被打矇了，他們一時還沒能反應過來，更何況，他們就是反應過來了又能說什麼？難道他們能說四皇子不合適這個皇位嗎？既然四皇子不合適，那麼誰合適？

六皇子？

這個朝代的人還是講究謙虛的。

六皇子要是敢說自己比四皇子合適，僅此一點他就比不上四皇子了。

第二天，皇上又堅持不懈地提出禪位的提議，四皇子自然是又拒絕。前一天因為有了宣傳，所以今天的小朝會幾乎變成了大朝會，不僅沒有人缺席，還有人還特意申請了旁聽。滿滿當當的人就聽著皇上和四皇子推來讓去，最後還是一個花白鬍子的老臣出面把兩個人都誇了一句，朝會才結束。

第三天，大家依然都去上朝，所有人都很緊張，因為今天是最關鍵的一天，畢竟事不過三，不管好事、壞事都是這樣。

皇上是否真的要禪位就看今天他是不是還會再提了，最緊張的莫過於四皇子，因為今天幾乎就要決定他今後的命運。

而六皇子則陰沈無比，他這幾天一直想法子在皇上面前說上話，但很可惜，皇上幾乎將自己關在御書房裡，誰也不見，外面守著金吾衛，他根本就不能硬闖。

隨著時間的推移，六皇子只覺得自己離那個位置越來越遙遠，他冷冷地看著四皇子。

本來他跟四皇子的關係還不至於弄成這樣，但隨著年紀的增長，利益衝突之下，再好的關係都能敵對，更何況，他們本來就沒有多少感情。

因為太子的事，兩人已經成了死仇，一旦老四登上皇位，他還能活著嗎？父皇有沒有替他想過？

皇上坐在龍椅上，神情複雜的看著下面的百官，他這一生只鼓起勇氣做過兩個重大的決定，一個就是決定以平南王府作為突破口打破世家的權勢籠罩，只是他失敗了，之後的歲月裡他都用來收拾那個決定的後續問題。

第二個則是禪位，除了遠古聖賢，已經有幾千年沒有皇帝禪位過了，他今天就走出這一步，不管如何，這個王朝不能毀在他的手裡。

老四是個有大魄力的人，他雖然比不上太子聰慧，但他比太子心更狠，在這個即將大亂的天下，他無疑是最合適的。

皇上並沒有讓百官多等，他再一次提出禪位，這一次他堅決無比，等四皇子推拒過後，皇上淡淡卻又堅定地道：「朕意已決，禮部開始準備吧，立春那日，朕正式禪位給四皇子。」

皇上甩袖離開，百官連忙跪拜，等到皇上的儀仗消失後大家才起身，耿相笑咪咪地看向四皇子。「四皇子，禪位之事還要你和我等一起商議，不如我們去議事廳如何？」

四皇子的一顆心放下，笑道：「好啊。」

六皇子陰陰地看著四皇子，四皇子完全不在意，點頭衝他微笑，幾位能上朝的皇子紛紛過來恭喜。

宮裡除了徐貴妃所出的六皇子有心爭奪皇位外，其他幾位皇子都無心那個位置，倒不是他們不心動，而是他們家族勢力小，和四皇子強大的背景根本就沒法比。

太宗皇帝有規定，除了皇后，宮中其他妃嬪都是從民間裡選上來的，就是有品階高的官員貪圖富貴送女兒進宮也多是庶女，就連徐貴妃，別看徐家現在在京城這麼跋扈，二十多年前，徐家也不過是京城郊外的一個地主鄉紳，家裡有幾百畝田地罷了，要不是皇上格外抬舉，徐貴妃的一個哥哥又正好是進士出身，只怕六皇子也不會動那個心思。

沒辦法，差距太大。

就是皇上最寵徐貴妃的時候，徐家也不敢正面對上平南王府。

現在塵埃落定，徐家雖然惱恨，但也必須夾起尾巴做人。

但是幾位皇子眼光流轉間都知道，四皇子是不可能放過徐家的，宮裡一直有傳聞，當年太子並不是自縊，而是徐家從中動了手腳，有了這個傳聞，就算當年不是徐家動的手，只怕四皇子也不會留下徐家，看來以後朝堂還有得亂了。

四皇子找著空，一把扯過正想出宮回家的任武昀，皺眉道：「每天一下朝就回家，是魏清莛懷孕，又不是你懷，家裡不是有嬤嬤和丫頭嗎？我說你就不能多幹一點正事？」

任武昀卻怒瞪著他。「喜哥兒，你剛叫清莛什麼？」

四皇子一噎，眼睛微微轉動了一下，顧左右而言他。「我找你有事。」

任武昀卻固執地扯著四皇子的領子，問道：「你剛叫清莛什麼？」

四皇子無奈道：「好舅舅，是我錯了，我不該叫小舅母的名字，以後我一定改。」

任武昀這才放手，但還是不滿道：「我已經不是第一次聽你喊清莛的名字了，你要是嫌棄她比你小，不願叫她舅母，那你可以叫她清莛，這樣連名帶姓的叫著算怎麼回事？」

四皇子應承道：「我也是先前和竇容說的時候叫慣了，以後一定改過來。」

聽到竇容也是這麼叫魏清莛的，任武昀磨了磨牙。

四皇子道：「你先別出宮，去和父皇說說話吧，我見他這幾天都待在御書房裡。」

任武昀不在意地揮手道：「過幾天就好了，皇上是覺得把皇位讓出來心痛呢，過幾天習慣了他就會出來了。」

四皇子一噎，低聲喝道：「這話也是隨便能亂說的？父皇對你這麼好，現在也只有你和皇祖母能進父皇的書房裡，趕緊去，不然我明天就不讓你回家了。」

任武昀無奈，只好轉身往皇上的御書房去。

魏公公見任武昀過來，滿臉都笑開了，親自迎上來。「四公子，您來看皇上？皇上正在裡面呢，奴婢正要給皇上送點心進去，不如您拿進去？」

任武昀接過小太監手裡的盤子，問道：「皇上沒吃早膳？」

魏公公就擔憂道：「吃倒是吃了，只是少些，早上才用了小半碗粥，所以奴婢才想著給皇上準備一些點心。」

任武昀張張嘴，他從小到大就沒有厭食過，實在不能理解只吃得下小半碗粥是什麼概念，就是魏清莛，她的胃口也很好，最近吃的都有他這麼多了，皇上這麼大的人竟然只吃了不到他的十分之一？

任武昀看看手上的點心，趕緊給送進去了。

皇上見任武昀進來，放下手中的毛筆，笑道：「朕聽著魏公公在外頭和人說話，就知道是你來了。」要是其他的皇子或徐貴妃過來，魏公公會壓低了聲音將人請走，這樣提高了聲音，除了任武昀他不做第二人想。

「皇上，魏公公說您餓了，先吃點點心吧。」任武昀拿了一塊點心給皇上。

皇上笑著搖搖頭，接過點心，卻沒有放進嘴裡，笑道：「你啊，一定是又曲解了魏公公的話，是老四讓你來看朕的？」

任武昀搖頭。「不是，是我自己要來的。」

皇上不相信道：「你每日一下朝就往家裡跑，你以為朕不知道？」

任武昀臉色微紅，卻堅定地道：「的確是我想來看看姊夫的，您現在心裡肯定不好受，身邊怎麼也要有個說話的人，說出來就好受多了，我從小就是這樣的。」

皇上一噎，看了任武昀半晌，見他迷惑的傻看著自己，搖頭笑道：「你啊！」

皇上坐在臺階上，失落道：「朕要是不做皇帝了，實在是不知道該去做什麼。」

任武昀就坐在皇上身邊像以往一樣聽他說話。

徐貴妃聽說任武昀暢通無阻地進了皇上的御書房，幾乎將手裡的帕子撕碎。

徐家如今越發艱難了。

皇后聽了則是微微一笑，對身邊的女官道：「去叫四皇子妃進宮來，皇上禪位我們後宮的事一樣不少。」

女官應下，轉身出去。

皇上禪位，京城的百姓總算是得到了確切的消息，普通的老百姓也就當一件新鮮事來聽，誰做皇帝對他們的影響並不大，因為現任的皇上雖然有些糊塗，但並不殘暴昏庸，新皇，誰也不知道會是怎麼樣的。

不過這是一個盛典，對喜歡湊熱鬧的百姓來說還是一件很值得津津樂道的事。

這對普通百姓來說只是一個大的八卦，但是對天下的讀書人卻是意義非凡，因為已經有幾千年沒有皇帝禪位過了，雖然只是禪位給自己的兒子，但對掌握過至高權力的皇上來說依然是難能可貴的。

皇上終於得到了他當上皇帝以來最高的讚美。

而反應最大的怕是身在局中的百官，新皇登基，意味著權力交替，而且四皇子和皇上不一樣，四皇子是在戰場上待了七年的人，他回京的這一年裡雖然表現得禮賢下士，但行事作風比皇上強勢了不是一點、兩點，不少人開始擔心起來。

而最擔心的怕是徐家了。

此時的魏清莛正拿著幾張狐狸皮壓在桐哥兒身上比對，半晌才道：「桐哥兒穿白色的真好看。」

屋裡的阿梨、阿杏和凝碧、凝華都看呆了，就是時時跟在桐哥兒身邊的阿桔也呆了半晌，最後還是阿梨率先回過神來，道：「少爺穿紅色的一定也很好看。」

桐哥兒被這麼多人圍著，臉色微紅，掙扎著站起來。「我不要狐狸皮做的衣裳，留給我的小侄兒吧。」

魏清莛笑道：「他還小呢，穿不了這些，等到明年冬天的時候才能穿，這些先給你做。我讓阿梨做得漂漂亮亮的，到時你穿著去給舅母他們拜年。」

桐哥兒最喜歡漂亮的衣服，聞言猶豫了一下，點頭道：「那好吧，只是姊姊，妳也有嗎？」

魏清莛摸了摸肚子，道：「我今年不穿狐狸皮的，明年再和你小侄子一塊兒做。」魏清莛又摸了摸其他雜色的狐狸皮，拿起一張灰色的，道：「這個做護膝，給你姊夫用，他時常要跑馬，看能不能再做兩雙手套。」

魏清莛選出了不少狐狸皮，一一分配好，最後又拿出幾張交給阿杏，道：「這幾張給老太妃做個圍脖，給大嫂和二嫂做一件衣裳，阿杏，回頭妳拿好來，別和其他的混了。」

阿杏應了一聲。

任武昀回來的時候就見屋裡榻上堆滿了各色狐狸皮，魏清莛和魏青桐各坐一邊，將各色的狐狸皮挑出來打算做些什麼，凝碧則坐在一邊拿了筆記，然後幾個丫頭就分別將那些東西裝好。

凝華見任武昀回來，立馬叫了一聲「四公子」起身行禮，屋裡的丫頭聽到動靜都齊刷刷地起身行禮，魏清莛見了好笑。「你回來了。」

桐哥兒揚了揚手中的狐狸皮，道：「姊夫，姊姊要給你做護膝和手套。」

任武昀咧了嘴笑。「現在天才冷一些，哪裡用得著做那些了？」話雖是這樣說，但他心裡還是很開心，因為從沒有人給他做這些。

魏清莛看著他眼裡的歡喜，手中拿著的狐狸皮一頓，她本來是想叫丫頭做的，可現在看到任武昀歡喜的樣子，魏清莛低頭，看來還是得她親自動手才行。

涉及到切身利益，任武昀感興趣的上前和兩人一起挑選，最後還挑出了一件做外套的狐狸皮。

任武昀看到紙上沒有記魏清莛的名字，眉頭微皺。「怎麼沒有妳的？」

「我還懷著寶寶呢，就不做了。」

「就是因為懷著孩子才更要做啊，難道吳太醫說孕婦不能穿狐狸皮？」任武昀虎視眈眈地看著狐狸皮，打算要是魏清莛敢說是，他立馬就將這些狐狸皮扔出去。

「胡說什麼呢？是我覺得肚子太大了，這時候做不是浪費嗎？純種的狐狸皮本來就少，你看我們湊了這麼久才湊到幾件呢，要是給我做，我一個人就得用兩件衣服的料子了。」

「這有什麼？」任武昀大手一揮，滿不在乎的道：「回頭我再給妳去打，妳想要多少，我就給妳打多少。」

魏清莛可憐地看著榻上的狐狸皮，她先前看到這麼多狐狸皮的時候就已經很震撼了，雖然她本身就是打獵的，但這些年來她打的都是吃的獵物，比如麅子、鹿、野豬之類的，對於狐狸這種本來是保育類動物，魏清莛雖然也抓過，但都是活抓，她賣出去是給人當寵物的，要是讓她為了一件衣服就殺了四、五隻狐狸，她內心還是有點做不到。

「其實我也不是很喜歡狐狸皮，大冬天的穿上去太臃腫了。」魏清莛解釋道。「我還是比較喜歡穿小襖，要是出去披一件斗篷或披風就是了。」

任武昀若有所思。

魏清莛已經將東西分派好了，將那些用不到的交給阿桔，道：「妳把這些都打包好，讓凝碧送回庫房，這段時間妳和阿桃也跟阿杏她們一起做衣服吧。」

阿桔和阿桃就開心地應了一聲，到平南王府後，兩人都快閒得發黴了。

任武昀和桐哥兒扶魏清莛下榻，任武昀商量道：「我們今晚上吃什麼呢？我不想吃小廚房做的東西了。」

魏清莛懷孕，最近特喜歡吃辣的，小廚房這幾天做的飯菜都很辣，任武昀和桐哥兒都有些吃怕了，只是魏清莛一點感覺都沒有，每天晚上吃得都很香。

桐哥兒眼睛一亮，叫道：「姊姊，我們吃鍋子吧。」到時候可以要兩個鍋，姊姊一個，他和姊夫一個。

任武昀也連連點頭。「對啊，對啊，現在天氣也變冷了，我們吃鍋子吧。」

魏清莛的口水也流了流，點頭道：「好吧，我們今天就吃鍋子。」

蘇嬤嬤聽了馬上下去吩咐，特意囑咐了廚房要兩個鍋子，一個要清湯的，一個要微辣的。

廚娘猶豫道：「夫人這幾日還嫌不夠辣呢，只放這麼一點是不是不大好？」

「夫人那裡我去說，妳只管聽吩咐就是了。」不是蘇嬤嬤非得限制魏清莛的吃食，實在是魏清莛這幾天越吃越辣，雖說這是懷孩子影響到的，但這樣吃下去身體也會受不住的。關於魏清莛吃辣的，王府裡的老人紛紛肯定的說魏清莛這胎是女兒，酸兒辣女，這是他們判斷的基礎。

蘇嬤嬤雖然有些擔心，但是先開花後結果，更何況魏清莛的年紀還小，她並不特別擔心。

晚上魏清莛窩在任武昀懷裡問皇上禪位的事，任武昀高興道：「這下子我們行事更方便了。」

魏清莛卻有些擔心。「四皇子才回京不到一年，會不會太快了而根基不穩？」

「怕什麼，皇上不是還在嗎？」

說的也是，皇上做了太上皇，朝中應該不會亂起來。

任武昀摸了摸魏清莛的肚子，有些擔憂道：「我只是擔心喜哥兒登基後我得出去，要是我不能看著孩子出生怎麼辦？」任武昀可是盼了很久的，而且不親自守著他也不放心啊。

魏清莛好奇道：「你去幹麼？」

「喜哥兒有心將拱衛京城的這部分軍隊交給我，他身邊雖然也有武將，但完全能夠勝任又能完全信任的卻沒有幾個，所以到最後可能是我去。」

「他和你提了？」

任武昀應了一聲。「雖然只在京郊，但我得長駐軍營裡，我不太放心妳。」

魏清莛豪邁道：「這有什麼，從京郊回來不過半天的路程，到時算好預產期，不然發作了我就讓人去通知你就是了。」

任武昀想想也是，他要是快馬加鞭，說不定一個時辰就趕到了。他不再糾結。

夫妻兩個幸福地相偎睡過去。

——未完，待續，請見文創風265《姊兒的心計》4（完結篇）

輕巧討喜・笑裡藏情／郁雨竹

# 姊兒的心計

## 我不淑女，他算魯莽！

文創風 262 1

初到陌生環境的魏清莛和弟弟被關在一個廢棄小院裡謀生存，
有人「穿」過來立刻身分加級大富貴，她卻「穿」得好心酸，
娘病死，爹不疼，爺姥不愛就算了，
姨娘還落井下石，給的飯菜還有毒，
幸好偷偷摸摸溜進來一個少年，硬說他是自己未來的老公，
跟她約好長大後要退親，還塞給她幾個饅頭。
這麼多人想害她，她肯定要活得更好了……

文創風 263 2

母親過世前留下的一塊玉，
竟能讓她「看到」玉石上飄浮的靈氣，讓她賭石賺了不少銀兩，
沒想到訂下她秘密親事的居然也是憑著這塊玉。
後來碰巧還救了她那個有等於沒有一樣的未婚夫，
哎，她根本就不想嫁人，偏偏救他時揹著他下山，
順便也救了的四皇子等人完全目擊了這件事，這女子的閨譽啊……

文創風 264 3

一開始他的確打定主意不娶她，打算另外幫她找個會讀書的夫君，
偏偏現在哪個書生敢娶她啊，嫁不出去的可能性大增，
實話是他也看不起那些老鼠膽的書生，怎麼配得上女英雄？
看來只有他這個將軍敢娶她、配得上她了……
他可不是喜歡她喔，他只是有點心疼而已喔！

文創風 265 4 完

別以為她不知道，上自皇上、下至身邊伺候的小廝和丫鬟，
都偷偷覺得他們這對夫妻少了心眼、人情世故不太懂，
等著看她嫁入平南王府任家去，兩人的婚後生活有多「精彩」！
她可真心不這麼認為，嫁給這個直愣愣的將軍，還真是門好婚事，
平南王府老太妃不待見， 這婆婆也省得伺候了，
三不五時扮男裝，跟夫婿溜出府去賭賭玉石大賺私房錢，
她啊可會盤算了，兩人過得比誰都和和又美美……

這……未婚夫能吃嗎？她覺得吃飽可比嫁人還要緊吶！

文創風 264

# 姊兒的心計 3

國家圖書館出版品預行編目資料

姊兒的心計 / 郁雨竹著. --
初版. -- 臺北市 ： 狗屋, 2015.01-
冊 ； 公分. --（文創風）
ISBN 978-986-328-410-9（第3冊：平裝）. --

857.7　　103025640

| | |
|---|---|
| 著作者 | 郁雨竹 |
| 編輯 | 王佳薇 |
| 校對 | 林俐君　周貝桂 |
| 發行所 | 狗屋出版社有限公司 |
| 地址 | 台北市104中山區龍江路71巷15號1樓 |
| 電話 | 02-2776-5889～0 |
| 發行字號 | 局版台業字845號 |
| 法律顧問 | 蕭雄淋律師 |
| 總經銷 | 知遠文化事業有限公司 |
| 電話 | 02-2664-8800 |
| 初版 | 2015年2月 |
| 國際書碼 | ISBN-13　978-986-328-410-9 |
| 原著書名 | 《隨身空间：玉石良缘》，由創世中文網〈http://chuangshi.qq.com〉授權出版 |

定價250元

狗屋劃撥帳號：19001626

網址：love.doghouse.com.tw　E-mail：love@doghouse.com.tw